Raftul Denisei

Colecție coordonată de
DENISA COMĂNESCU

Traducerea acestei cărți a beneficiat de o subvenție
acordată de Institutul Ramon Llull

Limbă și cultură catalană

Christian Escribà   Sílvia Tarragó

Cofetăria cu miracole

Traducere din catalană și note de
ALEXANDRU M. CĂLIN

Redactor: Ștefania Nalbant
Coperta: Angela Rotaru
Tehnoredactor: Manuela Măxineanu
Corector: Cristina Jelescu
DTP: Iuliana Constantinescu, Veronica Dinu

Tipărit la Artprint

CHRISTIAN ESCRIBÀ, SÍLVIA TARRAGÓ
L'OBRADOR DELS PRODIGIS
Copyright © Christian Escribà Tholoniat, 2019
Copyright © Sílvia Tarragó Castrillón, 2019
Copyright © Columna Edicions, Llibres i Comunicació, S.A.U., 2019,
Av. Diagonal, 662-664 - 08034 Barcelona
Translation rights arranged by Sandra Bruna Agencia Literaria, SL
All rights reserved.

© HUMANITAS FICTION, 2021, pentru prezenta versiune românească

Descrierea CIP a Bibliotecii Naționale a României
ESCRIBÀ, CHRISTIAN
Cofetăria cu miracole / Christian Escribà, Sílvia Tarragó;
trad. din catalană și note de Alexandru M. Călin. –
București: Humanitas Fiction, 2021
ISBN 978-606-779-800-5
I. Tarragó, Sílvia
II. Călin, Alexandru M. (trad.) (note)
821.134.1

EDITURA HUMANITAS FICTION
Piața Presei Libere 1, 013701 București, România
tel. 021.408.83.50, fax 021.408.83.51
www.humanitas.ro

Comenzi online: www.libhumanitas.ro
Comenzi prin e-mail: vanzari@libhumanitas.ro
Comenzi telefonice: 0723.684.194

„Gastronomia este una dintre formele cele mai civilizate ale senzualității."

NÈSTOR LUJÁN

Partea întâi
MAGIA DULCIURILOR
(1876–1948)

„Iarna readucea cu sine acea posibilitate de ninsoare – prea puțin împlinită, în cei douăzeci de ani de după război – și toate poveștile ieșeau atunci din cutia lor, ca să ne facă lumea mai minunată."

TERENCI MOIX,
Ziua în care a murit Marilyn

Ziua în care s-a născut Alba

Cei dintâi fulgi de nea începură să cadă cam pe la sfârșitul dimineții, în acea zi de Crăciun a anului 1926. În primele momente, se cernură cu atâta însuflețire, încât toată lumea își închipui că avea să urmeze o ninsoare bogată. Cerul fusese acoperit de niște nori întunecați și groși, ce păreau să confirme pronosticul; nu peste mult timp însă, viscolul se domoli, prefăcându-se într-o fulguială.

Cu toate acestea, la Barcelona chiar și o ninsoare slabă era ceva fenomenal, un miracol aproape, care dăduse naștere, iată, unei ilustrate inedite, cu străzi ninse. Passeig de Gràcia, tot districtul Eixample, La Rambla, rețeaua de artere a orașului, toate zăceau sub un strat fin ca de var, pe care milioane de mici cristale de gheață îl alcătuiseră, venind din înalt.

Întâmplarea aceasta miraculoasă îi făcu pe mulți barcelonezi să iasă din case și să se bucure de peisajul neobișnuit. Ceea ce nu știau ei însă era că în orașul lor tocmai se petrecuse o altă minune, la fel de mare.

Cu puțin timp înainte să înceapă ninsoarea, o mantie de nori negri și denși învăluise cerul, zăgăzuind lumina soarelui.

Iar când primii fulgi tocmai se porneau spre pământ prin aerul tulbure, într-un modest cartier din Sants venea pe lume o copilă cu totul deosebită de alți nou-născuți.

Pentru că această copilă se năștea cu un dar.

Talentul ei avea să mai aștepte câțiva ani până să se manifeste; când însă a ieșit la iveală, a fost dovada că unii oameni vin pe lume cu o calitate înnăscută, care e bunul lor cel mai de preț. Iar Alba, copila aceea umilă și totodată privilegiată, fusese binecuvântată cu darul unei intuiții ce se apropia periculos de mult de magie. Încă de când era foarte mică, avea simțurile atât de ascuțite, încât descoperea savoare acolo unde alții nu vedeau decât hrană. Iar această virtute avea să fie întregită mai apoi de imaginația ei, permanent stimulată de pasiunea de a preschimba toate cele de-ale gurii într-un festival de senzații.

Dar toate acestea erau încă foarte departe în ziua de Crăciun a anului 1926. Cum departe era și venirea pe lume la Los Angeles, cu șase luni mai înainte, a unei alte ființe excepționale, care, spre deosebire de Alba, fusese hărăzită nemuririi. Poate pentru că se născuseră în același an sau poate pentru că intuise în ea idealul unei lumi ce se înalță mai presus de trup, viitoarea bucătăreasă avea să simtă mereu o legătură specială cu steaua aceea căzătoare numită Marilyn Monroe.

În acele clipe însă, Barcelona era străină de explozia stelară de la Hollywood. Astfel, pe când Statele Unite își savurau prosperitatea economică în pași de charleston și *hot*, Cetatea Conzilor pătimea sub regimul dictatorial al lui Primo de Rivera, care îi îngrădea multe libertăți.

Și totuși barcelonezii întâmpinaseră Crăciunul cu aceeași bucurie ca întotdeauna. Vitrinele magazinelor etalau cele mai bune mărfuri, ieslele cu Nașterea Pruncului împodobeau locuințele, iar cămările erau mai pline ca oricând. În piața din fața Catedralei, târgoveții întinseseră tarabe pline cu figurine și elemente ce evocau Nașterea, iar atmosfera aceasta pios tradițională pătrundea, dintr-acolo, în casele oamenilor, umplându-le de emoția sărbătorii.

O fericire asemănătoare adusese și venirea Albei pe lume; un sentiment alcătuit din bucuria radiantă ce umple aerul și satisfacția cu care trăim sfârșitul unei așteptări îndelungate.

Căci nașterea ei fusese un vis, devenit realitate după foarte mulți ani de așteptare.

Și despre această naștere s-ar putea spune că fusese una miraculoasă, căci amintea întru câtva de sarcinile acelea neobișnuite care se întâlnesc doar în Scripturi. Asemenea femeilor sterpe din Biblie, care ajung mame grație unor fecundări miraculoase și extrem de târzii, la fel și Adela, mama Albei, așteptase multă vreme până să își vadă împlinite ambițiile materne. Cu toate că era mult mai tânără decât Sara, devenită mamă la nouăzeci de ani, mai tânără chiar și decât Elisabeta când îl concepuse pe Ioan Botezătorul, Adela se împăcase cu gândul disperantei sale sterilități, căci se apropia, vertiginos, de patruzeci de ani. Și, cu toate că era dureros să recunoască un fapt pe care, personal, îl socotea o infirmitate, ea își purta totuși cu resemnare stigmatul care o denunța lumii drept o creangă ce nu va rodi nicicând.

De paisprezece ani era măritată cu un învățător simpatic, pe nume Esteve, însă relația lor, deși fericită, se arătase descurajant de sterilă. Iată de ce sosirea Albei îi dusese pe culmea cea mai de sus a fericirii lor – care deja era la cote destul de înalte –, făcându-i să se simtă niște aleși ai soartei, supuși capricioaselor ei întorsături.

Din toate aceste motive, fetița s-a născut și a crescut înconjurată de dragostea fierbinte a părinților, dar și a bunicilor din partea mamei, cărora, prin unica lor fiică, li se împlinea dorința de a li se perpetua stirpea.

Din nefericire, pe ceilalți bunici Alba i-a cunoscut prea puțin; au murit înainte să înceapă ea să meargă la școală. Iubirea și atenția celorlalte rude i-au fost însă de-ajuns fetiței ca să crească fericită în cartierul acela muncitoresc, presărat cu fabrici.

Acolo, pe bătrânele străzi ale cartierului Sants, ce încă păstrau vestigii ale unui trecut rural, micuța Alba făcu cei dintâi pași și legă primele prietenii. Înăuntrul acestui cosmos barcelonez era galaxia ei și n-o părăsea decât atunci când mergea în vizită la bunicii din partea mamei, care locuiau într-un cartier din Eixample, mult mai select.

Aici a descoperit Alba cofetăria Escribà. Bunica Elvira era clientă de mulți ani, încă de pe vremea când locul se numea Forn Serra, iar cu proprietarii era prietenă. Și, cum oamenii erau la fel de plăcuți ca produsele lor, la toate zilele speciale dulciurile lui Antonio Escribà erau nelipsite din casa bunicilor. Nimic nu-i plăcea mai mult Albei decât să meargă la cofetărie cu bunica și să aleagă dulciuri.

Nu mult a trecut până când i s-a dat voie să intre în bucătărie; familia și-a dat seama că fetița avea un dar aparte, acela de a intui esența fiecărui aliment și felul cum poate spori aceasta savoarea vechilor rețete. Și fiindcă descoperirea unor noi nuanțe de gust era pentru ea o provocare mai captivantă decât oricare alta, Alba nu se temea să experimenteze, iar timpul trecea în zbor, printre cuptoare și cratițe.

Toate aceste provocări i-au inspirat micuței primele sale tentative culinare. Dar când Alba a descoperit cofetăria Escribà, fondatorul acesteia, pe care îl cunoștea din poveștile bunicii ei, a devenit pentru ea adevăratul model.

Din păcate, anii aceia de fericire lipsită de griji se topiră prea devreme. Înainte ca Alba să împlinească unsprezece ani, peisajul idilic al cartierului se prefăcu în țăndări. Influența nefastă a războiului căzu asupra lor ca o vrajă malefică, iar bucuria se uscă deodată. Străzile, piațetele, șoseaua, toate deveniră mohorâte, așa cum devenea cerul, ori de câte ori veneau bombardierele.

Atunci a descoperit Alba frica.

Și de aceea, cu toate bucuriile care o așteptau mai târziu în viață, n-avea să uite niciodată senzația sufocantă cu care se trezea, deșteptată de panică, la auzul alarmei antiaeriene; nici cum fugea, agățată de mâna mamei, pe străzi cuprinse de haos, unde se simțea în aer spaima vecinilor și greutatea palpabilă a unei amenințări invizibile; cu atât mai puțin avea să uite angoasa lungilor așteptări, în refugiile în care stăteau ascunse la adăpostul unei siguranțe efemere.

După toate acestea, ca un deznodământ fatal al vrăjii, o pace perversă se înstăpâni peste lumea ei, lăsând loc unei noi realități.

Alba a înțeles atunci că nimic n-avea să mai fie cum fusese odinioară. Universul ei se preschimbase într-un prezent devastat, cu ruine nenumărate acoperind străzile pe care, în urmă cu treisprezece ani, le acoperise zăpada.

Dar Alba avea un dar și știa că, sub toate dărâmăturile acelea, magia încă fremăta.

*

13 iunie 1876

Cu cincizeci de ani înainte, într-un alt loc și în preajma unui alt solstițiu, se petrecuse un fenomen asemănător.

Șapte zile mai rămăseseră până când soarele avea să atingă declinația maximă în raport cu ecuatorul ceresc, iar câmpia scăldată de canalul Urgell începuse deja să se încălzească grație puterii lui crescânde. La sudul acelei întinderi, într-una dintre casele ce străjuiau ulicioarele întortocheate ale satului Torregrossa, veni pe lume Mateu, un prunc tot așa plin de lumină ca razele ce sugerau apropierea verii.

Spre deosebire de Alba, copilul acesta era ultimul din lungul șir de urmași al lui Ramon Serra și al Raimundei Capell, care aveau deja unsprezece copii. Tot spre deosebire de Alba, în momentul nașterii sale nu s-a petrecut nici un alt fenomen, în afara apropiatului solstițiu de vară, ce avea să fie sărbătorit o săptămână mai târziu, în noaptea de Sant Joan.

Cu toate acestea, copilul era chemat să urmeze un destin foarte diferit de cel pe care i-l prevestea umila lui obârșie câmpenească. Un destin pe care însă tragedia îl marcă prea de timpuriu, când, la trei zile după naștere, Raimunda muri, lăsându-l orfan pe micuțul Mateu. Această nenorocire întunecă lumina călduță care parcă le scăldase până atunci locuința. Din senin, o umbră sinistră își dădu mâna cu trista liniște pe care o aduce năpasta, iar nou-născutul cunoscu, pentru prima oară, răceala abandonului.

Învățat de la o vârstă fragedă cu nenorocul, copilul dobândi însă o tenacitate care avea, cu anii, să devină aproape imbatabilă. Se agăță cu patimă de existența în care intrase, sugând-o cu nesaț, de parcă ar fi fost sânul trandafiriu al doicii care îi fusese găsită.

Alăptat de Maria Olivares și lacom de viață, Mateu începu, așadar, să crească.

Creșterea lui însă nu a fost deloc ușoară. Peste lipsa mamei au mai venit și golurile pe care le-au lăsat ceilalți frați, unii murindu-i, alții plecând, fie spre Americi, fie spre Barcelona, în căutarea unui trai mai bun.

Pe nesimțite, casa se umplu de liniște, iar în tăcerea sa întinsă și goală, Mateu începu să își depene visurile. Cel mai drag dintre visuri îi era să traverseze oceanul, asemenea fraților săi, ca să facă avere în vreo colonie spaniolă.

Își imagina clipa când se va reîntâlni cu ei, pe acele pământuri mănoase, după un periplu transoceanic plin de peripeții – bătălii cu pirați, de pildă, ori lupte cu monștri marini. În lipsa lecturilor – căci nu știa nici să citească, nici să scrie –, mintea lui amesteca frânturi din discuțiile adulților cu poveștile pe care i le spunea Maria.

Aceste ingrediente îi erau de ajuns fanteziei lui pentru a încropi o poveste care să-l ducă departe de ogoarele și livezile peisajului de zi cu zi.

Nu trecu mult timp până când realitatea îi făcu vânt, însă nu spre ocean, ci spre litoralul Mării Mediterane. Primii ani de viață fuseseră pentru el un șir neîntrerupt de pierderi, pe care le înfruntase cum putuse. Fiind cel mai mic dintre frați, rămăsese singur cu tatăl său, pe care îl ajuta la muncile câmpului. În vremurile acelea, viața nu era ușoară pentru aproape nimeni, așa încât și Mateu învăță, forțat de împrejurări, să îndure greutățile și lipsurile, la fel ca toți ceilalți. Deși era de vârstă fragedă, trebui și el să-și însușească maniera aceea de a înfrunta, cu aparența unei tării de neclintit, fatalitatea. Se consola în sufletul lui visând la un viitor mai bun.

Însă existența se încăpățâna să-i pună piedici. Când avea numai nouă ani, tatăl îi muri și el, lăsându-l cu desăvârșire singur pe lume. Această ultimă dispariție l-a durut cel mai tare. Copilul care era Mateu a simțit atunci, mai grea ca oricând, povara pierderii și, cu toate că avea ani puțini, a înțeles că rădăcinile lui nu aveau cum să se prindă, în acel tărâm al deznădejdii.

Până una-alta, ca să răzbească, s-a agățat de ce a găsit și a intrat argat la o fermă, deși muncile nu îi plăceau deloc. Însă lipsurile îndurate îi căliseră spiritul și îl învățaseră să fie răbdător. Era convins că nimic nu durează o veșnicie, că cel mai important este să ai un țel. Iar el avea unul. De fapt, dintotdeauna îl avusese. I se revelase pe când visa cu ochii deschiși, în mod inconștient, ca un fel de anunț din partea viitorului ce-l aștepta. Iată de ce, odată rămas singur pe lume, a înțeles că visul de a-și regăsi frații trebuia să devină țelul lui.

La fermă avu vreme să se gândească ce era de făcut ca să-și pună în faptă ideea. Muncile îi sleiau trupul, dar îi lăsau cugetul liber. Așa că mintea îi lucra febril, iar simțurile lui, ascuțindu-i-se, îi îngăduiau să facă alte lucruri între timp, de pildă să asculte găinile care umblau, libere, peste tot prin ogradă și să-și dea seama, după cotcodăcit, care dintre ele avea să facă un ou, ca să-l caute și să-l mănânce. Fără să-și dea măcar seama, învățase să gândească în beneficiu propriu, ascuțindu-și, în același timp, gândirea.

După multă chibzuință, Mateu hotărî că îmbarcarea spre colonii era prea riscantă și că, așa stând lucrurile, era mai cu cale să plece spre Barcelona. Frații lui, Anton și

Llorenç, deja locuiau și lucrau acolo de câțiva ani. Era sigur că aveau să-l ajute să-și găsească o slujbă mult mai bună decât avea el acum, căci în capitală posibilitățile erau infinit superioare. În orice caz, își zise el, n-avea nimic de pierdut.

Nimic ce n-ar fi încăput în bocceluța cu care, într-o bună zi, porni la drum, părăsind satul.

Pâine muntenească

— Te-ai pierdut, băiete?

Astfel i se adresă hangiul lui Mateu, care, de cum intrase, întorsese toate privirile spre el. Aflându-se la șosea, hanul acesta din Arboç, un mic sătuc din Tarragona, avea o clientelă nespus de pestriță, căci pe acolo treceau mulți oameni. Chiar și așa, un copil neînsoțit nu era deloc o apariție obișnuită, de aceea rămăseseră toți surprinși.

— Nu, mă duc la Barcelona.

— Păi, așa, de unul singur? Mai ai cale lungă până acolo...

— Știu, sunt pe drum de multe zile.

Călătorii așezați la mesele de lemn se opriseră din discuție; doar vocea hangiului și glăsciorul puștiului se mai auzeau.

— Da' de venit, de unde vii?

— De la Torregrossa, i-un sat din Lleida. Am plecat acu' trei zile, dar am mers mult, că m-a luat cineva în căruță și-am mers și pe măgar.

— Și de ce-ai plecat? E periculos să pleci la drum când ești așa mic.

— Acolo nu mai aveam pe nimenea și nu îmi plăcea ce munceam. Dar la Barcelona am doi frați. Dacă dau de ei, sigur o să m-ajute. Dacă nu, m-oi descurca eu.

Fermitatea lui Mateu îi ului pe toți cei de față, care, reluându-și sporovăiala, vorbeau acum despre el. Se minunau că un puști care pare să nu aibă mai mult de unsprezece ani reușise să străbată singurel nouăzeci de kilometri, câți erau din satul lui până în Arboç. Ce-i năucea însă și mai și era că-și pusese în gând să ajungă la Barcelona, neavând altceva decât o amărâtă de boccea.

Mișcat și el de povestea băiatului, de hotărârea lui neclintită, hangiul se oferi să-i dea găzduire, cerându-i în schimb să-l ajute cu servirea. Mateu se învoi, mai ales că așa se mai putea întrema și el, înainte să se aștearnă din nou, cât mai iute, la drum. Puterea de pătrundere cu care vitregiile sorții îl înzestraseră îi șoptea acum că i se oferă o ocazie. O ocazie cum și alți oameni îi oferiseră pe parcursul călătoriei, luându-l cu ei, în car sau pe cal, pentru o bucată de drum. Era convins că șederea la Arboç avea să-i prindă bine mai devreme sau mai târziu. Și nici de această dată nu se înșelă.

A doua zi după ce trăsese la han, primarul trecu să se intereseze de el. Auzise despre aventurile băiatului și voia acum să afle cât mai multe. Cu lux de amănunte, Mateu îi explică în ce situație se afla și ce planuri avea, iar primarului, ascultându-l, îi veni o idee cum să-l ajute să ajungă la Barcelona teafăr și nevătămat.

— Știu pe cineva care duce rumeguș la oraș. E om bun, dacă-i spun de tine sunt sigur că te ia cu el. Cine știe, poate îți dă și de lucru...

Primarul nu se înșela. Omul cu rumeguș, când află prin ce peripeții trecuse băiatul acela așa de hotărât, îl și luă pe Mateu ajutor. Și uite așa, într-un car burdușit cu saci de rumeguș, Mateu Serra ajunse în cele din urmă la Barcelona.

Sosirea în capitală îl făcu să își dea cu adevărat seama cât fusese visul său de măreț, măcar că era unul dintre cele mai modeste.

Înțelese imediat că nu-i va fi ușor să și-l împlinească; orașul era cu mult mai mare decât se așteptase el, iar asta avea să facă din căutarea fraților săi o întreprindere nespus de grea. Se simțea pierdut în spațiul citadin, fără alte repere decât marea și, undeva în depărtare, lanțul zimțat al munților Collserola.

În primele zile, băiatul se simți buimăcit de întinderea aceea, colosală și amețitoare, care creștea în pas cu Expoziția Universală, eveniment ce nu numai că înfrumusețase Barcelona cu inovatoare edificii moderniste, dar o și deschidea către întreaga lume.

Mateu văzu și în această împrejurare o nouă ocazie, ce putea să-i aducă, foarte probabil, prosperitate. Convins de asta, băiatul începu așadar să își caute cu stăruință frații, în marele oraș unde ducea din poartă în poartă saci cu rumeguș. Îndatorirea aceasta îi îngădui să se familiarizeze tot mai mult cu arterele Barcelonei și, în hățișul acela de străzi, să se simtă pierdut din ce în ce mai rar. Pe lângă asta, reuși astfel să lege cunoștințe printre locuitori, care ar fi putut ști ceva despre frații lui.

Cu perseverență și dezinvoltură, băiatul intra oricând avea prilej în vorbă cu comercianții, întrebând despre frații lui. Grea misiune, într-un oraș care număra deja aproape o jumătate de milion de oameni. Mateu trăgea nădejde că pe la brutăriile unde ducea el marfă cineva l-ar fi putut cunoaște pe Anton, care era brutar. Profita, așadar, când avea drum pe la vreo brutărie, ca să le vorbească angajaților despre fratele său și să-i întrebe dacă nu cumva îl cunosc. De-a lungul scurtei sale existențe, Mateu dobândise o răbdare și o tenacitate de neînfrânt, încât nu se descuraja atunci când la întrebările lui primea răspunsuri negative.

După multe zile de cercetări fără rezultat, căpătă în cele din urmă și mult doritul răspuns afirmativ. La o brutărie din centrul orașului află vești despre fratele lui, apoi porni din stradă în stradă, urmând indicațiile primite, și reuși în cele din urmă să dea de locuința sa.

Când Mateu apăru în poartă, în prima clipă Anton nici nu-l recunoscu. Nu se mai văzuseră de doi ani, de la moartea tatălui lor, iar băiatul se schimbase foarte mult de atunci. Deși ochii lui vii și întunecați rămăseseră la fel, el nu mai avea trăsăturile crude ale copilăriei. Le luase locul o înfățișare mai brută și mai robustă, rod al orelor nenumărate de muncă.

— Ce, nu mă mai cunoști? întrebă băietanul, văzând că frate-său rămâne în pragul porții, studiindu-l.

— Ba da, ba da, cum să nu te cunosc? răspunse brutarul, după câteva clipe, făcând un pas în lături și poftindu-l să intre. Nu mă așteptam, asta-i tot. Ia zi... ce faci pe-aici? Cum ai dat de mine?

— N-a fost ușor, să știi, am întrebat în stânga și în dreapta. Acu' o săptămână am venit, cu cineva din Arboç care vinde rumeguș. M-am tocmit la el.

— Dar nu lucrai la o fermă?

— Am plecat, că nu-mi plăcea, am zis să mă iau și eu după tine și Llorenç. Chiar, ce știi de el?

— Ține o pensiune pe-aici pe-aproape. Mergem dup-aia pe la el, să-l văd ce ochi o face când te-o vedea. Cum te-ai mai schimbat, băiete! Arăți a bărbat de-acuma!

După ce mezinul îi povesti prin ce peripeții trecuse ca să ajungă la Barcelona, Anton îl întrebă cum își câștiga traiul.

— E bine și să vinzi rumeguș, zise el, dar poate-ți găsim ceva mai bun.

Peste câteva zile, cei doi frați i-au aranjat să se angajeze undeva ca să distribuie cărbune. Singura problemă era că Mateu nu știa să scrie și să citească, iar asta făcea foarte grea pentru el sarcina de a găsi strada și numărul la care trebuia livrată marfa. Ca să-l ajute, Anton și Llorenç îi explicară fiecare traseu pe care îl avea de făcut, iar cu ajutorul unui pachet de cărți de joc îl învățară să recunoască numerele. În acest fel, băiatul reușea să-și ducă treaba la bun sfârșit, compensând lipsurile din educație cu ascuțimea minții sale.

Nu după multă vreme, Mateu cunoștea perfect nu numai rețeaua de străzi, bulevarde și piețe a Barcelonei, dar și viața ei comercială. Încă și mai important, având legături cu oamenii dobândise în timp o abilitate psihologică și socială care avea să îi fie de mare folos în anii următori.

Când împlini paisprezece ani, vârstă la care putea învăța o meserie, Mateu începu să lucreze la brutăria fratelui său Anton. Cu toate că-i plăcea să colinde străzile, noua lui slujbă îi dezvălui o lume cu totul captivantă. În brutărie realitatea i se părea altfel, mai palpabilă și mai intensă. Uneori, parcă timpul însuși avea o consistență diferită, asemănătoare cu a făinii, densă și volatilă în același timp – și atât de frumoasă în simplitatea ei virginală.

Pentru prima oară în viața lui, ceea ce făcea îi plăcea. Senzația pe care o trăia creând din elemente atât de simple precum făina, sarea și apa un aliment atât de nobil și de necesar ca pâinea era pentru el de neprețuit. Așa se face că, de cum a fost stăpân pe meșteșug, Mateu s-a și apucat de o creație proprie, pe care a botezat-o „pâine muntenească".

Făcea plămădeala într-un cuib de făină, în care punea sare, drojdie și apă. Frământa totul, până obținea un aluat elastic, pe care-l acoperea cu un șervet umed și-l lăsa să se odihnească două ore. Apoi făcea un alt cuib, din patru tipuri de făină și bulgur cu sare. După ce amesteca, turna apă puțin câte puțin, până obținea o compoziție densă și moale, în care apoi încorpora încet plămădeala. Pe urmă punea totul la dospit, într-un loc călduț, acoperind cu un șervet umed, iar după trei sferturi de oră, lua bucăți de aluat, le dădea formă și le acoperea din nou cu un șervet umed, până a doua zi, când le punea la copt.

El n-avea de unde să știe, dar pâinițele acelea aveau să dăinuiască peste timp, rămânându-le urmașilor săi ca un fel de moștenire. Însă toate astea erau încă departe, iar Mateu mai avea multe vitregii de înfruntat.

Prima s-a ivit când nici nu împlinise nouăsprezece ani.

*

De zile bune nu se mai gândea la nimic altceva. Dimineața, în brutărie, sau seara, când cădea, doborât de muncă, la asta se gândea. Chibzuia, pentru că n-ar fi vrut să se grăbească. Hotărârea pe care o avea de luat urma să-i schimbe considerabil viața, așa că prefera să fie absolut sigur. Însă timpul trecea și el trebuia să dea un răspuns.

Frământările lui Mateu începuseră cu patru zile în urmă, la sfârșitul turei, când unul dintre clienții brutăriei venise să vorbească cu el. Era fiul unui vânzător din cartier, lucra în prăvălia tatălui său. Nu părea să fie cu mult mai mare decât Mateu, în după-amiaza aceea, însă chipul emaciat îl făcea să arate mai vârstnic. Se vedea că pierduse mult în greutate, iar privirea stinsă îi era scoasă în evidență de cearcăne adânci, care îi întunecau chipul.

— Mă iertați că vă rețin, tinere domn, îi spuse pe un ton plin de delicatețe, credeți-mă că, dacă n-aș fi silit, nu v-aș deranja, dar n-am găsit altă soluție.

— Nu vă îngrijorați, sunt bucuros să vă ajut, dacă pot.

— Sunteți amabil. Ei bine, este vorba de războiul din Cuba. Am fost chemat sub arme, dar în acest moment mi-e cu neputință să plec pe front. Am un copil de doi ani, încă unul pe drum – și mai e și prăvălia. Tatăl meu este în vârstă, și nu-l pot lăsa să se descurce singur.

— Înțeleg că îmi propuneți să plec eu în locul dumneavoastră?

Pe atunci legea permitea acest lucru, cu condiția ca recrutul să își cumpere dreptul de substituire. Omul făcu o pauză și își frecă mâinile, ca să-și astâmpere tremurul nervos.

— Vă implor, gândiți-vă în ce situație sunt. Ce se va alege de copiii mei? De familia mea...? Vă rog să mă credeți că dacă nu aș fi disperat nu v-aș propune așa ceva! Bineînțeles, vă voi oferi o compensație bănească.

Mateu îl rugă să îi lase câteva zile de gândire. Negustorul acceptă, cu resemnare. Așteptarea înfrigurată îl măcina, dar nu avea de ales.

Patru zile mai târziu, ajunse la o hotărâre. Numai destinul putuse să i-l scoată în cale pe acest om, cu o propunere atât de prielnică visurilor sale de a călători peste ocean. Mateu era sigur că primise un semn și, ca de obicei, dori să nu-l nesocotească.

Și uite așa, la vreo șapte ani de când ajunsese în Barcelona, Mateu a pornit într-un nou periplu. Acesta a durat însă cu mult mai mult decât cel dintâi. După un drum transatlantic, care l-a dus la mii de kilometri depărtare de casă, tânărul a trebuit să deprindă un mod de viață cu totul diferit. Nu doar din cauza rigorilor și disciplinei militare, ci mai ales din pricina climei insulare și a peisajelor cu desăvârșire străine de simetrica geografie a cartierului pe care îl lăsase în urmă.

Cu toate acestea, știu să se adapteze noilor împrejurări. Pe lângă firea curajoasă care-i dăduse ghes să părăsească satul, mai avea de partea lui și experiența dobândită în ultimii ani. În plus, legăturile cu oamenii îi ascuțiseră instinctele, făcând din el un bărbat ager, capabil să iasă cu bine din orice situație.

Așa a putut Mateu să reziste, mai bine de trei ani, într-o țară care lupta pentru independență și într-un război care, fiind pierdut, a însemnat o grea lovitură pentru societate și pentru clasa politică spaniolă de la vremea aceea. Iar eșecul cu care s-a încheiat conflictul nu a fost singura pierdere în viața lui Mateu. O alta, mai apropiată, îl lovi din plin când, din pricina unei furtuni, rămase fără banii pe care îi investise într-un transport de marfă.

Cu puțin înainte să se întoarcă acasă, se gândise să scoată profit din banii pe care îi luase de la prăvăliaș ca să plece în locul lui la oaste, așa că îi plasă într-un transport de hârtie. Se aștepta să o vândă cu câștig mare în Peninsulă, unde hârtia era un bun foarte prețuit, apoi să investească într-o întreprindere textilă sau în afaceri imobiliare. Nu se aştepta însă la o furtună care, dezlănţuindu-se pe parcursul traversării, a compromis toată marfa aflată la bordul navei.

A fost una dintre rarele situaţii în care s-a simţit descurajat. Văzându-l aşa abătut, căpitanului i se făcu milă de el şi, pentru a-l consola cumva, îi dărui un sextant şi un clopot de bronz. Fusese un gest spontan, dar Mateu, după obiceiul său, citi în el un nou semn, o dovadă că drumul vieţii sale ducea în alte direcţii.

Cu forţele reîmprospătate de această nouă certitudine, Mateu reveni aşadar la munca lui dintotdeauna, în laboratorul fratelui său. Când nu lucra aici, trebăluia la pensiunea lui Llorenç: revenirea la viaţa de care-i fusese atâta dor cât stătuse în Cuba îl consolă pentru pierderea banilor. Era încântat să muncească alături de fraţii săi şi să se perfecţioneze în tainele brutăriei, care, de-acum, devenise meseria lui.

În fiecare dimineaţă se trezea însufleţit de dorinţa de a le oferi clienţilor cea mai bună pâine. Şi se simţea tare mândru când rânduia în galantare alimentul acela, pregătit de el, cu grija pe care o punea în tot ce făcea. Clienţii ştiau asta, şi de aceea reveneau mereu la el, de parcă astfel ar fi luat parte la nu-ştiu-ce delicios ceremonial.

Cu unii dintre clienţii fideli Mateu ajunse să lege prietenie. Aşa, de pildă, cu portarul unei clădiri de prin preajmă, care avea obicei să treacă pe la brutărie ca să se mai încălzească. Acolo, omul mai schimba câte o vorbă cu tânărul brutar, a cărui amabilitate faţă de el se preschimbă, încet-încet, în afecţiune. Stând de vorbă cu portarul, Mateu află că îl chema Josep, era de loc din Tortosa şi se stabilise la Barcelona cu ani buni în urmă. Fusese pantofar înainte, dar din cauza unui beteșug renunțase, iar acum lucra ca portar, împreună cu soția lui.

Nu i-a luat mult tânărului brutar ca să înțeleagă că domnul Josep era un nou semn pe care i-l trimitea destinul. Portarul avea mulți copii, iar cineva îi sugeră lui Mateu că fiica acestuia, Josefina, ar fi o excelentă soție pentru el. Lăsându-se călăuzit, pentru a câta oară, de instinctul care niciodată nu-l înșelase, tânărul vru să o cunoască.

Intuiția nu îl înșelă. Josefina se dovedi a fi o fată încântătoare, muncitoare – și la fel de hotărâtă ca el. Și uite așa, la nici treisprezece luni de la prima lor întâlnire, tinerii deciseră să se căsătorească.

Căsnicia cu Josefina a împins viața lui Mateu pe făgașul ei definitiv. Cu sprijinul soției, tânărul s-a îmbarcat pe 26 iulie 1906 în cea mai hotărâtoare aventură a vieții sale, atunci când, cu douăzeci de ani înainte de venirea Albei pe lume, brutăria Forn Serra și-a deschis porțile.

O bornă care a transformat drumul început de Mateu într-o odisee prin timp.

Plăcințele de Tortosa

15 martie 1947

Alba lăsă făina să i se scurgă printre degete, amestecând compoziția într-un bol, cu telul în mâna cealaltă. Lichiorul de anason acoperi numaidecât mirosul altor ingrediente, inundând bucătăria cu aroma sa pătrunzătoare. Făina se povârnea în bol cu o cadență pe care o stăpânea perfect. Deși era foarte tânără, Alba potrivea atât de bine cantitățile, ritmurile și timpii, încât preparatele ei se apropiau de acea perfecțiune care se regăsește doar în armonie.

Mișcarea constantă a telului încorpora făina în umezeala lichiorului amestecat cu ulei de floarea-soarelui, topind laolaltă cu ele, în aceeași compoziție, viscozitatea ouălor și blândețea zahărului glasat. Alba îndrăgea nespus atingerea suavă a făinii prefirându-i-se printre degete. Alunecoasă și moale, consistența ei îi crea o senzație plăcută, reînviindu-i în amintire pielea imaculată și fină a pruncilor.

Această amintire era de fapt legată de perioada propriei copilării, când ea însăși umbla veșnic plină de făină. Încă de mică fusese atrasă de treburile bucătăriei, spațiul acela care pentru ea decupa un loc în afara lumii. Timpul parcă plutea acolo, printre cratițele aburinde, în căldura perenă a focului ce smulgea anotimpurilor și orelor miresmele lor aparte.

Ritmul vieții sale era dat de aniversările și de mâncărurile pe care cei din familie ajunseră în cele din urmă să le asocieze cu ea, pe măsură ce Alba creștea, iar atribuțiile sale culinare sporeau.

Tânăra se opri din bătut, văzând că ingredientele din bol alcătuiau acum o masă omogenă. Întinse așadar compoziția pe masă și o împărți în bucăți mai mici, pe care apoi le rotunji. Biluțele acelea erau pufoase la atingere, dar aveau consistența necesară pentru preparare. Mirosul de anason se mai estompase; echilibrul aromelor era acum tocmai pe placul fetei, care începu să turtească biluțele. În mijlocul fiecărui cerculeț astfel obținut puse câte o linguriță de dulceață de dovleac, adăugând și un strop de miere. Pe urmă închise aluatul unind marginile. La sfârșit, le vârî în cuptor.

Așteptând ca dogoarea focului să prefacă acel melanj de ingrediente în mici delicatese de forma lunii, Alba se apucă să facă ordine în bucătărie. Mintea ei însă nu sta pe loc. Deja își închipuia ce impresie vor face plăcințelele noilor ei patroni, la care lucra ca bucătăreasă de vreo două luni. Nu mai fusese până atunci bucătăreasă într-o gospodărie cu atâta greutate. Și totuși stăpânii se arătaseră deja foarte impresionați de ea.

În ultimii cinci ani gătise acasă la o vânzătoare din Sants, cartierul ei natal. Această primă experiență, la cincisprezece ani abia împliniți, o ajutase să dobândească nu doar noi cunoștințe, ci și un oarecare renume în cartier. Așa se face că unele case mai înstărite începuseră să apeleze la serviciile fetei, până când soții Vidal, care locuiau în Eixample și căutau bucătăreasă, îi propuseră să se angajeze la ei. Capul familiei era un arhitect renumit, cu o viață socială trepidantă. Așa se face că apartamentul lui din Passeig de Gràcia se afla într-o veșnică forfotă culinară și acesta era motivul pentru care stăpâna casei îi făcu Albei o ofertă foarte tentantă. Nu peste mult timp, fata își luă bun-rămas de la vânzătoare, intrând în serviciul familiei Vidal.

Peste câteva săptămâni, talentul ei înnăscut pentru gastronomie devenise evident, atrăgându-i atât admirația familiei, cât și a oaspeților lor. Alimentele greu de găsit în acea perioadă de raționalizare, la care stăpânii aveau însă acces, se întâlneau fericit cu imaginația Albei, dând splendide și îmbelșugate roade.

Șirul reflecțiilor ei se întrerupse în clipa când plăcințelele de Tortosa căpătară o nuanță galben-aurie. Aceeași culoare radia și din părul ei ondulat, pe care-l purta strâns într-un coc pe ceafă. Asemănătoare era și tonalitatea pigmenților ce-i pătau irișii verzi, încingându-i, ca două minuscule cercuri de foc, pupilele.

Deschizând cuptorul, simți cum căldura lui se pătrunsese de o mireasmă îmbietoare. Aroma aceea redeștepta în ea o amintire; îi evoca evenimentul precis grație căruia îi venise ideea să facă aceste dulciuri.

La fiecare 15 martie, ziua de naștere a mamei sale, Alba făcea plăcințele de Tortosa. Aducea astfel un omagiu acestor dulciuri, cărora simțea că le datorează venirea ei pe lume. Și simțea asta pentru că se născuse la exact nouă luni după ce mama primise cadou de ziua ei delicatesele acelea cu dulceață de dovleac; le cumpărase bunica Elvira de la patiseria lui Mateu Serra, unde era clientă veche.

Căsătoriți de mai bine de paisprezece ani, părinții ei nu reușiseră să aibă urmași. În schimb, la patruzeci de săptămâni după ce mama gustase din plăcințele, Alba văzuse lumina zilei.

Mai târziu, când află povestea, fata pricepu multe lucruri. Înțelese de unde i se trăgeau talentul culinar și pasiunea pentru deserturi; iar minunea prin care apăruse pe lume o boteză magia dulciurilor. Din ziua aceea dobândi certitudinea că arta cofetăriei era mult mai mult decât o artă. Și că hotarele ei întreceau cu mult lumea dorințelor și a visurilor.

*

— Pot să iau una?

Privirea micuței Vidal, fiica cea mare a familiei, se întretăie cu cea a tinerei bucătărese, care punea o tavă pe un raft din bucătărie și tocmai atunci ridicase ochii. Copila avea scântei în priviri, dar parcă și ceva implorator. Expresia ei îi smulse Albei un zâmbet afectuos.

— Încă nu, prințesico, răspunse ea. Acum sunt prea fierbinți. Dar la ora gustării poți să mănânci câte vrei tu!

Această dulce promisiune umplu privirile micuței de speranță. Alba mângâie cârlionții întunecați ai copilei și scoase un oftat.

Deși lucra de numai opt săptămâni la părinții lor, Alba începuse să prindă drag de Núria și de Pau, fratele ei mai mic. Îi fuseseră de ajuns două luni la cârma bucătăriei, ca să le seducă burticile pofticioase și să le câștige simpatia.

Reuși acest lucru pentru că, pe lângă amabilitatea ei înnăscută, mai avea și o infinită răbdare cu copiii aceia, vrăjiți de abilitățile ei culinare. Departe de a-i alunga, atunci când veneau să iscodească pe la bucătărie, Alba, dimpotrivă, îi ținea într-un suspans bine dozat, ațâțându-le imaginația cu fel de fel de povestioare pe seama mâncărurilor pregătite de ea. Uneori poveștile erau despre proprietățile alimentelor, alteori, despre originea lor îndepărtată, iar tânăra bucătăreasă condimenta din belșug asemenea povești cu anecdote reale ori ticluite.

Iar dintre toate acele istorioare, preferata copiilor era de departe propria ei poveste, nemaipomenita poveste a nașterii Albei – și magia dulciurilor care o învăluia. Istorisirea aceea mitică îi dădea Albei în ochii copiilor un nimb legendar, legitimându-i puterile de care se bucura în casa lor.

Núria se ținu după Alba până în cămară, unde rămase proțăpită în tocul ușii. Și cât lua ea un pumn de năut ca să pună-n mâncare, copila o întrebă:

— Îmi faci tort de ziua mea?

— Cum să nu! Am să-ți fac un tort cu migdale de-ai să te lingi pe degete!

— Pot să te-ajut și eu?

— Să vedem ce zice mama ta. Deocamdată ești prea mică.

— Dar am să fac zece ani! La vârsta asta tu de mult ajutai la bucătărie, ne-ai spus de-atâtea ori.

— Da, fiindcă aveam voie de la mama și de la bunica! Trebuie întotdeauna să-i asculți pe cei mari, știi bine.

Núria suspină resemnată, dar în ochii ei întunecați și mici licărea încă speranța. În preajma Albei trăia mereu clipe unice și descoperiri pline de mirosuri, de gusturi și de imaginație. Era de parcă s-ar fi micșorat, numai și numai ca să dea grandoare acelui univers de senzații care gravita în armonioasa constelație a bucătăriei. Iar în centrul acelui sistem ordonat domnea, ca un soare, Alba.

Núria și Pau, de numai opt ani, roiau în jurul ei ca doi sateliți ai acelui corp ceresc care era tânăra bucătăreasă. Orbitând foarte aproape de Alba, dar fără să interacționeze cu ea, se lăsau vrăjiți de mișcările ei agile, de amprenta lor senzorială. Mirosuri de vanilie, de lămâie și de scorțișoară; urme de miere, de zahăr și de fructe confiate; norișori de făină încețoșând aerul; bătutul și amestecatul, cu frecvența lor ritmică – toate acestea umpleau spațiul, scoțându-l undeva în afara prezentului.

De aceea, ori de câte ori avea prilej, Núria evada din realitatea plicticoasă și statică a casei, în căutarea acelei alte existențe, în care de asemenea simțea că locuiește. Cum venea de la școală, lăsa ghiozdanul la ea în cameră și dădea fuga la bucătărie.

Își crease acest obicei de vreo câteva săptămâni, de când știa că au o nouă bucătăreasă. Își dăduse seama de asta gustând dintr-un flan de caise, care îi provocă o explozie de senzații intense și armonioase. Fructele cărnoase echilibrau, într-o combinație cadențată, moliciunea albușului închegat; dulceața se întrupa cu delicatețe din amestecul savuros, adeseori imperceptibil, al zahărului și al ouălor; o mixtură delicios condensată, prin temperatura și timpul potrivite, care îi dădeau o consistență sublimă.

Savurând prăjitura, o stare neașteptată de bine îi împânzi pliurile gastrice, inundându-i toate cavitățile interne cu o nespusă satisfacție. Toropită de acest fulgerător confort, observă că ceva asemănător trăia și fratele ei, Pau, a cărui aversiune pentru fructe făcuse deodată loc unei expresii de plăcută surpriză, de neașteptată bucurie.

În chiar acel moment, mama îi anunță pe cei doi copii că schimbaseră bucătăreasa. Ștergându-și discret cu șervetul colțurile gurii, doamna Vidal exclamă:

— Nu s-a înșelat deloc doamna Engràcia când mi-a recomandat-o pe fata asta la bucătărie... flanul ăsta e delicios.

Soțul ei, care ședea în capul mesei, încuviință cu o mișcare din cap. Núriei i se păru că ținuta de obicei austeră a tatălui ei se mai îndulcise întru câtva, ba chiar observă surprinsă cum, pe sub mustață, începea să-i fluture un zâmbet.

După ce terminară de mâncat, Núria porni spre bucătărie, cu gând să iscodească. Voia să știe cine e noua persoană însărcinată cu pregătirea principalelor feluri de mâncare. Străbătu lungul culoar care separa sufrageria de bucătărie și, profitând de întunericul de pe hol, se apropie tiptil de ușă. Se lipi apoi de canat, cu trupul ei mărunțel și subțire, și strecură căpșorul prin ușa crăpată, ca să arunce o privire înăuntru.

Ochii ei dădură imediat de noua bucătăreasă, care, cu spatele spre ușă, clătea în chiuveta de granit vasele pe care tocmai le spălase. Nu era prea înaltă, iar formele, rotunjoare, o arătau în pârgul tinereții.

Când, pe neașteptate, bucătăreasa se întoarse să ia o cârpă de bucătărie, Núria văzu că întreaga ei făptură tindea, într-un mod agreabil, să se rotunjească. Chipul oval, buzele și obrajii ei, cărnoase ca niște fructe coapte, încununau în cel mai fericit mod un trup de o rotundă fermitate.

Tandrețea pe care și chipul, și gesturile sale o emanau îi dădură Núriei curaj să se apropie. Desprinzându-se ușor din prag, micuța începu să înainteze prin lumina discretă a becului din tavan.

Când o văzu, Alba nu se arătă mirată. Se mulțumi să zâmbească, iar Núria citi în expresia ei francă și veselă o invitație de a veni și mai aproape.

— Tu trebuie să fii fiica stăpânilor, așa-i? o întrebă Alba, ștergându-și mâinile cu cârpa. Iar când micuța dădu din cap că da, continuă: Pe mine mă cheamă Alba și sunt noua bucătăreasă. Ți-a plăcut ce-ai avut la prânz?
— Foarte mult. Mai ales flanul.
— Mă bucur mult. E o rețetă din *Carmencita sau bucătăreasa pricepută*[1], o carte de bucate pe care am primit-o cadou la cincisprezece ani. E destul de veche, dar mie mi se pare bună – și îmi dă idei de rețete proprii.

Tonul sfătos și dezinvolt al fetei o captivă numaidecât pe Núria, care se așeză pe un taburet ca s-o asculte.

— Autoarea a adunat rețetele și le-a pus pe hârtie pentru fiica ei. Îmi place mult că nu dă doar rețete de la noi, mai are și din Franța, și din America și din alte țări... De aceea o folosesc, pe lângă *Cartea de bucate catalane*. Pe aceasta am primit-o de la bunica mea, o are de mulți ani și o păstrează ca pe o comoară. Când am să fiu bătrână ca ea sper să am și eu multe cărți de bucate.

Aceasta a fost cea dintâi din lungul șir de povești cu care tânăra bucătăreasă câștigă atenția micuței Vidal. Tonul prietenos al Albei, gândurile și povestioarele pe care i le împărtășea – ceva ce oamenii mari nu făceau niciodată – o fermecară pe Núria cu desăvârșire. Nu numai că se simțea mai mare, dar i se acorda și importanța.

Trecuseră două luni de la acea zi, iar relațiile cu Alba deveneau tot mai strânse. Din prietenia lor care se înfiripa făcea parte de-acum și Pau, frate-său mai mic. Cu toate că era mai timid ca Núria și mai puțin curios, Pau se simțea

---

1. *Carmencita o la buena cocinera* de Eladia Martorell, carte de bucate apărută în 1899 la Barcelona; dedicată de autoare fiicei sale, este cartea cea mai reeditată în Spania în secolul XX.

bine în prezența Albei, iar poveștile ei îi plăceau tot așa de mult ca și surorii lui. Liniștit din fire, înclinat mai curând spre activități intelectuale decât fizice, Pau se simțea în elementul lui, urmărind evoluția ingredientelor pe care Alba le manevra așa fel încât să le transforme în creații delicioase. Părinții cunoșteau fascinația pe care noua bucătăreasă o exercita asupra copiilor și nu le interziceau să petreacă timp cu ea, câtă vreme asta nu îi deturna de la obligațiile lor școlare. Era un fel de a le da o ocupație și de a-i ști în siguranță, căci aveau încredere în Alba. Prin firea ei ascultătoare și amabilă, tânăra nu se făcea plăcută numai de copii, ci câștiga încrederea persoanelor de orice vârstă.

Așa se face că mireasma citricelor și a mirodeniilor inundă apartamentul din Eixample, iar prezența agreabilă a bucătăresei umplu locuința de lumină.

Magia dulciurilor se instalase în casă.

Gogoșele de Empordà

— Și zici că ți-au dat voie să iei acasă? întrebă bunica Elvira, șovăind dacă să ia sau nu din inelușele cu zahăr pe care i le oferea Alba.

— Da, bunico, stai liniștită. Dacă nu-mi dădeau voie, nu le luam.

— Mare noroc ai, fetițo, că ai nimerit la casa asta. Nu toți stăpânii te lasă să iei ce rămâne.

Oricât era Alba de talentată la gătit, familia ei avea parte foarte rar de dulciuri, de gogoșele de Empordà ca acestea, pe care fata le făcuse pentru stăpânii ei. Din pricina izolării internaționale în care se afla țara, lipsa de alimente transformase actul de a mânca într-un privilegiu. Și, chiar dacă anii cei mai răi ani fuseseră cei de după încheierea războiului, spectrul foamei continua încă să bântuie.

Cu toate acestea, acasă la Alba privațiunile erau mai curând problema decât adevărata foame. Familia fetei se compunea acum doar din mama ei, Adela, și mama mamei, Elvira, amândouă rămase de mulți ani văduve. Nenorocirea aceasta le făcuse să stea împreună, în apartamentul fiicei, și să își pună la treabă înzestrările care, dimpreună cu neobișnuita lor vitalitate – mai cu seamă a bunicii trecute de optzeci de ani – le ajutaseră să facă rost de mici angajamente, grație cărora reușeau să-și ducă zilele.

Modestele lor venituri, provenite din ore nenumărate de croitorie la domiciliu, se mai îmbunătățeau cu banii pe care îi câștiga Alba gătind pentru familia arhitectului. În afară de asta, i se permitea să ia acasă ce mai rămânea uneori, cum se întâmplase și cu gogoșelele acestea.

Le pregătise cu multă bucurie, chiar în seara aceea, cu ajutorul Núriei și al lui Pau, care se întorseseră chiar atunci de la școală. Tocmai desfăcea drojdia în apă călduță, când copiii dădură buzna în bucătărie ca să o salute.

— Ce pregătești? întrebă fetița, apropiindu-se de masa pe care Alba înșirase ingredientele.

— Gogoșele de Empordà. Vă plac?

Micuții confirmară, plini de entuziasm, și rămaseră cu ochii lipiți de Alba, care începuse să radă niște coajă de lămâie. Aciditatea fructului împânzi aerul, vrăjindu-i parcă pe cei doi frați, care încremeniseră lângă Alba, privindu-i mâinile cum se mișcau, agil și constant, pe răzătoare.

Vraja se desăvârși când Alba îi invită pe cei doi micuți să ia parte la prepararea prăjiturii, dându-i o mână de ajutor să pună făina într-un bol și să adauge ingredientele.

După drojdie și coaja de lămâie urmară ouăle, zahărul, uleiul și laptele, pe care copiii le adăugau cu mare grijă. Când, la sfârșit, aruncară în amestec semințele și lichiorul de anason, noua mireasmă triumfă asupra celorlalte, lăsându-și pecetea aromatică peste tot în jur.

Cât timp Alba frământa amestecul, pentru a obține un aluat cât mai dens, Núria profită ca să-și verse ofurile. Călugărițele le dăduseră temă tuturor fetițelor să facă o compunere despre Sărbătoarea Victoriei, iar ea, sărmana, n-avea nici o idee.

Imaginația Núriei nu era greu de pus în mișcare, dar avea nevoie de un stimul mai intens. Discursul patriotic și plin de emfază al regimului era ceva prea cotidian ca să-i poată stârni inventivitatea. Iar o sărbătoare stabilită taman pe 1 aprilie pentru a comemora sfârșitul războiului nu avea nimic palpitant pentru ea, mai cu seamă că deznodământul poveștii era cunoscut de toată lumea.

— Ai putea să-i întrebi pe părinții tăi cum au trăit ziua aceea, apoi să o descrii – o sfătui Alba, acoperind aluatul cu o cârpă, ca să-l lase să se odihnească.

— Sau ai putea să-mi povestești tu!

— Nu știu ce să spun, aveam doar doisprezece ani și nu prea înțelegeam ce se petrece.

Propunerea Núriei o pusese în încurcătură pe Alba, care nu ar fi vrut să-i spună copilei că pentru ea ziua aceea nu fusese deloc fericită. Iată de ce nimic din ce i-ar fi putut povesti nu s-ar fi potrivit cu stilul și conținutul dorit de călugărițe, unelte ale pedagogiei impuse de glorioasa Mișcare Națională.

Ca să iasă din încurcătură, bucătăreasa îndreptă discuția spre un teren unde se simțea în siguranță.

— Acum trebuie să lăsăm aluatul să se odihnească și să crească. Dacă vă faceți lecțiile, peste două ore puteți să mă ajutați să facem gogoșile și să le prăjim.

Această ultimă frază șterse ca prin minune cuvintele de dinainte, tot așa cum, în urmă cu câteva clipe, efluviile anasonului acoperiseră mireasma lămâii.

Ispita dulciurilor îi vrăjise încă o dată pe micii ei gurmanzi.

*

A doua zi de dimineață, înainte să plece la lucru, Alba se repezi până la băcănia din colțul străzii. Bunica ei, Elvira, se trezise ușor răcită, mama sa avea ceva de terminat până după-amiază, așa că fata se oferi să facă cumpărăturile. Poate că o să întârzie un pic, își spuse, dar oricum va reuși să pregătească prânzul la timp, iar dacă va fi nevoie, va sta mai mult la lucru pentru a compensa întârzierea.

Se trezi mai devreme decât de obicei, ca să nu piardă rația care le revenea. Era încă beznă afară, când se smulse din căldura așternuturilor și se furișă spre baie, atentă să nu facă zgomot. Fereastra camerei dădea spre o curte interioară, care la ora aceea matinală era încă în penumbră. Alba răsuci comutatorul, aprinzând un bec slab, apoi, la lumina lui chioară, își puse furoul. Pe urmă se spălă, cu apă de la robinet și cu o bucată de săpun cam subțire. Își spuse că ar fi cazul să mai ia, înainte să se termine de tot.

Răceala de gheață a apei cu săpun îi lăsă pe piele o senzație de curățenie. Se șterse pe tot corpul cu un prosop vechi, apoi, după ce se îmbrăcă, merse la bucătărie.

În timp ce își făcea „cafeaua", un amestec de malț și cicoare, lumina începu să se strecoare, timidă, prin ferestrele largi de deasupra chiuvetei. La acest surogat Alba mâncă și două gogoși, din cele pe care le adusese acasă în ziua dinainte. Apoi își luă coșul, portofelul și cartelele pentru rație și ieși din casă.

Punând piciorul pe asfalt, văzu cum lumina crudă a acelei ore se lupta să învingă umbrele ghemuite pe la colțuri de clădiri, prelingându-se lină de pe țiglele caselor, strecurându-se în locul lor abia simțită, întocmai ca murmurul ce cuprindea încet-încet străzile. Liniștea aceea, țesătura ei ca de balsam, îi insuflă Albei un calm înviorător, făcând-o să se bucure că se trezise cu noaptea în cap.

Mergând, avu impresia că aerul mirosea a proaspăt, a lucruri ce stăteau să înceapă, de parcă cerul însuși ar fi debutat în noua zi, parfumat cu norii pufoși care îl brăzdau, vestind promisiunile unui viitor.

— Credeam că o să ajung primul, dar se pare că mi-ai luat-o înainte.

Un glas venit din spate o smulse din cugetările ei. Întorcându-se, dădu cu ochii de un băiat doar un pic mai înalt ca ea, și care părea de aceeași vârstă. Zâmbetul lui transmitea că glumește, chipurile, însă în privirile lui Alba desluși ceva ușor impertinent, drept care se făcu că nu pricepe. Băiatul stărui, văzând reacția ei:

— E mult mai bine așa. Chiar îmi convine să am pe cineva în față la rând, dacă e o fată drăguță cu care pot sta și eu de vorbă. Apropo, pe mine mă cheamă Enric. Dar pe tine?

Alba își spuse că nu greșise socotindu-l nițeluș obraznic. Totuși, ceva din el transmitea încredere. Poate zâmbetul acela larg ori, mai degrabă, ținuta lui, atât de fermă de parcă ar fi avut rădăcini, iar trupul său robust și-ar fi tras forța din pământ.

După ce stătu la îndoială câteva clipe, fata îi răspunse, politicoasă și întru câtva timidă:

— Alba. Încântată.

— Ce nume original și frumos. Și foarte potrivit cu momentul, nu-i așa[1]?

— Nu știu ce să zic, e aproape ziuă.

---

1. *Alba* înseamnă „zori" (cat.).

— Mă rog, eu voiam să o fac pe poetul, dar văd că nu ai chef de metafore.

Alba îşi stăpâni râsul, dar el observă asta şi nu lăsă să îi scape ocazia.

— Măcar ţi-am smuls un zâmbet. Văd că la comedie am mai mult talent decât la poezie. Poate ar trebui să mă ocup cu teatrul. Chiar, tu cu ce te ocupi?

— Sunt bucătăreasă.

— Măi să fie! Iar eu sunt un mâncău a-ntâia! Pun pariu că găteşti de minune. Eu lucrez la o lăptărie. Într-o zi, când vrei tu, treci să mă vezi şi-o să-ncerc să-ţi dau nişte lapte şi câteva ouă. Dar să ştii că şi tu va trebui să-mi faci ceva dulce şi bun de tot.

Ideea că ar putea face rost de nişte alimente atât de căutate îmbătă imaginaţia Albei. În bucătăria familiei Vidal avea destule ouă şi lapte pentru prepararea prăjiturilor şi a cremelor, nu însă şi la ea acasă, unde acestea abia ajungeau pentru strictul necesar. Aşa că se lăsă sedusă de propunerea tânărului, promiţându-i, la rândul ei, o tavă de orez cu lapte.

În timp ce ei stăteau de vorbă coada se lungea – şi aproape că ajunsese la colţul străzii, când prăvălia ridică storurile. Alba intră prima, urmată de Enric, care n-o mai slăbea cu drăgălăşeniile.

Deşi împlinise deja douăzeci de ani, vârstă la care fetele începeau să se mărite, ea încă nu ieşise cu nici un băiat. I se trăgea probabil din familie, pentru că şi mama ei găsise târziu logodnic, ajungând la altar la o vârstă când alte femei aveau deja o droaie de copii.

Cu toate acestea, perspectiva singurătăţii nu o îngrijora prea tare, spre marea uimire a prietenelor sale, care nici nu își puteau închipui că ar fi putut visa și la altceva decât la o partidă strălucită. Însă Alba venise pe lume cu un dar, și de aceea viitorul, în închipuirea ei, era strâns legat de acest talent care o umplea de însuflețire; iată de ce, când se gândea la anii ce aveau să urmeze, se vedea pe sine mai curând conducându-și propria afacere, o patiserie rafinată și elegantă, pătrunsă de magia dulcilor ei creații.

Odată îi vorbise despre toate aceste planuri Elisei, prietena ei cea mai bună, care explodase:

— Patiserie! Ți-ai pierdut mințile! Nu știi că pe de-alde noi ne vor doar ca slujnice? Din ce câștigi n-o să pui un ban deoparte. Cu ce-o să plătești chiria și toate celelalte?

Alba știa că Elisa are dreptate, dar se răsfăța și ea, visând la viitorul acela învăluit în zahăr pudră, în care împărățea peste galantare ticsite de bezele și *choux à la crème* și printre rafturi pline cu fel de fel de bomboane.

Năzuința aceasta excludea cealaltă năzuință, mult mai comună, la pretendenți cu aspect plăcut și situație frumoasă. Așa se face că, în timp ce Elisa flirta cu un tânăr funcționar, Alba ofta după visul ei imposibil, fără să-i pese că ar fi putut rămâne fată bătrână.

În dimineața aceea însă, se întâmplase ceva.

O atracție stranie mijise în ea, o atracție care îi dădea ghes să se apropie de băiatul acela simpatic și cuceritor. Era o senzație plăcută, de confort și intimitate, de bucurie impulsivă care se deștepta fără motiv, umplând-o de o vigoare nemaiîntâlnită.

Timiditatea din primul moment se risipi pe dată, făcând loc unei conversații dezinvolte. Și, cum stăteau ei de vorbă, mărfurile, oamenii, prăvălia și toate cele din jurul lor se destrămau, până ce pe lume nu mai rămaseră decât ei doi, oglindit fiecare în privirea celuilalt. În spațiul acela, situat în afara oricărui alt prezent, își auzeau doar propriile glasuri și nu vedeau nimic altceva decât ochii lor luminoși, obrajii învăpăiați și zâmbetele diafane ce le însoțeau cuvintele.

Încă prinsă în mreaja acelei vrăji, Alba ieși din magazin.

În coș ducea rația de alimente la care avea dreptul pe baza cartelelor, obținută în schimbul cupoanelor pentru care plătise înainte. Modestele provizii constau în două sute de grame de săpun, o litră de ulei, o sută cincizeci de grame de zahăr, un sfert de kilogram de orez și trei cutii de lapte condensat. Mai avea de luat doar rația de pâine.

Deși se grăbea, căci nu voia să întârzie la lucru, mai zăbovi câteva minute, ca să termine și Enric cumpărăturile. Băiatul o rugase să îl aștepte, ca să îi dea adresa lăptăriei unde lucra.

Nu după mult timp, se ivi și Enric, cu partea lui de provizii. La lumina zilei, care devenise mai limpede, părul bine pieptănat îi strălucea în reflexe de ambră.

— Promite-mi că treci să mă vezi. Putem face lucruri mari împreună! Niște orez cu lapte, de pildă.

Enric o ținu pe același ton jucăuș cât timp îi explică Albei cum să ajungă la lăptăria unde era angajat de trei ani. Dar parcă aceeași vrajă pusese stăpânire pe el ca și pe Alba, căci, iată, nu se mai putea opri din vorbit. Iar fata, deși era îngrijorată că va întârzia, nu era nici ea în stare să pună capăt conversației.

Din fericire, clopotele parohiei Santa María bătură nouă ceasuri, avertizând-o.

— Îmi pare tare rău, Enric, dar nu pot să mai stau!

— Nici o grijă, şi eu trebuie s-o întind, că am de pregătit o comandă pentru cofetăria Escribà.

Alba rămase ca trăsnită de fraza aceasta.

Preţ de câteva clipe încremeni, cântărind ceea ce-i spusese tânărul. În lumina cuvintelor sale, vraja ce-i cuprinsese pe amândoi căpăta, deodată, străluciri miraculoase. Pentru că din întâlnirea lor reieşea existenţa unor coincidenţe tulburătoare, unele care legau viaţa ei, la tot pasul, de cofetăria Escribà.

Rămasă perplexă în mijlocul drumului, Alba pricepu în clipa aceea că magia dulciurilor începuse iarăşi să lucreze.

Cum, de altfel, lucra de peste patruzeci de ani.

Cozonac valencian[1]

Septembrie 1912

Ca în fiecare dimineață, Elvira ieși foarte devreme să cumpere pâine. Îi plăcea mult să se trezească odată cu zorii și să admire priveliștea străzilor dezmorțindu-se la veghea ultimelor umbre. I se părea că timpul are un cu totul alt ritm atunci când ziua stă să înceapă, și de aceea era convinsă că orice făcea la primele ore ale zilei îi ieșea mult mai bine.

Când puse piciorul afară din casă, Elvira văzu că cerul nu pierduse încă luminozitatea radioasă a verii, dar în schimb temperatura mai scăzuse un pic. Își strânse șalul pe trupul mărunt și o porni pe trotuar, cu pasul ei hotărât. Lumina zorilor se amesteca plăcut cu fericirea din inima ei, și Elvira nu-și putu reține un zâmbet.

---

1. *Pa cremat* (cat.), *panquemado* (sp.), *ad litt.* „pâine arsă" – dulce valencian de formă rotundă, cu lapte, zahăr și drojdie, care se consumă, de obicei, în perioada pascală; s-a optat pentru echivalarea „cozonac", forma *panquemado* fiind, pe alocuri, dificil de adaptat la limba română.

De când Adela, singura ei fiică, le spusese că se mărită, bucuria inundase sufletul oricum plin de veselie al Elvirei, făcând-o să zâmbească chiar mai des decât înainte. Era nespus de fericită să știe că fiica ei nu avea să rămână singură, așa cum se temuse ea, văzând că Adela cam trecuse de vârsta la care erau curtate fetele și se îndrepta vertiginos spre pragul celor douăzeci și cinci de ani.

Își întrerupse șirul gândurilor, când zări delicatele decorațiuni ce împodobeau noua fațadă a brutăriei Forn Serra. Nu demult, proprietarii, Mateu și Josefina, hotărâseră ca pentru bunăstarea afacerii să reînnoiască aspectul prăvăliei, iar pentru aceasta aleseseră stilul modernist care făcea furori în oraș.

Abia de șase ani deschiseseră Mateu Serra și soția lui, dar nici nu fusese nevoie de mai mult pentru ca magazinul lor să devină unul dintre cele mai populare din cartier. Având atâta succes, își permiseseră o înnoire a fațadei, pe care o dusese la bun sfârșit fratele ei, ebenist de meserie. Meșterul concepuse, apoi realizase, în lemn prețios, decorațiunile peretelui exterior al brutăriei, inspirându-se din noile tendințe, în care arta și natura fuzionau.

De vreo câteva săptămâni, fațada clădirii de la numărul 546 al viitoarei Gran Via, care pe atunci se numea Corts, avea așadar o nouă înfățișare, rafinată și plină de fantezie, atrăgând privirile trecătorilor. Și clienților le era pe plac noul aspect, mai modern, evocând natura în gracilele sale unduiri. Formele organice dăruiau eleganță exteriorului, întovărășindu-se cu mirosul de pâine caldă pentru a te îmbia să intri. Înăuntru, dindărătul vitrinelor de sticlă, o oștire de pâini, rotunde și ovale, își etala, pudrate cu făină, auria sa perfecțiune. Priveliștea aceasta, precum și atmosfera ei delicios înmiresmată, acompaniau fericit frumusețea noilor decorațiuni, transformând locul într-un spațiu încă și mai plăcut.

În toți acești ani, de când le era clientă, Elvira văzuse cum creștea, de la o lună la alta, notorietatea acelui magazin la început modest, ținut de o tânără pereche. O îndrăgi îndată pe Josefina, proprietăreasa, și amândouă descoperiră că fratele ei se cunoștea cu Rafael, soțul Elvirei, ebenist și el de meserie.

Deși Josefina era mai tânără cu zece ani decât Elvira, cele două se simpatizaseră pe loc. Proprietăreasa avea o fire volubilă, iar delicatesele proaspăt ieșite din cuptor parcă atingeau perfecțiunea grație bonomiei cu care le servea tânăra doamnă Serra. Veselia ei și măiestria soțului, Mateu, se completau fericit, așadar, așa încât pâinea lor să fie presărată, în fiecare zi, cu o drăgăstoasă voioșie.

Mulțumită acestei rețete, soții Serra reușiseră să sporească neîncetat prestigiul afacerii lor. Nu era lucru ușor, mai ales că, pe lângă experiență și amabilitate, brutăritul cerea și o nespusă dăruire. Iar cu cinci copii acasă, situația se complica. Așa se face că încet-încet angajaseră ajutoare, iar ei își vedeau de îndatoririle zilnice cu o jovialitate plină de energie, bucurându-se de viața pe care și-o făuriseră din pasiune, chemare și entuziasm. Iar recunoștința clienților era pentru ei cel mai bun imbold, nu doar ca să meargă mai departe, dar și să se întreacă mereu pe ei înșiși.

— Bună dimineața, *senyora* Elvira! exclamă Josefina de după tejghea, îndată ce o văzu intrând. Ca de obicei, pâine muntenească, nu?

— Da, mulțumesc, dar aș fi vrut să vă cer și un sfat!

— Din toată inima. Vă rog!

Elvira simți iarăși în stomac același fior care o cuprindea de fiecare dată când anunța vestea cea mare. Era de parcă, făcând acest anunț, ar fi retrăit bucuria pe care o încercase atunci când ea însăși îl primise.

— Așadar, fiica mea, Adela, se mărită luna viitoare și aș fi avut rugămintea să îmi recomandați o cofetărie de unde să luăm desertul.

— Felicitări, *senyora* Elvira! Sigur că da, puteți conta pe mine. Dați-mi însă voie să mă sfătuiesc cu soțul meu mai întâi, el știe mai multe. Iar mâine-dimineață vă fac o recomandare.

— Nu-i nici o grabă. Vreau doar să fie cineva de încredere și care să ne ajute să dăm prestanță momentului. Știți doar că Adela e singurul nostru copil, iar eu sunt fericită cum nici nu vă puteți închipui.

— Bineînțeles, doamnă, să nu aveți nici o grijă. Dar spuneți-mi, vă rog, nu cumva se mărită cu Esteve, învățătorul acela tânăr și simpatic?

— Chiar cu el. De altfel, aici s-au și cunoscut!

— Serios? Josefina era încântată să audă că aveau și ei o contribuție la cununia aceea. Asta e nemaipomenit! Păi, vom avea grijă să aibă cel mai grozav tort de nuntă!

— Nu știți cât vă sunt de recunoscătoare! Suntem toți foarte emoționați în legătură cu nunta, mai ales că eram aproape convinși că nu se va mai mărita. Chiar dacă nu-i arată, Adela are deja douăzeci și cinci de ani, dar a fost de-ajuns să-l cunoască pe Esteve și totul a mers ca pe roate.

— Da, la fel ca mine și soțul meu, am fost logodiți doar treisprezece luni.

— Nici nu trebuie mai mult, dacă oamenii se potrivesc, iar Adela și Esteve s-au potrivit din prima zi.

Preț de o clipă, ochii gri-albăstrui ai Elvirei scăpărară de fericire. Femeia aceea, măruntă dar sveltă, își păstrase nu doar înfățișarea, ci și emotivitatea tinereții. Cum sta în picioare, în fața tejghelei, Elvira își aminti cuvintele cu care fiica ei îi spusese că a cunoscut la Forn Serra un tânăr încântător:

— E învățător și e din cartierul nostru. M-a întrebat dacă aș vrea să ieșim la o cafea împreună duminică, iar eu am acceptat. Am făcut bine?

Elvira îi răspunsese că da. Avea încredere în judecata fiicei sale, iar dacă Adela găsise că băiatul e de încredere, ea una nu-și făcea griji.

Duminica următoare, fiica ei era în fierbere. Își pusese cea mai bună ținută a ei, un *deux-pièces* din bengalină bej, cu dungi aplicate pe rever și pe manșete. Croiala veșmintelor îi stiliza silueta, mai puțin sveltă ca a mamei, iar culoarea îi punea în evidență pielea ușor bronzată. O enormă pălărie cu tul îi dădea aerul de eleganță sofisticată al unei veritabile doamne.

Când ajunse în Plaça Catalunya, unde își dăduse întâlnire cu Esteve, Adela se bucură că alesese să se îmbrace așa. Fațada modernistă a cafenelei La Lune anticipa atmosfera rafinată dinăuntru. Peretele de la stradă era împodobit cu reproduceri după reclame la Anís del Mono și Martini Rossi, concepute de pictorul Ramon Casas.

O parte dintre clienți ocupau vasta terasă a localului, bucurându-se în tihnă de temperatura plăcută a acelei ore. Totuși, cei doi preferară o masă înăuntru. Adela abia-și putea stăpâni uimirea, văzând frumusețea acelui spațiu, pe care primăria o răsplătise cu premiul întâi pentru decorațiuni.

— Este un loc unde se întâlnesc artiștii și intelectualii, îi explică Esteve, trăgând un scaun de sub masă și oferindu-i-l. Vine des pe-aici Santiago Rusiñol[1].

Savurându-și cafeaua, cei doi tineri purtară o conversație atât de plăcută și de destinsă, încât nimeni din jur n-ar fi bănuit că se cunoșteau de numai trei zile. La drept vorbind, păreau un tânăr cuplu bucurându-se de o după-amiază de duminică. Poate pentru că ei înșiși se simțeau deja o pereche, legată printr-un lanț invizibil, care îi făcuse să se cunoască, iar acum îi aducea împreună în chipul cel mai firesc.

Din ziua aceea, toate duminicile deveniră o plimbare, plăcută, către uniunea legitimă care îi adusese Elvirei atâta fericire.

*

— Nu mai merg la ăia niciodată!

— Nu vă precipitați, doamnă Empar, sigur există o explicație!

Elvira încerca să își liniștească vecina, care îi arăta, furioasă, ce se alesese de niște pâinițe pe care le făcuse ea și le dusese la Forn Serra la copt. De ani buni, când venea Crăciunul, multe gospodine duceau cratițele cu curcan la soții Serra, ca să le pună la copt în cuptorul cu boltă romană, adânc de șase metri, al brutăriei. Vecina, de loc din Valencia, făcuse un cozonac tipic valencian și-l dusese la copt la Forn Serra. Din cuptor ieșise însă un aluat plat, fără nici o asemănare cu prăjitura aceea pufoasă și parcă suflată cu zahăr.

---

1. Santiago Rusiñol i Prats (1861–1931), pictor, scriitor și dramaturg catalan, figură importantă a Modernismului în Catalunya.

— Și cum v-au explicat asta? o întrebă Elvira, încercând s-o mai liniștească. Ce s-a întâmplat de a ieșit așa?

— Nu i-am întrebat. Așa scârbită am fost, că am plecat de-acolo în cea mai mare grabă.

— Păi, ar trebui să vă întoarceți și să le spuneți. Vin și eu cu dumneavoastră, dacă vreți, că tot voiam să merg la cuptor cu niște friptură.

Vecina se învoi, așa că porniră împreună spre Forn Serra. Una ducea coptura stricată, cealaltă un pui cu prune și semințe de pin. Era al doilea Crăciun împreună cu Adela și soțul ei, iar Elvira dorea să îi impresioneze cu puiul acela și cu o supă cu paste-scoică la felul întâi.

Deși se făcuse aproape zece, lumina zilei era foarte slabă, din pricina pâclei care se tot întinsese peste oraș în ultimele câteva ore. Cu toate acestea, strada Corts, atât de largă, vădea aceeași forfotă dintotdeauna a sărbătorilor, același du-te-vino de oameni și vehicule. Era destulă înghesuială și la Forn Serra, așa că așteptară ceva timp până să le ia cineva în primire.

Când auzi plângerile valencienei, Josefina declară că se va ocupa imediat de situație.

— Îmi pare tare rău, *senyora* Empar; ne cerem iertare. Mă duc chiar acum să văd ce s-a întâmplat și vom găsi o soluție.

Nici două minute nu trecură și Josefina se întoarse cu cel care avea grijă de cuptor, căruia îi transmisese reclamația clientei. Omul le spuse imediat că știa cum se prepară acel dulce, pentru că și el era tot valencian.

— Problema nu e cuptorul. Problema e că a trecut prea mult timp de când a preparat doamna aluatul și până l-a adus la cuptor. Dar nu vă necăjiți, vă fac eu altul. Veți vedea că de data asta iese bine.

Și se apucă numaidecât de treabă, ca să arate că avea dreptate. Și preparǎ cozonacii cu atâta entuziasm, că îi ieșiră doisprezece la număr, toți umflați și pufoși.

A doua zi, când se întoarse cu vecina la Forn Serra, Elvira rămase mută de uimire: cozonacii arătau într-adevăr apetisant, rotunjori, parcă smoliți, prin contrast cu zahărul ce îi învelea și cu miezul alb dinăuntru.

— Cu ceilalți ce faceți? o întrebă Elvira pe Josefina.

— Cred că o să-i punem la vânzare, să vedem cum merge...

— Păi, aș dori și eu unul!

Ca Elvira se mai găsiră și alți mușterii, dornici să plece acasă cu unul dintre acele deserturi apetisante. În câteva ore, așadar, se vândură toți. Văzând cu cât entuziasm le primiseră clienții, soții Serra hotărâră să pună cozonacii valencieni în oferta zilnică a brutăriei, așa că în ziua următoare ei tronau deja în vitrine.

S-a dovedit a fi o idee bună. Clientela făcu imediat o adevărată pasiune pentru noul dulce, iar asta îi încurajă pe cei doi soți să încerce și cu alte deserturi. Josefina se gândi că putea face o prăjitură de prin părțile lui Mateu, iar când îi sugeră asta, soțul ei îi împărtăși părerea. Găsi că e o idee excelentă să pună și la dispoziția clienților acele plăcințele de Tortosa cu care își răsfățase el însuși de atâtea ori soția.

— Să încercăm, îi spuse el într-o seară, după cină, când Josefina ridică problema. Îmi place să avem și preparate care nu se fac la alte brutării. Uite așa, ca pâinea muntenească. E lume care vine la noi special ca să cumpere pâinea asta, fiindcă știu că altundeva nu se mai găsește în Barcelona.

A doua zi, Josefina avea deja gata o tavă cu plăcințele de Tortosa, pe care le rândui în galantar lângă cozonaci. În câteva ore se vândură toate.

Ziua următoare au făcut din nou, în cantitate mai mare, iar rezultatul a fost același. Din ziua aceea, plăcințelele de Tortosa au intrat în oferta obișnuită a brutăriei Forn Serra, al cărei viitor începea, astfel, să se contureze.

Fursecuri cu seminţe de pin

Octombrie 1917

Cerul acoperit de norii acelei ultime zile de octombrie parcă s-ar fi vorbit cu inima ei. Lumina tulbure a dimineţii era însă călâie, într-un fel ciudat, care o stingherea. Elvira simţea că se înăbuşă sub şalul pe care şi-l luase tocmai pentru a se ocroti de frigul dimineţii. Şi-l pusese în grabă, căci voia să se întoarcă acasă cât mai repede. Îi luase mult timp ca să o liniştească pe Adela, apoi s-o culce în patul ei şi s-o ajute să adoarmă.

I se rupea sufletul, ca de fiecare dată când o vedea pe biata Adela în starea aceea deplorabilă de după încă o sarcină pierdută. Prima îi adusese o decepţie profundă, spulberându-i dintr-o lovitură toate visurile de a deveni mamă. A doua îi adâncise şi mai tare deziluzia şi amărăciunea, dar pe cea de-a treia o trăi ca pe un veritabil eşec.

Sărmana femeie n-o mai văzuse niciodată aşa de năruită. Şi nu doar hemoragia era cauza acestei descurajări. Mai era şi neputinţa, senzaţia frustrantă a lipsei de soluţie, respingerea gândului că trebuia să se resemneze.

Elvira, care știa că nu era încă momentul să stea de vorbă, o luase la ea acasă și o convinsese să se culce. Voia ca Adela să se refacă fizic și trăgea nădejde că somnul îi va risipi gândurile negre care o munceau. La trezire, Elvira se gândea să evite subiectul, creându-i, în schimb, o atmosferă cât mai plăcută, în care să se simtă ocrotită. De aceea și ieșise, ca să cumpere niște fursecuri cu semințe de pin, preferatele Adelei, și să îi facă o surpriză.

Lăsându-l pe soțul ei, Rafael, acasă, la căpătâiul Adelei, Elvira se repezea acum până la Forn Serra, după niște fursecuri cu semințe de pin, tradiționale de Ziua Tuturor Sfinților. În fiecare an le făceau ele două, acasă – acum însă, dată fiind situația Adelei, asta nu se mai putea.

Amintirea acestui vechi obicei de familie o smulse, pentru un moment, din starea ei de tristețe. Preț de câteva clipe se revăzu alături de fiica ei, în bucătărie, punând la fiert apa și zahărul într-un ibric. Ea dădea mare importanță temperaturii, de aceea folosea un termometru de bucătărie, ca să știe când lichidul atinge 110 grade. În acel moment, Adela adăuga în ibric făină de migdale, amestecând-o cu restul ingredientelor, iar la sfârșit încorpora două ouă întregi.

Amestecau tot, cu conștiinciozitate, până când obțineau o pastă omogenă, pe care apoi o lăsau câteva minute să se răcească. După toate acestea, sosea punctul culminant al zilei, când Adela modela fursecurile, rupând mici bucăți din aluat, pe care le rotunjea în palme. Când termina, i le întindea Elvirei, care, după ce le ungea cu ou bătut, le presăra cu semințe.

Ce bucurie era să admiri parada aceea de biluțe albe, îmbrăcate în semințe de pin! Și cât de emoționate erau când le ungeau cu ou, înainte să le bage în cuptor. Dura doar cinci minute până când aluatul se prefăcea în delicioase fursecuri, ce-și schimbau culoarea ivorie, făcând loc unui auriu delicat.

Acesta avea să fie primul an când prepararea acestor dulciuri acasă, o adevărată tradiție, era întreruptă. Din fericire, fursecurile se găseau și la Forn Serra, care în ultimii ani își lărgiseră considerabil lista de sortimente. De la întâmplarea legată de cozonacul valencian, oferta lor crescuse neîncetat, ca și numărul clienților, de altfel. Așa de mult le sporise clientela, încât, în cele din urmă, angajaseră un patiser, care să-i ajute să facă față cererii.

— Am avut mult noroc că l-am găsit și suntem tare mulțumiți de el, îi spuse Josefina, împachetând fursecurile. Știe meserie, deja lucra la un laborator din Bellpuig, satul lui. La început, să vedeți, avea altă meserie. Era cel care muta pâinile și pateurile în cuptor cu paleta. Asta se face ca să le apropii sau să le îndepărtezi de foc, după cum trebuie să se coacă fiecare.

— Înseamnă că are mulți ani de experiență.

— Și nu doar experiență, dar e și foarte priceput. Iar la noi se perfecționează ca patiser.

— Văd, fursecurile arată nemaipomenit.

— Oho, și încă nu le-ați gustat! Antonio are mână excelentă la dulciuri.

Elvira se încredință foarte repede că Josefina avea dreptate. În seara aceea, la mâncarea de castane[1], erau patru, ea cu soțul ei, cu fiica și cu ginerele lor. După cină, pe masă apărură niște cartofi dulci la cuptor, câteva castane prăjite și fursecurile de la Forn Serra.

---

1. *Castanyeda*, mâncare tradițională de Ziua Tuturor Sfinților.

Nici bine nu le gustaseră și dulceața rafinată a fursecurilor le cuceri gurile. Plecând de la școală, Esteve, soțul Adelei, cumpărase și o sticlă de muscățel, iar gustul onctuos a vinului completa de minune dulceața fursecurilor, fără să fie grețos. Se simțea că fuseseră preparate cu un excelent simț al dozajului, astfel încât aluatul lor să fie fraged și umed, dar nu neplăcut de dulce. Dar cel mai uimitor era că păreau s-o fi trezit din morți pe Adela, care trecuse peste starea proastă.

— Mulțumesc mult, mamă, sunt delicioase fursecurile. Cred că de-acum nu va mai fi nevoie să le facem noi!

Acel comentariu era exact ceea ce aștepta fruntea Elvirei ca să se însenineze. Faptul că fiica sa glumea era dovada că sufletul ei începea să se întremeze.

Și toate acestea, grație tânărului patiser, Antonio Escribà, pe care îl angajaseră soții Serra.

*

A doua zi, într-o dimineață înnourată de joi, Adela se înzdrăvenise îndeajuns cât să se întoarcă acasă. De când se măritase, în urmă cu cinci ani, stătea într-un apartament din cartierul Sants, unde se mutaseră pentru că era aproape de școala lui Esteve.

Mama ar fi vrut să o mai oprească o zi la ea, ca să-și revină complet, dar preferă să nu o contrazică pe Adela, care îi spusese că vrea acasă, la soțul ei. Elvira o înțelegea: cu cât revenea mai repede la rutina ei zilnică, cu atât mai ușor avea să treacă peste noua deziluzie pe care i-o pricinuise neputința de a deveni mamă. Era încă foarte tânără; tot ce avea mai bun de făcut era să meargă înainte, până când avea să sosească și clipa la care visa atât de mult.

Căci Elvira credea cu strășnicie că mai devreme sau mai târziu, fiica ei va deveni mamă. Din experiență învățase că dorințele, atunci când sunt foarte puternice, ajung să se împlinească.

— Uite, îi spuse Adelei, înainte să plece, întinzându-i o batistă legată la colțuri, ai aici niște fursecuri. Le-am pus deoparte aseară pentru tine.

— La toate te gândești dumneata, mamă! Mulțumesc.

— Am văzut că te-au mai înseninat, iar eu aș vrea să te văd mereu așa, fetița mea. Să nu te mai lași niciodată cuprinsă de deznădejde.

— Nu mă mai las, mamă, să nu-ți faci griji. Mai ales că am și fursecurile astea, care fac miracole.

Nu se înșela prea tare Adela. Chiar a doua zi, Esteve îi făcu o surpriză, venind acasă cu o veste grozavă.

Șezând lângă fereastră, ca să se bucure de ultimele raze de soare, Adela tocmai își reluase lucrul de mână, la care tot cosea, când îl auzi intrând. De cum îl văzu, își dădu seama că se întâmplase ceva important. Zâmbetul lui Esteve era mai radios ca niciodată, iar ochii îi străluceau.

După ce o sărută, în lumina slabă și roșiatică ce se strecura în încăpere, Esteve o anunță, pe un ton vesel-solemn:

— Mi s-a propus să lucrez la școala din Bosc.

Adela stătu pe gânduri o clipă, înainte de a-i răspunde:

— Cea din Montjuïc, din clădirea aceea ciudată?

— Din casa Laribal, exact. Am vorbit de curând de ei, ți-amintești? În duminica aceea când am mers la munte.

— Da, mi-ai spus că îți place mult sistemul lor de învățământ, fiindcă țin ore în aer liber, în mijlocul naturii.

— Și nu doar pentru asta. Au și un sistem educativ foarte avansat, merg mult pe experimentarea și observarea directă a realității.

Esteve se așeză lângă ea, apoi își urmă vorba:

— Știu toate astea pentru că acum ceva timp i-am fost prezentat doamnei Rosa Sensat, directoarea secției de fete, și ne-am simpatizat imediat. Știi bine că eu susțin inovațiile pedagogice, cum sunt cele de la Escola Moderna.

— Știu, mi-ai spus mereu că educația trebuie să aibă o bază științifică și rațională. Și că nu ajungi nicăieri cu pedepsele.

— Așa este. Trebuie să îi îndrumăm pe copii în așa fel încât ei să învețe din dorință proprie, fără să li se pună condiții. De aceea am fost așa de încântat, acum trei ani, când au deschis școala, în vila avocatului Josep Laribal. După moartea lui clădirea a revenit Primăriei, care a refăcut-o în așa fel încât să poată funcționa ca școală. Să vezi ce grădini au, și ce priveliști! Copiii de acolo învață intrând în contact direct cu natura... E o minunăție!

— Și când începi?

— Odată cu noul an școlar. M-am făcut luntre și punte să obțin un post, iar azi de dimineață m-au anunțat că l-am primit. De-abia aștept să încep!

Iată, așadar, a doua dintre minunile care s-au întâmplat în viața lor grație acelei brutării. Cea dintâi se petrecuse în ziua când Adela și Esteve se cunoscuseră la Forn Serra, iar a treia avea să urmeze, prin lucrarea tainică a plăcințelelor de Tortosa.

Mai erau nouă ani până la acel moment, care sosi exact atunci când Adela și Esteve renunțaseră la orice speranță. În ziua aceea neobișnuită de Crăciun, când o ninsoare efemeră avea să schimbe chipul Barcelonei, Alba veni pe lume printr-un fel de magie, care-i hărăzise, drept moștenire, dulciurile. O moștenire ce parcă luase naștere din relația statornică a părinților ei cu brutăria Forn Serra. Ca și cum un fir de zahăr nevăzut ar fi conspirat cu genetica, făcând să înflorească în ea ceea ce, mai mult decât o aptitudine, era un dar. La fel cum erau și virtuțile făcătoare de minuni ale dulciurilor lui Antonio Escribà.

Tânărul patiser se angajase la brutărie într-un an tulbure, răvășit de o grevă generală și de Revoluția din Octombrie, iar de atunci lucra la soții Serra, cu care se înțelegea foarte bine. Mateu își dăduse seama că băiatul era înzestrat și știa să îi pună în valoare creativitatea și priceperea.

Josefina prețuia și ea aceste înzestrări, precum și firea lui volubilă, la fel ca a ei. De aceea, pe măsură ce treceau anii, nu doar sortimentul lor de dulciuri sporea, ci și prietenia dintre cei doi soți și tânărul patiser. Antonio Escribà găsise în laboratorul de la Forn Serra un spațiu mult visat, un loc în care putea pune în faptă toate ideile care îi înfierbântau mintea, fără altă limită decât propria imaginație. Dăruirea și interesul acestui băiat îi plăceau lui Mateu, care, ca și el, era bucuros să poată îmbunătăți și înmulți felul dulciurilor ce se răsfățau zilnic în galantarele brutăriei.

Vremea trecu, iar relația lor profesională și personală deveni tot mai strânsă, până ce, chiar în al zecelea an de când lucra la brutărie, cu puțin înainte ca Alba să împlinească un an, Antonio se însură cu una dintre fiicele proprietarilor.

Fata, care se numea tot Josefina, moștenise eficiența mamei sale, iar firea ei descurcăreață se potrivea de minune cu inițiativele tânărului patiser. Împreună au reușit să câștige noi pariuri, cum a fost, de pildă, acela de a aproviziona cu pâinițe vieneze restaurantele și barurile din incinta Expoziției Universale care a avut loc la Barcelona, în 1929, la doi ani după nunta lor.

Văzând cum orașul se împodobea cu clădiri și construcții noi, lui Mateu îi veni această idee, pe care i-o împărtăși numaidecât ginerelui; iar Antonio fu de acord, având deplină încredere în socrul său, care în nenumărate rânduri se arătase a fi un întreprinzător vizionar.

Încă nu trecuse un secol de când asemenea pâinițe, pufoase și ușoare, de consistența cozonacului, se preparau după o nouă metodă, care apăruse întâi la Viena, apoi devenise populară grație expozițiilor universale de la Paris și din capitala austriacă. Hotărât să aducă această noutate și la expoziția barceloneză, Mateu angajă patiseri de la Viena ca să-i facă astfel de pâinițe, iar pentru asta le puse la dispoziție unul dintre cele două uriașe cuptoare cu boltă romană ale brutăriei sale. Antonio însuși avea grijă mai apoi să le ducă la centrul expozițional.

Ca să asigure livrarea, în cele opt luni cât a durat expoziția, Antonio și-a cumpărat un triciclu Alpha, cu motor în doi timpi. Zilnic, dis-de-dimineață, încărca pâinițele și pornea cu triciclul spre Montjuïc. Într-o zi însă, la cotitura spre grădinile Laribal, unde lucra Esteve, chiar la Font del Gat, Antonio pierdu controlul triciclului și se răsturnă cu tot cu marfă. Multe pâinițe, sub efectul impactului, țâșniră din vehicul ca niște gloanțe. Unele rămaseră împrăștiate pe șosea, altele se rostogoliră la vale. Din fericire, Antonio scăpase teafăr, așa că reuși să livreze marfa rămasă neatinsă.

Când îl văzură în ce hal intră pe ușa brutăriei, făcut ferfeniță din cap până în picioare, familia, lucrătorii și cei trei patiseri austrieci traseră o sperietură pe cinste. Dar le trecu repede, ba chiar începură să râdă, când Antonio le povesti pățania cu pâinițele, care arătau ca niște ciupercuțe ciudate, răsărite pe șosea.

Până la urmă, accidentul s-a adăugat, ca o anecdotă hazlie, în lungul șir de curiozități care devenea, încet-încet, istoria familiei Escribà.

Tartă de Sant Joan[1]

Iunie 1947

Când ajunse în dreptul scării unde locuia Elisa, prietena ei, Alba dădu de câțiva vecini care cărau scânduri și fel de fel de lemne pentru focul din seara aceea.

Un bărbat brunet, bine legat, îi ținu ușa să intre. Era și ea destul de încărcată, atâta doar că ducea o tartă voluminoasă. De Sant Joan fusese invitată la Elisa acasă, rămânând ca ea să se ocupe de desert. Ceilalți invitați contribuiseră cu bani sau cu ingrediente, iar Alba preparase desertul, cu voia stăpânei casei, care-i îngăduise să folosească și bucătăria, și cuptorul. Făcuse așadar două tarte în ziua aceea, una pentru stăpâni și pentru invitații lor, iar cealaltă, pentru petrecerea de la Elisa.

Toată dimineața stătuse să le facă, profitând de liniștea care domnea în apartament. Copiii, care ar fi putut să o țină de vorbă, nu se întorseseră încă de la școală, iar fata

---

1. Sfântul Ioan Botezătorul, a cărui naștere se sărbătorește pe 24 iunie.

care spăla și făcea curat nu venea în acea zi. Deși prepararea desertului era o muncă de responsabilitate, Alba nu era deloc îngrijorată. Bucătăria era un teritoriu în care se simțea sigură, pentru că știa că orice greșeală putea fi transformată într-un succes, cu condiția să ai pricepere, experiență și imaginație. Iar ea le avea pe toate trei.

Cu mișcări îndemânatice, întinse făină pe masă și făcu din ea un cuib, în care adăugă apă, zahăr și sare în cantitatea potrivită. Apoi începu să frământe, având grijă ca ingredientele să se amestece bine. Când obținu o pastă omogenă, desfăcu drojdie cu puțină apă într-un recipient, încorporând-o apoi imediat în masa obținută, pentru a se amesteca bine cu restul compoziției.

Mișcările ei erau pe cât de agile, pe atât de precise. Le făcea fără să se mai gândească la ele, însă cu toată concentrarea necesară în asemenea momente, în care fiecare amănunt contează: calitatea ingredientelor, proporția corectă, temperatura, timpii. Cu toate acestea, gesturile ei vădeau o simplitate înșelătoare, de parcă ar fi împlinit o banală rutină, nu o muncă plină de roadele unei vechi și trainice pasiuni.

Alba luă untul și îl frecă până îl aduse la o textură densă, cremoasă, apoi îl adăugă în cuib, împreună cu niște ouă bătute. Pe urmă începu să frământe amestecul, încorporând foarte lent făina. Mișcarea constantă și cadențată a mâinilor transformă aluatul într-o compoziție uniformă, netedă și omogenă.

După ce lăsă totul să se odihnească douăzeci de minute, fata luă sucitorul și întinse foaia de aluat până la o grosime de cam patru milimetri. Apoi o tăie în două bucăți, cărora le dădu formă de tartă, rotunjind capetele. Pe urmă le ornă cu pepene galben, portocale și cireșe confiate.

Punea bucățelele de fructe cu delicatețe, încercând să obțină o îmbinare armonioasă de forme și culori. Între timp fredona *Quizás, quizás, quizás*, o rumbă de mare succes în acel an. Când fu mulțumită de rezultat, lăsă din nou aluatul să se odihnească, de data aceasta două ore, cât era nevoie ca să dospească.

Își văzu apoi de îndatoririle ei obișnuite, într-o atmosferă plină de pace, diferită față de alte zile. Mai erau ore bune până să înceapă petrecerile, și cu toate acestea sentimentul sărbătorii plutea de pe-acum în aer. Nu peste mult timp, felinarele, ghirlandele și stegulețele de hârtie urmau să împodobească străzile, iar oamenii să stivuiască lemne în intersecții, ca să le dea foc noaptea. Pe deasupra acelor torțe gigantice, la mare înălțime, artificiile aveau să risipească, cu lumina lor multicoloră, întunericul nopții, cea mai scurtă din an, și toți urmau să întâmpine, recunoscători și fericiți, sosirea verii.

Îi părea rău Albei că anul acela nu petrecea alături de mama și de bunica, dar se consola știind că ele vor sărbători la niște rude cu care se înțelegeau foarte bine. De aceea acceptase invitația Elisei la petrecerea cu vecinii ei, care se ținea în fiecare an pe terasa clădirii.

— Vine și Carles, așa că poți să vii cu Enric!

Încă nu trecuseră trei luni de când se vedea cu tânărul pe care îl cunoscuse la coadă la rație, așa că propunerea o luă prin surprindere.

— Știu și eu ce să zic? Tu și Carles vă vedeți de doi ani, noi abia am făcu cunoștință. Aș spune că e prea devreme.

— Ai douăzeci de ani, Alba! Ce mai aștepți? Să prinzi mucegai?

Spontaneitatea lipsită de ocolișuri a Elisei nu o surprinse. Nu doar că se obișnuise cu sinceritatea ei brutală, dar îi era și recunoscătoare pentru ea, fiindcă știa că Elisa îi vrea binele. Din acest motiv hotărî să-i urmeze sfatul. Și apoi, se simțea bine în compania lui Enric, cu care își descoperea, încântată, noi și noi afinități.

În ziua când, așa cum stabiliseră, se duse să îl viziteze, atracția pe care o simțise pentru el în dimineața când se cunoscuseră sporise. Îl găsi și mai chipeș, și mai simpatic. De vină să fi fost, poate, lumina care juca în ochii lui, făcându-i zâmbetul parcă și mai strălucitor? Senzația de apropiere fusese, și ea, mai intensă, iar Alba se pomenise stând cu el de vorbă și glumind cu toată dezinvoltura, de parcă ar fi fost doi vechi prieteni. Nu petrecuseră împreună decât zece minute, pentru că băiatul era în timpul serviciului, dar sămânța aceea de complicitate pe care o sădiseră atunci, la coadă, începuse deja să încolțească.

Alba se întoarse la lăptărie a doua zi, ca să-i aducă orezul cu lapte pe care i-l promisese. Rămăsese să vină la sfârșitul turei, dar Enric, când o văzu, se arătă nespus de mirat, ca și cum n-ar fi vorbit cu douăzeci și patru de ore înainte.

— Ce surpriză! Sunt tare fericit că ai venit.

— Păi nu ți-am spus că fac ceva dulce cu laptele pe care mi l-ai dat și vin să-ți aduc?

— Da, dar nu mi-am închipuit că ai să fii așa rapidă!

Alba îi întinse caserola de aluminiu în care-i adusese orezul cu lapte.

— După ce îl termini, să-mi înapoiezi vasul.

— Foarte bine, în felul ăsta va trebui să ne vedem din nou... Ce zici să ne întâlnim duminică?

Nu putu să îl refuze, așa că trei zile mai târziu se văzură din nou. Enric îi propusese ca punct de întâlnire Avinguda de la Llum, galeria comercială subterană. De aproape șase ani fusese dată în folosință acea arteră, care mergea pe sub strada Pelai și care devenise un spațiu foarte frecventat, nu doar pentru că era zonă de trecere, ocupând pasajul către gara Sarrià, dar și pentru că oferea o grămadă de posibilități. În afară de priveliștea feerică a galeriei, pe care o scăldau în lumină de neon mai bine de două sute de tuburi, întinse între două șiruri de coloane gemene, pasajul oferea și un spațiu minunat ca să te plimbi, să cutreieri magazinele, să bei o cafea sau chiar să vezi un film.

— Dacă vrei, vorbesc cu prietenul meu Domingo să ne lase să intrăm gratis la film, îi spuse Enric, în timp ce coborau în pasaj, dinspre Plaça Catalunya. E plasator acolo.

Alba ignoră întrebarea, prefăcându-se interesată de rochiile dintr-o vitrină. Deja îi permisese cam multe, spunând „da" la toate propunerile lui de până atunci. Dacă accepta până și să intre cu el într-o sală întunecoasă, Enric și-ar fi putut face o părere greșită despre ea, iar Alba nu dorea așa ceva.

Totuși, în duminica aceea cu greu putu să-și mascheze starea de bine pe care i-o crea prezența lui. Așa de bine îi era lângă el încât, la ora despărțirii, simți, fără voia ei, un junghi de tristețe. Din ziua când îl cunoscuse, Enric pusese stăpânire pe gândurile ei, iar timpul parcă trecea mai încet când nu erau împreună. O senzație pe care Alba nu o mai trăise de mult sau, în orice caz, nu atât de intens.

Atracția, din fericire, părea să fie împărtășită; tânărul sugeră că s-ar putea vedea din nou săptămâna următoare: la despărțire, după o plimbare pe Avinguda de la Llum și o cafea, Enric o întrebă dacă i-ar face plăcere să meargă cu el la Muzeul de Artă Modernă din parcul Ciutadella. Alba acceptă propunerea și află, cu acest prilej, că Enric era pasionat de pictură. În timp ce admirau operele expuse în clădirea care, cu opt ani înainte, găzduia Parlamentul

Catalunyei, băiatul îi mărturisi că de doi ani studia la Școala Superioară de Bele-Arte Sant Jordi, deschisă în Llotja de Mar[1].

— Mă duc la seral, că pot lucra ziua. Cu banii pe care îi iau de la lăptărie îmi plătesc cursurile. Apropo, anul ăsta s-a înscris și un fiu de-ai lui Antonio Escribà.

Știrea o surprinse pe Alba.

— Nu vrea să se facă patiser?

— S-ar părea că e atras de pictură și sculptură; din câte am auzit, e destul de bun.

Ea înălță din umeri într-un gest de resemnare. Nu-i venea să creadă că cineva atât de apropiat de universul cofetăriei ar putea alege o altă formă de exprimare artistică. Cuvintele lui Enric, care ducea mai departe conversația în timp ce străbăteau sălile muzeului, întrerupseră șirul reflecțiilor ei:

— Mie mi-a plăcut dintotdeauna să desenez. Când eram mic, mă pedepseau la școală pentru că umpleam caietul de desene și de schițe în loc să-mi fac tema. Și acasă pățeam cam la fel. Maică-mea mă certa mereu când vedea că desenez. Îmi spunea că-i o pierdere de timp și să fac ceva folositor.

— Din nefericire, e ceva tipic în familiile muncitorești. Dacă au parte de un copil artist, fac tot ce pot ca să-i bage mințile în cap! Eu am avut mare noroc cu tata. Fiind dascăl, era mai înțelegător și mă lăsa să fac tot ce voiam eu la bucătărie. Sigur, e o diferență, eu nu voiam să mă fac pictoriță. Dar cred că, dacă ar mai trăi, m-ar ajuta să-mi deschid o patiserie sau o cofetărie.

---

1. Edificiu barcelonez în stil neoclasic, a cărui structură înglobează o clădire comercială datând din secolul XIV.

— A murit?

— Da, acum cinci ani, aproape. De tuberculoză.

— Of, îmi pare tare rău. Nici eu nu am tată, a dispărut în război. L-au mobilizat chiar la sfârșit, ne-a scris de pe front de vreo două ori, dar după bătălia de pe Ebru n-a mai dat nici un semn de viață.

O umbră grea se așternu pe chipul tânărului. Era prima oară când Alba îl vedea fără obișnuita lui expresie zâmbăreață și veselă. Chiar și privirea lui părea să se fi scufundat în bezna ce-l învăluise pe neașteptate.

Întunericul ținu însă numai puțin. El însuși schimbă subiectul, arătându-i colecția de gravuri și desene ale lui Xavier Nogués. În acel moment redeveni așa cum fusese dintotdeauna; și așa a și rămas, în toate duminicile care au urmat și în care s-au văzut.

Soarele ajunsese aproape la zenit, când Alba se desprinse de amintirea aceea și începu să ungă tartele cu ou bătut. Stătuseră două ore la dospit și ajunseseră foarte aproape de forma pe care urmau să o aibă odată scoase din cuptor. După ce le unse bine, Alba presără asupra lor o ploaie de semințe, apoi o ninsoare de zahăr. Micile cristale se așterneau lin peste cele două prăjituri, împestrițate de verdele, galbenul și roșul fructelor confiate.

După ce le ornă așa cum îi plăcea, Alba le vârî în cuptor, care ajunsese la temperatura potrivită. De-acum mai era nevoie de vreo paisprezece minute pentru ca focul să-și înfăptuiască vraja, prefăcând aluatul în tarte delicioase de Sant Joan.

*

Peste câteva ore, acasă la ea, Alba începuse să se pregătească de plecare. Își scosese îmbrăcămintea ei de zi cu zi și își pusese o rochie înflorată, fără mâneci, făcută de mama ei. Culorile de vară ale modelului erau discrete, dar o avantajau, la fel și rochia strânsă pe trup, care dădea suplețe siluetei sale.

După ce își trecu peria prin păr și își aranjă zulufii, Alba ieși din casă, luând cu ea tarta împachetată în hârtie și legată cu sfoară. Stabilise cu Elisa să vină un pic înaintea celorlalți invitați, ca să-i dea o mână de ajutor cu pregătirile. Enric ar fi vrut să treacă să o ia și să meargă împreună, dar Alba prefera să-l lase să ia cina cu ai lui, în liniște, așa că își dădură întâlnire direct la intrarea în clădire. Se făcuse unsprezece, când îl văzu apărând de după colțul străzii. Își pusese hainele de duminică, purta pantalonii cei buni și cămașă, iar părul îi strălucea. Aerul sărbătoresc cuprinsese întreg orașul, iar pe cerul întunecat începeau să explodeze lumini multicolore.

— Mamă, da' ce bine arăți! murmură Enric, fiind sigur că era destul de aproape ca să fie auzit. Ea se mulțumi să zâmbească și îl invită să urce.

Urmând-o pe scări, băiatul încercă să o prindă și să-i fure o sărutare, însă Alba se smulse râzând. Enric nu era la prima tentativă de acest gen, iar rezultatele păreau tot mai încurajatoare. Barem nu încasa iarăși o palmă, cum pățise la prima incursiune. Era o lună de când se cunoscuseră și trei săptămâni de când ieșeau împreună, iar Alba nu dorise să-l lase să-și închipuie că își putea permite asemenea intimități.

Ca toate fetele, crescuse și ea copleșită de sfaturi și de avertismente, care o puneau în gardă cu privire la riscurile atrase de capitularea în fața ispitelor cărnii. Trecuseră totuși mai bine de două luni de la prima lor întâlnire, iar băiatul părea bine intenționat. Iată de ce și refuzul ei fusese mai subtil, devenind un fel de joc care îi stârnea pe amândoi, deșteptându-le primejdios instinctele.

Când ajunseră sus, Enric se desprinse de Alba și amândoi adoptară o ținută respectuoasă. Unii vecini urcaseră deja pe terasă, de unde, aplecați peste parapetul de cărămidă, priveau focurile ce fuseseră aprinse la intersecțiile străzilor. Chiar la parterul clădirii lor, un foc adunase în preajma sa o droaie de țânci. Cei mai mititei dansau în jurul lui, iar copiii mai mari săreau peste el, printre chiote și râsete.

Cum atenția vecinilor era îndreptată spre spectacolul flăcărilor, Alba profită de moment ca să i-l prezinte pe însoțitorul său Elisei. Judecând după expresia zugrăvită pe chipul prietenei sale, socoti că Enric îi era pe plac. O impresie pe care Elisa i-o confirmă numaidecât, făcându-i discret cu ochiul atunci când tânărul se îndreptă spre masa pe care puseseră tarta.

Două vecine se minunau acolo de aspectul acelei prăjituri, iar comentariile lor deșteptaseră un fel de trufie curioasă în Enric, mândru din cale-afară de talentele culinare ale prietenei lui. Se considera privilegiat că putea savura deserturile ei minunate, cu nimic mai prejos de oferta celor mai bune cofetării. Și asta pentru că, pe lângă o pricepere care se datora experienței, toate dulciurile Albei mărturiseau flacăra vie a pasiunii sale.

Când mama Elisei începu să taie tarta, zahărul pârâi ușor, iar zgomotul acela, deși delicat, birui gălăgia petardelor. Lama cuțitului despică blând suprafața arămie a tartei, presărată cu semințe și fructe confiate, iar aerul se umplu deodată de o mireasmă dulce, asemănătoare cu a mierii. În doi timpi și trei mișcări oaspeții făcură roată în jurul mesei, încercând fiecare să apuce câte o felie.

Cerul brăzdat de curcubeiele artificiilor trecu fără veste în plan secund, pe măsură ce invitații savurau prăjitura. Unii scoteau exclamații entuziaste, însă cei mai mulți păreau că pur și simplu se concentrează asupra gustului delicios al acelei fericite combinații de aluat ușor, fructe și semințe.

— Pun pariu pe ce vrei că în seara asta Eva Perón n-a primit tartă nici pe jumătate așa bună ca a ta!

Enric făcu ce făcu și reuși să o tragă pe Alba într-un colț mai discret al terasei, lângă sârmele pentru întins rufe.

— Ce tot spui?

— Cum? Nu știi că președinta Argentinei e aici, în Barcelona?

— Acum câteva zile am auzit că era la Madrid, dar nu mă gândeam că o să vină încoace.

— Ei bine, a venit. Astă-seară a luat cina cu soția lui Franco, apoi înțeleg că s-au dus la Real Tenis Club. Dar în momentul ăsta zău că nu le invidiez!

Alba zâmbi, fericită, simțind că nu mai poate ține în frâu pornirea aceea care-o mâna spre el. Focurile de pe cer, aceleași, păreau să ardă și în ochii lui Enric, iar căldura lor îl împinse, la rându-i, către ea. De astă dată însă, mâinile lui nu mai întâmpinară nici o piedică, ci cuprinseră mijlocul fetei, trăgând-o înspre trupul lui.

Numai grosimea hainelor lor îi mai despărțea, iar granița aceea subțire nu avea cum opri pielea să li se încălzească. Nimic nu mai putu opri buzele lor să se întâlnească și să se atingă șovăielnic. Alba nu mai sărutase pe nimeni în felul acela, iar lipsa de experiență o umplea de tulburare.

Dându-și seama de nesiguranța ei, Enric căută să o liniștească, încetinindu-și sărutarea, în vreme ce mâinile lui îi mângâiau partea de jos a spatelui. Pe măsură ce trupul fetei se destindea, gura lui apăsa mai tare, tot mai tare, până când reuși să pătrundă în adâncimea buzelor ei cărnoase și îmbietoare.

Fără să-și dea seama, Alba închise ochii și lăsă ușor capul pe spate. Pocnetul petardelor, pălăvrăgeala invitaților, priveliștea învăpăiată a cerului spuzit de stele, dar mai ales mireasma prăjiturii cu fructe se topiră toate, în acea senzație umedă și caldă a întâlnirii cu gura lui.

Toate exploziile artificiilor se adunară atunci în îmbrățișarea aceea, care le contopea trupurile și le întețea bătăile inimii într-un ritm galopant, clocotitor, de parcă dorința lor ar fi vrut să se ia la întrecere cu însăși lumina, al cărei apogeu o sărbătoreau la acel solstițiu.

În clipa aceea, Alba înțelese că pe lume sunt multe feluri de magie și că Enric tocmai îi arătase unul nou.

Braț de țigan[1]

— Da' repede ați mai terminat cu cina...

Când Alba văzu cine intrase în bucătărie, exclamația ei rămase suspendată în aer. Înainte să întoarcă spre ușă, crezuse că erau copiii, care seara treceau adesea pe la ea să o vadă puțin, înainte de culcare. Iată de ce făcuse acea remarcă, surprinsă că cei mici terminaseră de mâncat atât de repede. Cum părinții lor aveau oaspeți în seara aceea, Alba își închipui că poate voiau să mai amâne puțin ora de culcare, și de aceea veniseră să îi facă o vizită, cât mai stăteau cei mari la masă.

Nu era prima oară când soții Vidal aveau oaspeți la cină – un prieten de-ai stăpânului casei, avocat, și pe membrii familiei sale. Avocatul venea mereu însoțit de soția lui, o femeie durdulie și veselă, și de fiul său, Joaquim, care începuse să practice la biroul tatălui. El era cel care tocmai dăduse buzna în bucătărie, spre uimirea Albei, care încremeni preț de câteva clipe, în vreme ce tânărul o studia cu

---

1. *Braç de gitano* (cat.), *brazo de gitano* (sp.) – un fel de ruladă umplută cu cremă de vanilie, uneori și cu gem de fructe.

ochi întunecați și sfredelitori. Era doar cu doi ani mai mare decât ea, dar costumul elegant, care îi punea în valoare silueta suplă, și părul lui negru, cu cărarea bine făcută într-o parte, îi dădeau cumva aerul unui june prim de film.

Revenindu-și din sperietură, tânăra bucătăreasă murmură o scuză timidă:

— Vă rog să mă iertați, am crezut că sunt copiii.

— Da, mi-am închipuit, răspunse Joaquim, apropiindu-se de masa de lucru, unde Alba rămăsese, nemișcată, în picioare. Nu vreau să te întrerup, pur și simplu mă plictisea conversația și m-am scuzat spunându-le că trebuie să merg la baie.

— E pe culoar, în capăt.

— Nu, nu, a fost numai un pretext. Voiam, de fapt, să vorbesc un pic cu tine.

Alba se simți atunci și mai stingherită și cuprinsă de teama de a nu roși de rușine. Această îndrăzneală din partea tânărului o bulversa mai mult chiar decât apariția lui tulburătoare. Joaquim aparținea unei cu totul alte sfere sociale, iar situațiile în care drumurile lor s-ar fi putut întretăia erau cu totul altele decât cea de acum. Cum însă nu prea avea ce face ca să evite situația, Alba hotărî să se poarte corect, atât pe cât îi stătea în puteri:

— Sigur că da, spuneți!

— De multă vreme mă întrebam cine o fi persoana care gătește bunătățile astea pentru familia Vidal. Poate că nu știi, dar avem prieteni comuni, care se minunează și ei ce noroc au avut să găsească o bucătăreasă așa grozavă!

— Vă mulțumesc mult, sunteți foarte amabil.

— Nu e un compliment, draga mea, voiam doar să știi că mi-ai făcut o impresie extraordinară, și te asigur că puține lucruri reușesc să mă emoționeze. Dar știi ce îmi place mie cel mai mult din tot ce faci?

— Desertul!

Preț de câteva clipe, Alba reuși să risipească aroganța tânărului, căreia îi luă locul o vie stupefacție. Îi răspunsese din inerție și se căi imediat, dar pur și simplu nu se putuse abține de la acea replică. Lucrul acesta îi era bine-cunoscut ei, pentru că toată lumea i-l spunea.

— Cum ai știut?

— Pentru că dulciurile sunt preferatele mele, iar când le fac încerc mereu să îmi iasă și mai bune.

— Păi reușești cu brio, crede-mă, prăjiturile tale parcă sunt de laborator. Țin minte și acum duminica în care soții Vidal au avut prăjitura numită braț de țigan la desert. Când ne-au spus că e făcută de bucătăreasă am rămas paf! Eram convins că e de la cofetărie... Apropo... Acum, că a venit vorba... Nu știu dacă tu cunoști cofetăria Escribà.

— Ba bine că nu! Bunica mea locuia cândva pe-aproape și le era clientă fidelă. E celebră.

— Așa e, și ai mei le sunt clienți de o viață. De fapt, tatăl meu e prieten cu proprietarul. Te-am întrebat pentru că zilele astea Escribà i-a spus că ar avea nevoie de o vânzătoare duminica. Înțeleg de la doamna Vidal că duminica ești liberă. Vrei să le vorbesc despre tine?

Alba amuți din nou, năucită, de această dată, de puterea destinului, care începea să i se adreseze tot mai direct. Ca și Joaquim, de altfel.

— Ar fi o onoare pentru mine dacă aș ajunge să lucrez acolo, *senyor* Joaquim. Vă mulțumesc din suflet că v-ați gândit la mine.

— Atunci, ne-am înțeles! Acum trebuie să mă întorc la masă, dar după ce vorbesc cu ei îți dau de veste.

Joaquim ieși pe ușă atât de iute, încât Alba nici nu mai apucă să-și ia la revedere. Rămase neclintită lângă masă, încercând să își lămurească ceea ce tocmai se petrecuse. În calea Albei apăruse din nou, pentru a câta oară, numele acelei cofetării, cu care viața ei părea să înainteze în paralel. Acum, dacă nu se înșela, drumul familiei Escribà și al ei puteau deveni unul singur, iar perspectiva aceasta îi dădea un nu-știu-ce voluptuos vertij.

Noul peisaj ce se deschidea în fața ei o făcu să-și mai uite, pentru câteva momente, de grijile care îi tot dădeau târcoale de ceva săptămâni. Din noaptea aceea de demult, în care se sărutaseră pe terasă la Elisa, relația ei cu Enric se răcise foarte tare, iar Alba nu știa ce să facă.

Totul începuse după o vară în care el se arătă mai înflăcărat și mai atent ca niciodată. Ieșeau în fiecare duminică, ba câteodată chiar și în timpul săptămânii, însă atracția și complicitatea dintre ei rămăseseră la fel ca în prima zi. Și tot ceea ce îi apropia nu făcea decât să le sporească fericirea simțită ori de câte ori se vedeau, ațâțându-le și mai tare o dorință pe care reușeau cu greu să o stăvilească.

Așa cum se așteptase Alba, în ziua când au mers la cinematograful Avenida i-a fost foarte greu să țină în frâu pornirile lui Enric, pe care ocaziile oferite de întuneric îl întărâtau. Nu înțelegea cum reușea să treacă mereu peste spațiul dintre fotolii, dar una-două se și pomenea cu mâinile lui explorând-o pe sub bluză și pe sub fustă. Era o senzație deranjantă și incitantă în același timp, căci ori de câte ori degetele lui îi mângâiau pielea, Alba se înfiora, și numai cu greu reușea să nu cedeze pornirilor pe care acele mângâieri le deșteptau în ea.

Mai târziu, când se băga în pat, ultimele gânduri înainte de a adormi o purtau înapoi spre acel moment, în care ea devenea obiectul tuturor dorințelor lui. Simțea atunci că este prețioasă, unică, și că are asupra lui o putere pe care abia începea să o înțeleagă.

Însă vara trecuse, iar Enric intrase și el într-o pasă autumnală, purtându-se distant și din ce în ce mai rece. Încetară să se mai vadă în timpul săptămânii, fiindcă el îi spunea că iese spetit de la muncă și trebuie să se trezească devreme. Duminicile își dădeau întâlnire tot mai târziu, iar el pleca devreme, spunându-i că e epuizat. De câteva ori chiar anulase întâlnirea duminicală, motivând că avea de învățat și că rămăsese în urmă cu materia la școală. Alba nu era deloc convinsă de explicațiile lui, căci se simțea în continuare foarte legată de el, iar legătura aceasta o punea în gardă că băiatul îi ascunde adevărul. Era ceva ce el nu voia să-i spună, iar asta o îngrijora tot mai tare.

Alba preferă să nu îl descoasă; știa că ar fi fost cea mai proastă idee. Își dădea seama că, indiferent de situație, trebuia să-l lase pe el să rezolve problema. Și că totul era o chestiune de timp. Numai că zilele treceau, iar Enric continua să se poarte tot așa distant.

Deși trecuseră nouă luni de când se cunoscuseră, Alba își dădu seama că nu știa mai nimic despre el. Enric nu-i spusese decât că locuia împreună cu mama lui, văduvă, și cu doi frați mai mici. Dar nu îi spusese unde. Nici măcar nu îi prezentase pe cineva din familie. Nici, cel puțin, pe vreun prieten de-ai lui, în afară de Domingo, plasatorul de la cinema Avenida, care de vreo două ori îi lăsase să intre în sală fără bilet.

La început, atitudinea aceasta i se păru firească. Și ea se purtase prudent în primă instanță, de aceea se și hotărâse așa de greu să îl invite la petrecerea de Sant Joan. Totuși, pe măsură ce se vedeau mai des, Alba încercase să îl implice pe Enric în cât mai multe aspecte din viața ei, arătându-i, din acest motiv, tot mai multă încredere. Făcuse asta în chip cât se poate de firesc, nici prin gând nu-i trecuse că s-ar fi putut altfel. Când el dădu însă primele semne de răceală și de suspiciune, făcând-o să se simtă dată la o parte, Alba, surprinsă, hotărî să acționeze cu tact, dar și cu fermitate.

Așadar, într-o seară, pe la sfârșit îl întrebă de ce se purta astfel, nedorind să-i reproșeze nimic, ci doar să-l înțeleagă și să îl liniștească. El dădu niște răspunsuri evazive, apoi duse discuția spre un teren ce nu presupunea destăinuiri. Alba simți atunci o frustrare și o decepție încă mai apăsătoare. Era neputința de a ști ce se întâmplă; și noua față, nesigură și meschină, pe care i-o arăta Enric.

Și totuși câteva zile bune se învinovăți pentru acele momente. Recapitula în gând fiecare gest al ei față de Enric, încercând să-și dea seama ce anume făcuse ori nu făcuse, încât el să fie atât de insensibil cu ea. Și-atunci, ca să se revanșeze pentru posibilele greșeli, se strădui să-i fie și mai pe plac. Îi făcea prăjituri, nu aducea niciodată vorba despre chestiuni personale, încerca să-l facă să râdă, deveni mai afectuoasă, ba chiar începu să poarte haine mai provocatoare și să apeleze la cosmetice pentru a-și înnoi înfățișarea. Credea că dacă vor petrece împreună momente de fericire și de pasiune, el se va purta la fel ca înainte și va dori să o vadă la fel de des ca la început.

Se înșela.

Răceala lui începu, dimpotrivă, să se prefacă în dispreț. Primea prăjiturile pe care i le făcea, dar nu se arăta nici surprins, nici recunoscător pentru ele, cum nici pentru celelalte atenții cu care îl înconjura. Când își amintea ce fericit fusese Enric în ziua în care îi dusese orez cu lapte, Albei îi venea să plângă de neputință, de frustrare și de furie.

În noiembrie se văzuseră numai de două ori, și de la amândouă întâlnirile ea se întorsese acasă cu inima strânsă, simțind de fiecare că Enric ridicase în jurul său un zid invizibil. Parcă ar fi avut un scut imaginar, cu care o ținea departe, foarte departe de lumea lui.

Cu cât se gândea mai mult, cu atât îi era mai clar că Enric rămăsese în pragul relației lor, și nu avea de gând să îl treacă. Era limpede că nu voia să fie mai intim cu ea decât acum, în rarele momente când se vedeau. Iar asta, dintre toate gesturile lui de neîncredere, o durea cel mai tare.

Ajunsă în acest punct, Alba hotărî să nu-și mai dea silința. Încercase să vorbească cu el, să-l înțeleagă, să-i facă hatârurile, dar nimic nu funcționase. Știa că pe oameni, dacă îi iubești, trebuie să îi accepți așa cum sunt, iar ea asta făcuse. Nu putea totuși să se împace nici cu disprețul lui, nici cu furia pe care o stârnea în ea. Dacă ar fi făcut asta, s-ar fi transformat într-o altă persoană decât cea care era. Dulceața firii ei ar fi dispărut, lăsând loc amărăciunii.

Iar ea nu dorea să își piardă esența.

*

Trecuseră paisprezece ani de când Mateu și Josefina se retrăseseră, lăsând-o la cârma afacerii pe fiica lor, Pepita, alături de Antonio, cofetarul, cu care se căsătorise.

În douăzeci și șapte de ani, cât conduseseră brutăria, soții Serra reușiseră să-și consolideze afacerea și să-i ducă numele dincolo de marginile cartierului. Intuiția lui Mateu se completase întotdeauna fericit cu tenacitatea Josefinei, și cu acea capacitate a amândurora de a găsi mereu ieșiri din provocările pe care viața li le scotea în cale. Iată de ce îl angajaseră fără nici o reținere pe Antonio Escribà, dându-și seama că avea cunoștințe pe care ei nu le aveau, nemaivorbind de faptul că era creativ și pasionat.

Câțiva ani mai târziu, fiica și ginerele preluau frâiele brutăriei și o rebotezau „Escribà. Cofetărie și patiserie", pecetluind astfel direcția spre care se îndrepta afacerea familiei. Noul nume, mai în ton cu gama lor dulce, era de altfel și singurul cunoscut Albei, care avea șase ani când se petrecuse schimbarea și nu își amintea perioada când afacerea fusese condusă de soții Serra. Pentru ea cofetăria Escribà se numise dintotdeauna locul acela magic în care, însoțită de bunica ei, putea să se bucure de priveliștea pestriță a nenumăratelor dulciuri ce o ispiteau cu formele lor multicolore, capricioase, stârnindu-i pofta și imaginația.

Toate ideile care-i roiau în minte parcă se întrupaseră în locul acela de vis, în priveliștea caleidoscopică oferită de vitrine. Iată de ce, cât timp vânzătoarea o servea pe bunica, Alba rămânea cu ochii țintă la galantarul de prăjituri, contemplându-le pe toate, una câte una. Era atentă la blaturi și la creme: de smântână, de frișcă, de bezea, de ciocolată, de marțipan, de dulceață ori de fructe confiate... combinații pe care apoi încerca să le reproducă acasă. Și, cu toate că rezultatele erau departe de acele magnifice compoziții, încercările acestea o încurajau pe calea propriilor creații.

Dacă i-ar fi spus cineva atunci că într-o zi ar putea ajunge foarte aproape de sursa tuturor acelor delicii, Alba nu ar fi crezut.

Universul cofetăriei i se părea atât de artistic și de desăvârșit, încât îl socotea, cumva, în afara realității, ca și cum de cealaltă parte a tejghelei ar fi existat o poartă spre o țară vrăjită și tainică. Iată însă că timpul îi deschisese poarta acelui regat închipuit, iar visurile ei deveneau tangibile.

Așa cum promisese, Joaquim îi pomeni lui Antonio Escribà despre Alba, lăudându-i calitățile, iar acesta hotărî să o angajeze ca vânzătoare pentru zilele de duminică. Prefera ca și persoanele de la tejghea să aibă cunoștințe de cofetărie, iată de ce el și soția lui, Pepita Serra, se înțeleseră imediat cu tânăra atunci când veni la ei pentru angajare. Alba se bucura că putea lucra într-o cofetărie atât de prestigioasă, cu un trecut atât de legat de al ei, iar cofetarul știu să aprecieze faptul că era atât de pasionată, pentru că aceeași pasiune îl însuflețea și pe el.

Bunica și mama se entuziasmară nespus, aflând că o angajaseră. Bunica mai cu seamă, fiindcă ea știa patiseria aceea încă de la înființare, și tot ea se cunoștea cel mai bine cu soții Serra, întemeietorii ei. De altfel, îi era dor de fostul ei cartier, mai ales de vecine și de vânzători, însă pierduse legătura cu toți când îi murise soțul, în urmă cu opt ani, ia ea se mutase cu fiica și nepoata.

— Într-o duminică trebuie să treci să mă vezi, bunico, o îndemnă Alba, doamna Josefina se va bucura tare mult. Mi-a spus *senyora* Pepita, care îți transmite salutări...

— Își mai amintește de mine? Au trecut atâția ani...

— Când i-am spus că dumneata îi cunoști pe părinții săi, că ești clientă veche și i-am zis și cum te cheamă a rămas paf! Își aduce aminte perfect de dumneata și este încântată că lucrez la ei. Zice că doamna Josefina trece în fiecare duminică pe la cofetărie și iau prânzul împreună; mi-a spus că sigur s-ar bucura să se revadă cu o clientă atât de veche.

— Și eu m-aș bucura să o revăd, fetițo, dar știi că mi-e greu să umblu... Soții Serra sunt mai tineri, eu am deja optzeci de ani!

În prima duminică în care trecu pragul cofetăriei în calitate de angajată, nu de clientă, Alba avu senzația că traversa o graniță către o nouă realitate. De cealaltă parte a tejghelei o încerca un ușor vertij, dar și o stranie senzație de siguranță. Pentru că se simțea bine acolo, și plină de acea încredere pe care ne-o dau bucuria și mulțumirea.

Cum stătea în picioare după tejghea, privind în ochii clienților, Alba se simțea de parcă s-ar fi aflat undeva sus, într-un turn, împărțind lumii cele mai grozave delicatese. Și, chiar dacă nici nu le făcuse, nici nu le concepuse ea, faptul că se afla atât de aproape de locul unde erau create o umplea de o mândrie fără margini.

Ziua aceea de decembrie rămase întipărită în inima și în mintea Albei ca o mare împlinire. Avea să își amintească de ea pentru totdeauna, căci ziua aceea urma să îi marcheze profund viitorul. Și simțea că drumul care o adusese până în acel punct nu era simplul rod al providenței, ci un adevărat miracol.

Colac cu marțipan

Era noaptea Regilor Magi[1] și, din cauza aglomerației de la cofetărie, Alba nu văzu că intrase Joaquim. Magazinul gemea de clienți, așezați la rând ca să cumpere colacii tradiționali cu care aveau să sărbătorească Epifania, a doua zi, pe 6 ianuarie, după masa de prânz.

Sărbătoarea era așteptată mai ales de cei mici, care se culcau tare neliniștiți în noaptea aceea, știind că cei trei Regi de la Răsărit vor trece, în mare taină, pe la ei. Ca întotdeauna pe 5 ianuarie, Melchior, Gaspar și Baltazar aveau să își facă obișnuitul lor rond nocturn, prin toate casele din oraș, ca să le aducă daruri copiilor cuminți și cărbune celor neascultători. Așa că cei mici aveau să aștepte nerăbdători dimineața, ca să vadă dacă au primit de la Regii Magi cadourile pe care le-au cerut în scrisori.

---

1. Noaptea de 5/6 ianuarie, în ajunul Epifaniei Domnului. Prin această sărbătoare, Biserica Catolică marchează momentul în care Cristos se dezvăluie popoarelor păgâne, reprezentate prin Magii de la Răsărit. În Spania și în multe țări latinoamericane, copiii primesc cadouri cu prilejul acestei sărbători.

Apoi, ceva mai târziu, familia întreagă urma să sărbătorească în jurul unei mese îmbelșugate, al cărei punct culminant erau tradiționalii colaci.

Ca să poată face față cererii de colaci, cei din laborator lucrau de vreo câteva ore la foc continuu, iar programul avea să se prelungească până în zorii zilei. Și vânzătorii erau cum nu se poate mai atenți și mai amabili cu clienții adunați puhoi acolo, care stăteau răbdători la rând ca să cumpere colacii aceia însiropați, umpluți cu marțipan și împestrițați cu fructe confiate.

Alba nu putu atunci să nu își amintească de propria copilărie, de fiorii plăcuți care o cuprindeau când se apropia acea noapte, pentru ea cea mai fermecată a anului.

Vraja prindea viață cu multe ore înainte, când ea, bunica și mama se adunau în bucătărie ca să facă împreună colacul. La început, când era mai micuță, ajuta doar la pregătiri, dar, încetul cu încetul, căpătase tot mai multe sarcini, până când, în cele din urmă, ajunsese să preia frâiele și să fie ea ajutată de cele două femei, care roboteau în jurul ei, pline de însuflețire.

Imaginea mesei din bucătărie îi răsări deodată în amintire. Pe masa aceea, în ajunul Sărbătorii Regilor, Alba făcea întâi un cuib de făină, în care turna apă cu zahăr și sare în fir subțire. În timp ce ea amesteca aceste ingrediente, mama ei desfăcea drojdie într-un vas cu apă, apoi o adăuga. Între timp, bunica frecase untul până obținuse o textură cremoasă. Îl adăugau și pe acesta, împreună cu un ou bătut. Alba frământa apoi cu multă grijă, încorporând treptat făina până obținea un blat perfect omogen.

Atuncea venea rândul marțipanului. Cât stătea blatul la odihnit, ea amesteca zahăr, praf de migdale și ouă într-un vas. La sfârșit dădea amestecului forma unui trabuc, în care bunica venea și punea un bob uscat. După cum îi explicase tatăl ei, în vechime nu toată lumea putea lua parte la adorație în biserică și, din acest motiv, obiceiul era ca fiecare familie să își numească un „rege" care să o reprezinte. Iar asta o făceau punând un bob în colacul care se mânca în ziua aceea la desert. Cine nimerea bobul, era ales rege și mergea la biserică, în numele întregii familii. Obiceiul dăinuise în timp, chiar dacă semnificația lui religioasă se pierduse.

Când Alba întindea blatul cu sucitorul, îi înviau în amintire, de fiecare dată, poveștile tatălui său. Esteve era îndrăgostit de istorie, și încă și mai îndrăgostit de tradiții și obiceiuri, de care le reamintea mereu, ori de câte ori asemenea momente îi ofereau prilejul. Datorită lui știa Alba că, de fapt, încă din vremuri de demult erau folosiți când cineva trebuia desemnat pentru o anumită îndatorire și că, în cultura clasică, viitorul se prezicea cu ajutorul bobilor strecurați în aluatul prăjiturilor. Așa, de pildă, era ales regele în timpul Saturnaliilor romane, dar și al unor sărbători din Grecia antică. De aceea i se și părea ceva așa de emoționant să pui bobul în marțipan și să încerci să ghicești, în fiecare an, cine-l va nimeri. Când ungeau colacul cu ou bătut și îl ornau cu fructe confiate, fiecare dintre ele spunea cine credea că va nimeri bobul.

Apoi, mai spre seară, ieșeau să vadă perindarea Regilor, să-i admire pe cei trei magi străbătând orașul în carele lor împodobite, cu alaiul lor de paji care, peste noapte, aveau să îi ajute să împartă darurile.

Drept e că în seara aceea Alba nu putea ieși să vadă defilarea, dar prea puțin îi păsa. Efluviile magiei se strecuraseră și în cofetărie, adiind dinspre laborator și învăpăind de emoție ochii atâtor oameni care așteptau acolo ca să cumpere un colac și să meargă cu el acasă.

Înainte să se așeze la coadă Joaquim aruncă o privire, căutând-o din ochi pe Alba. Când o văzu, tânăra tocmai împacheta niște nuga pentru o doamnă impozantă, înfofolită într-o haină neagră de astrahan. Abia apoi se așeză la rând, pentru ca, după vreo zece minute de așteptare, să ajungă în fața ei:

— Ce face, oare, regina acestei nopți? Cum se simte ea?

— Foarte bine, mulțumesc. Dumneavoastră?

— Eu sunt vrăjit de atmosfera aceasta atât de dulce... și nu mă refer doar la colaci.

Alba încercă să-și mascheze stinghereala pe care i-o provocau complimentele lui, purtându-se cu el la fel de politicos cum se purta cu toți ceilalți clienți:

— Sunteți prea amabil, domnule Joaquim. Ce ați dori, vă rog?

— Aș lua un colac cu cremă, dacă ai!

— Sigur că avem! Facem mai mult cu marțipan, dar facem și cu cremă.

— Ești ca peștele în apă, draga mea! Îți place aici?

— Da, foarte mult. Nu știți cât vă sunt de recunoscătoare că m-ați ajutat să mă angajez.

— Iar tu nu știi cât mă bucur să aud asta.

Tânărul avocat spusese această replică în momentul când Alba îi întindea colacul, împachetat. O neliniști tonul lui, apoi, încă mai mult, mâinile lui care, luând pachetul, se cramponară de ale ei, apăsându-le cu forță, în mod voit.

Alba reuși să își ascundă stânjeneala după un surâs chipurile nepăsător, dar înăuntrul ei încă simțea efectele acelei atingeri forțate. Numai când îl văzu plecând îi veni inima la loc. Chiar și așa, gestul intimidant al tânărului îi lăsă un gust amar, căci intuia în acel gest așteptarea unei răsplăți pentru favorul făcut. Iar asta îi apăsa inimă ca o amenințare.

De când începuse să lucreze la Escribà, Joaquim se înființa pe acolo în fiecare duminică dimineață. La început, asta nu-i dăduse de gândit, știind prea bine că era client fidel al cofetăriei. De sărbători însă Alba venise mai des, pentru a da o mână de ajutor la servirea clienților care, mai numeroși ca oricând, intrau ca să își refacă proviziile de nuga, marțipanuri și rulouri; în fiecare dintre aceste zile Joaquim trecuse să o salute.

Alba văzuse cum micile lui galanterii deveneau încet-încet aluzii fine, prin care-i reamintea că, dacă ea lucra acolo, asta i-o datora lui. Într-un fel sau într-altul, Joaquim găsea mereu un mod de a-i atrage atenția asupra acestui fapt, iar ea îi mulțumea, de fiecare dată. Acum însă Alba înțelese că el nu avea să se mulțumească doar cu politețuri.

Un clinchet de clopot risipi gândurile care o munceau. De vreo câteva ore, dinspre intrarea în cofetărie răsunau, când și când, voioase bătăi metalice. Alba observase că afară trona un clopot de bronz, pe care clienții îl atingeau când ieșeau din cofetărie. Nu prea înțelegea rostul acelui obiect, dar era atât de ocupată că nici nu avusese timp să întrebe.

Ca să-și mai alunge grijile legate de Joaquim, Alba se gândi să o descoasă pe *senyora* Pepita, patroana, care vindea la tejghea, cot la cot cu ea.

— A fost ideea tatălui meu și a mea, îi explică ea, cântărind între timp un colac cu smântână, ornat cu cireșe, pepene și portocale confiate. Au trecut ani buni de atunci, dar mi-amintesc de parcă ar fi fost ieri. Era ajunul Sărbătorii Regilor, ca și acum, și era multă ceață. Asta nu se întâmplă foarte des și, pentru că lumea nu e obișnuită cu așa ceva, pe străzi nu era nici țipenie. Tata, bineînțeles, era îngrijorat, pentru că în cofetărie nu intra nimeni, iar noi făcuserăm o grămadă de colaci, ca de obicei. Și-atunci, ce să vezi: odată se repede până acasă și peste câtva timp vine cu clopotul ăsta. Eu habar n-aveam de unde l-a scos!

— E marinăresc, comentă unul dintre clienții care ciuleau urechea la povestea Pepitei. Dar pare foarte vechi.

— Păi, chiar este. Mi-a povestit că l-a primit în dar de la căpitanul vasului cu care s-a întors din Cuba, la sfârșitul războiului. Îl avea de ani de zile! Îl pusese undeva bine și până în seara aceea nici că-și mai amintise de el. „Ce părere ai, Pepita?" mă întreabă. „Am putea să facem zgomot cu el și să atragem lumea să vină încoace." Atunci îi zic: „Hai să-l atârnăm afară, la intrare, c-o să se audă mai bine." Și adevărul e că a funcționat. Bătăile au atras atenția vecinilor și până la urmă am dat toți colacii. De atunci a rămas o tradiție a noastră ca de Noaptea Regilor să batem clopotul.

Povestea pe care i-o istorisi Pepita reuși să-i alunge Albei gândurile care o apăsau mai devreme. Deșteptată de clinchetul jovial al clopotului, imaginea orașului gol, înveșmântat în ceață, se închega în mintea ei ca o scenă vrăjită.

Povestea aceea adevărată se zugrăvea în închipuirea Albei ca un basm de Crăciun, dintre acelea pe care i le citea bunica la gura focului, când era ea mică. Aproape că vedea personajele poveștii, scrise cu penița pe neaua paginii, înaintând pe străzile solitare și pâcloase. Drumul lor pe urmele bătăilor de clopot ce răsunau dinspre cofetărie semăna, destul de curios, cu pelerinajul pe care îl sărbătoreau în noaptea aceasta, al celor trei Crai de la Răsărit, călăuziți de stea către Betleem. Asemănarea i se păru Albei izbitoare, deși era convinsă că Antonio Escribà nu-și dăduse seama de ea. Nici *senyora* Pepita, nici vreunul dintre cei de față nu păreau conștienți de acea stranie coincidență, socoteau totul o simplă anecdotă.

Alba știa însă că magia dulciurilor avea puteri nemărginite, ce nu oboseau nicicând să se arate.

Nuga cu cremă arsă[1]

Crăciunul anului 1935

La câțiva ani după noaptea aceea fermecată a Sărbătorii Regilor Magi, în care bătăile unui clopot marinăresc îndrumaseră oamenii spre cofetăria Escribà, întreaga lume s-a dat peste cap. Izbucnirea Războiului Civil a cufundat timpul în bezna spaimei și a mizeriei, și nimic nu a mai fost vreodată cum fusese înainte.

Se împlineau opt ani de la nunta lor, și alți doi de când conduceau cofetăria, în acel decembrie în care, fără să știe asta, Pepita și Antonio au sărbătorit ultimul Crăciun al unei epoci pe cale să asfințească.

În noaptea de Ajun a anului 1935, un cer plumburiu și umed se întindea peste oraș. Soarele își făcuse apariția numai pe la prânz, de la douăsprezece la unu; chiar și așa, temperatura de afară era foarte blândă. Barcelonezii

---

1. Crema arsă sau cremă catalană este un dulce întru câtva asemănător cremei de zahăr ars, aromatizat cu coajă de lămâie și scorțișoară. Este însă o cremă fiartă, iar zahărul presărat pe deasupra se caramelizează la final, de unde și numele.

profitaseră de vremea bună, ieșind la plimbare, umplând magazinele și localurile – printre acestea, și cofetăria Escribà.

Nu de mult timp, fosta brutărie pusese în vânzare, pentru prima oară, nugale, cu cremă catalană, cu marțipan sau simple, iar gustul lor delicios câștigase interesul vechilor clienți, aducându-le și alții noi. Așa se face că, în ziua aceea, cofetăria era plină ochi de lume.

În laborator, cofetarul și ajutoarele lui preparau, neobosiți, deserturile tradiționale de Crăciun, umplând aerul cu dulcile lor miresme. Apa, glucoza și zahărul pentru compoziția de nuga fierseseră până la temperatura potrivită. Siropul trebuia să atingă 110 grade Celsius, înainte de a fi turnat în recipientul cu praf de migdale, după care totul trebuia amestecat cu o spatulă în timp ce se adăuga, treptat, gălbenușul bătut. În acest fel obțineau un blat perfect, care, în loc să se lipească de degete, se usca la atingere, putând astfel să fie modelat în formă de baton.

În seara aceea, patiserii trebuiau să ungă cu un pic de cremă batoanele, care stătuseră o zi întreagă să se răcească la temperatura camerei. După aceea, presărau peste ele zahăr, pe care apoi îl ardeau cu o paletă de fier încinsă, obținând astfel glazura tipic caramelizată a nugalelor cu cremă catalană.

Pentru a prepara substanța aceea gălbuie și pufoasă, întâi turnau apă și zahăr într-un vas, pe care îl luau de pe foc când dădea în clocot și îl goleau peste un amestec de amidon, ouă și lămâie. Încălzeau apoi din nou compoziția, laolaltă cu unt, până mai dădea în clocot o dată. Rezultatul era o cremă delicioasă, perfect potrivită cu restul ingredientelor.

Nugalele care ieșeau în acele zile din laboratorul cofetăriei Escribà ajunseseră pe multe mese de Crăciun.

Între două și patru după-amiaza, Barcelona rămânea pustie, locuințele în schimb se umpleau de veselie. După masa de prânz, activitatea reîncepea, pe străzi și prin piețe, până la lăsatul serii, când vânzoleala se muta în teatre și în cinematografe. Nimeni nu bănuia, în acel moment, că se apropia sfârșitul unei ere, astfel că toți au petrecut acel Crăciun la fel de veseli și de lipsiți de griji ca întotdeauna.

Veni și Anul Nou, veni și Noaptea Regilor, și sărbătorile se încheiară. Viața se întoarse la ritmul activităților de zi cu zi, în vreme ce soarele își continua neabătut drumul său cel veșnic, prefirând zilele și anotimpurile. Urmând această cadență, a luminii și a temperaturilor, oamenii își vedeau de viața lor obișnuită.

La începutul verii, soții Escribà își trimiseră copiii la niște rude în Sénia, să petreacă vacanța acolo. Într-o dimineață de sfârșit de iunie, micuțul Toñín și fiica cea mare (pe care o strigau Pepitona, căci o chema Josefina, ca pe mama și pe bunica)[1] plecară așadar spre acel sătuc din Tarragona, unde îi așteptau rudele lor. Micuții, unul de opt ani, celălalt de șase, porniră spre Estació de França însoțiți de mama lor, Pepita, care încerca să le stârnească entuziasmul:

— O să vă distrați de minune cu verișorii, le spuse ea pe peron, în așteptarea trenului. Acolo puteți să zburdați, să faceți drumeții... Însă trebuie să fiți cuminți, ai auzit, Toñín?

Femeia smuci puțin mâna cu care îl ținea pe fiu-său, ca să îl oprească. Vrăjit de măreția gării, copilul voia să se desprindă de mama sa și să meargă să exploreze un pic cele trei corpuri ale clădirii. Gestul Pepitei și tonul vocii ei îl făcură să renunțe, așa că dădu din cap afirmativ, ca

---

1. Pep și Pepe sunt diminutivele numelor Josep (cat.), José (sp.).

să n-o supere. De mic copil fusese agitat, însă neastâmpărul lui nu era decât rodul curiozității, pe care i-o păstrau veșnic vie dorința lui de a cunoaște lumea, dar mai cu seamă creativitatea.

Pepitona zâmbi, văzând ce postură serioasă adoptase deodată frățiorul ei, și răspunse în locul lui:

— N-avea grijă mamă, o să fim cuminți!

— Vor trece în zbor lunile astea două, o să vedeți! Nici n-o să știți cum trece timpul și vă întoarceți acasă!

Pepita spunea asta mai mult pentru ea decât pentru copii. Era sigură că în două zile se vor obișnui la țară și că distracția va înlocui dorul de casă. Ea, în schimb, știa prea bine că le va duce dorul în fiecare clipă și că va număra fiecare zi până la întoarcerea lor. Știind însă și că avea să dureze doar câteva săptămâni, despărțirea i se părea mai puțin grea.

Nimic nu îi dădea de bănuit că se vor întoarce abia după trei ani.

*

La câteva zile după ce Toñín și Pepitona au ajuns la Sénia, s-a dezlănțuit o revoltă militară împotriva guvernului republican. Răzmerița, care izbucnise în Maroc, a cuprins rapid garnizoanele militare din Peninsulă, dar în multe orașe, ca Barcelona și Madrid, forțele loiale Republicii au reușit să o înăbușe.

Eșecul loviturii de stat a generat însă un război civil care a împărțit țara în două zone, controlate de taberele aflate în conflict: naționaliștii, cei ce își spuneau „răzvrătiți", care în scurt timp au ajuns sub conducerea lui Franco, și republicanii, susținători ai guvernului legitim.

La Barcelona, revolta militară fusese înăbușită de Gărzile de Asalt, de *Guardia Civil* și de milițiile populare.

Pepita n-avea să uite niciodată zilele acelea două, în care baricadele au invadat străzile, iar acestea au devenit scena unor bătălii ucigașe.

Devastarea care cuprindea, sub ochii săi, orașul o umplu de angoasă și de disperare. Nu-i venea să creadă că realitatea i se preschimbase, aproape peste noapte, într-un coșmar. Dar cel mai tare o îngrijora că Pepitona și Toñín nu erau cu ea.

— Mai bine rămân la Sénia, spusese Antonio. Acolo vor fi mai în siguranță.

Pepita era de acord cu el, însă despărțirea de copii îi pustia inima, iar mintea îi stătea zi și noapte numai la ei.

Începând din acel moment, soții Escribà au învățat să trăiască în angoasă, nemaiștiind nimic despre copiii lor, căci din sat primeau vești foarte rar. Nu le mai rămăsese altceva decât speranța, și se agățau de ea cu toate puterile lor, ca să meargă înainte.

Între timp, totul în jur continua să se schimbe. Muncitorii, care puseseră umărul la înăbușirea revoltei, pregăteau o transformare socială profundă. Primul lucru pe care l-au făcut, când s-a reluat activitatea economică, a fost să colectivizeze întreprinderile. Era un proces prin care muncitorii preluau conducerea foarte multor afaceri, în special a fabricilor.

La cofetărie, ca în multe alte magazine și întreprinderi, muncitorii au cerut colectivizarea, iar Antonio și Pepita s-au văzut nevoiți să accepte. Din fericire, aflându-se în bune relații cu angajații, soții Escribà și-au putut păstra locuința din spatele magazinului; o consolare de care Antonio nu s-a bucurat însă prea mult, căci, la scurt timp, i-a sosit ordinul de încorporare.

Pentru Pepita a fost începutul unei perioade foarte grele. Nu numai că familia ei era divizată, cu bărbatul pe front și cu copiii la țară, dar pierduse și controlul afacerii. Pe deasupra, din cauza războiului începeau să se găsească tot mai greu alimente și combustibili, așa încât autoritățile hotărâră să introducă raționalizarea.

Pusă în fața acestei situații, Pepita se văzu silită să se apuce de comerț ilicit. Ieșea adeseori din Barcelona ca să ia fructe și legume de la țăranii din satele mărginașe, apoi le aducea la oraș. Noii proprietari ai cofetăriei, foștii ei angajați, închideau ochii și îi dădeau voie să le vândă în magazin. În felul ăsta reușea să pună ceva pe masă, pentru ea și pentru părinții săi.

Pepita tremura pentru Antonio, care lupta pe front, și pentru Toñín și Pepitona, despre care de multă vreme nu mai știa nimic. Adeseori, în acele luni, disperarea o aduse pe buza prăpastiei. Cu toate acestea, nu se dădu bătută.

Zilele treceau una după alta, tot mai negre și mai amenințătoare. Bombardamentele, devastarea și foametea desfiguraseră chipul voios al orașului, cufundându-i pe locuitori într-o stare de tristețe profundă. Din teritoriile ocupate de rebeli veneau zi de zi tot mai mulți refugiați, agravând, astfel, problemele de subzistență cu care se confrunta Barcelona și zdrobind moralul populației. Căci valul acela de oameni, siliți să își părăsească meleagurile, însemna că armata franchistă se apropie.

Sosirea militarilor s-a produs la sfârșitul lunii ianuarie a anului 1939. Naționaliștii și-au făcut intrarea pe străzile principale ale orașului fără să întâmpine nici o rezistență, căci trupele republicane se retrăgeau spre frontiera franceză, iar civilii se ascunseseră în case, de teama jafurilor.

Toată lumea era complet demoralizată, nemaisperând nimic altceva decât să se termine odată războiul, ca să înceteze bombardamentele și să sosească iar provizii.

Nu mult după ce franchiștii ocupaseră Barcelona, Pepita reveni la cârma afacerii, și în douăzeci și patru de ore făcea deja pâine. Îi păstră în slujbă pe vechii angajați, iar în magazin se instală o oarecare normalitate.

Câteva luni mai târziu, când se termină războiul, Pepita putu în sfârșit să-și îmbrățișeze bărbatul și copiii. Văzându-i din nou alături de ea, simți o ușurare care îi alungă din trup toată suferința. Pe dinăuntru însă, nu mai era aceeași. Știa că din acel moment începea în viața lor o etapă plină de incertitudini. În jurul lor totul era devastat, și nimeni nu știa să revină la viața de zi cu zi, în țara aceea năruită.

În primii ani care au urmat războiului, prioritatea soților Escribà a fost să țină afacerea în viață. O sarcină nespus de grea, dat fiind că țara se zbătea în mari lipsuri, după distrugerile provocate de război. Politica economică a regimului, clădită pe autarhie și intervenționism, nu reușea decât să-i înglodeze mai adânc pe oameni în sărăcie și în nevoi.

Din cauza penuriei de produse la care dusese depresiunea economică profundă, doar brutăria putea să funcționeze. În magazin găseai doar pâine, făcută din puțina făină pe care reușeau să o procure, de calitatea întâi, a doua și a treia, așa cum cereau normele impuse de raționalizare.

Numai în rare ocazii, grație profesionalismului și priceperii lui Escribà, reușeau să ofere produse de cofetărie. Lipsa zahărului de pe piață îl forța pe Antonio să își pună la bătaie toată ingeniozitatea, preparând, de pildă, rulade numai din dulceață de dovleac și praf de migdale. Peste câțiva ani, Toñín avea să-și aducă aminte că tatăl lui reușea până și să scoată zahăr din must.

În mod normal însă, la vânzare nu aveau decât pâinea aceea, neagră și raționalizată, singurul lucru pe care îl puteau oferi clienților, unii dintre ei atât de nevoiași, încât Pepita le mai strecura câte un baton peste rația cuvenită.

Viața lor și a copiilor continua să graviteze, așadar, în jurul brutăriei, care era mult mai mult decât o afacere. Era strădania de a duce mai departe munca lui Mateu și a Josefinei, era mijlocul lor de trai, era un loc familiar, în care știau că vor găsi întotdeauna adăpost.

Și uite așa, de la o zi la alta, muncind pentru a le asigura clienților pâinea, Antonio și Pepita își văzură copiii crescând, iar la vreo doi ani după război sărbătoriră venirea pe lume a celui de-al treilea. În acele vremuri de deznădejde, nașterea lui Joanet le aduse o fericire nesperată, umplându-le inimile de bucuria care însoțește negreșit răsăritul unei noi vieți. Copilașul acela era dovada că forțele vieții sunt mai tari decât orice nenorocire, iar nașterea lui însemna pentru ei revenirea la o oarecare normalitate. Ce-i drept, una presărată cu neajunsuri.

Sărăcia și foametea au mai durat niște ani, apoi penuria a început să se mai îmblânzească. Chiar atunci, în ultima zi de aprilie a anului 1945, Mateu s-a stins din viață la Tortosa.

Drumul lui în viață se încheia, așadar, chiar în locul unde încolțiseră ideile de căpătâi ale afacerii sale. Grație plăcințelelor de Tortosa, intuise că dulciurile au un mare viitor și le făcuse loc în oferta brutăriei. Mateu sfârșea astfel o călătorie începută cu șaizeci de ani în urmă, și lăsa după el un drum numai bun de explorat.

Din nefericire, soarta nu se mulțumi cu această lovitură, și nici nu-i așteptă să-și lingă rănile înainte să lovească din nou. Cincisprezece luni mai târziu, fiica lor cea mare, Pepitona, care făcuse tuberculoză, se prăpădi la doar optsprezece ani.

Pierderile acestea îi cufundară pe toți într-o jale adâncă, mai neagră chiar decât pâinea pe care o vindeau. Aveau însă o moștenire de dus mai departe și nu puteau păstra mai bine amintirile, altfel decât conservându-le.

Astfel că Toñín, care avea șaisprezece ani, începu să lucreze la magazin. În 1946, starea economiei era încă precară, deși se întrevedea o oarecare normalitate. De aceea, Antonio se hotărî să dea locului un aspect mai actual, renunțând la decorațiunile moderniste ce împodobeau fațada și interiorul. Acest lucru l-a mâhnit din cale-afară pe fiul său, care era nu doar înzestrat artistic, ci și foarte sentimental.

Schimbarea aceasta nu știrbi însă cu nimic imaginea pe care și-o câștigase cofetăria Escribà, cea a unui loc de vis, legat de clipele de veselie și de sărbătoare. Spațiul acela se afla, cumva, în afara nenorocirilor de tot felul ce domneau împrejur; ca o scânteie strălucind într-o mare de întuneric și care, asemenea clopotului, te chema spre ea, în mijlocul tenebrelor.

Plăcințele cu jumări

Februarie 1948

— Bună ziua, Alba! Îți amintești de mine?

Alba tocmai vâra cheia în ușa scării unde locuia, când pe neașteptate o abordă o doamnă elegantă. Femeia purta un palton din șeviot ocru peste un costum maro închis, iar părul ei ondulat și blond era acoperit de o mică pălărie, lăsată cochet într-o parte.

Ținuta ei distinsă o luă prin surprindere pe tânăra bucătăreasă, căci nu era ceva obișnuit să vezi prin cartierul lor persoane îmbrăcate atât de frumos. Iată de ce, îndreptându-se spre poartă, Alba nici nu băgase de seamă că femeia se apropie de ea.

— Îmi pare rău, doamnă, dar nu, nu-mi amintesc.

— Mă rog, nici nu-i de mirare, erai foarte mică atunci când am plecat... Poate părinții tăi să-ți fi vorbit de mine. Mă numesc Cecília și am locuit mulți ani aici, în apartamentul de lângă voi.

Această precizare avu darul să-i reîmprospăteze memoria. Da, sigur că da, părinții îi vorbiseră despre Cecília, ba avea chiar și amintiri proprii legate de ea. Chiar dacă erau numai niște reminiscențe vagi, ele-i rămăseseră gravate în memorie, printre amintirile primilor ani de viață. Erau frânturi de momente, trăite la o vârstă atât de fragedă, încât i se amestecau în minte cu nenumăratele povestioare pe care, așa cum anticipase femeia, părinții i le povestiseră despre ea de-a lungul anilor.

De la ei știa că Cecília era fiica unui cuplu care stătuse la același etaj cu ei. Cei doi și fetița lor locuiau deja în clădire când Adela și Esteve se mutaseră acolo, la puțin timp după căsătorie. În scurtă vreme, părinții Cecíliei deveniseră vecinii lor preferați. Iar copila, de numai câțiva anișori, cuceri repede inima tinerilor soți, mai cu seamă pe-a Adelei, care din când în când o mai făcea și pe dădaca.

Apropierea dintre Adela și Cecília devenise, cu timpul, tot mai strânsă. Curând, copila abia aștepta să o viziteze și de multe ori, când ieșea de la școală, trecea pe la Adela, ca să citească împreună poveștile pe care Esteve le folosea la școală drept material didactic. Erau clipe de apropiere și de veselie, în care tinerei femei îi sporea dorința de a deveni mamă. Lângă Cecília îi era ușor să se vadă mamă, și se simțea recunoscătoare că putea trăi în avans o asemenea experiență. Din toate aceste motive, avea certitudinea că va fi o mamă foarte bună, iar inima i se umplea de duioșie, așa de mult, încât uneori simțea că-i plesnește coșul pieptului de atâta dragoste.

Din nefericire, pe măsură ce treceau lunile, toate trăirile acestea începeau să se transforme în amărăciune. Cu fiecare dintre sarcinile pierdute, Adela lepăda și speranța. Timpul zbura, iar visul de a fi mamă i se părea tot mai de neatins. În starea aceea de deznădejde, Cecília devenise pentru ea singura mângâiere.

Resemnându-se cu gândul că nu va da niciodată naștere unui copil, Adela își îndreptase toată afecțiunea maternă către fetița care tocmai pășea în adolescență. Iată de ce, când Alba venise în sfârșit pe lume, Cecília, care avea șaisprezece ani, se simțise ca și cum i s-ar fi născut o soră.

Când era Alba bebeluș, trecea să o vadă cât putea de des și ori de câte ori i-o dădeau pe mână avea grijă de ea. Învățase să-i schimbe scutecele, să-i calmeze colicile și să o legene ca să adoarmă. Cu mare fericire o văzuse făcând primii ei pași; apoi, ceva mai târziu, ascultase emoționată primele ei cuvinte.

Dar toate acestea luaseră brusc sfârșit când Cecília fusese nevoită să plece.

Se întâmplase nu la mult timp după ce Alba împlinise patru ani. Părinții fetei hotărâseră să se mute, iar ea, firește, trebuise să îi urmeze. În ziua când părăsiseră apartamentul, îi făgăduise micuței că avea să vină des în vizită pe la ea. Totuși, deși dorința ei fusese sinceră, n-o făcuse niciodată.

— Sigur că mi-au vorbit despre dumneavoastră! Se entuziasmă Alba, căci avea despre Cecília amintiri pline de afecțiune. Mă iertați că nu v-am recunoscut! Dar vă rog, intrați, mama se va bucura foarte mult să vă vadă.

— Îmi pare rău, dar acum mă grăbesc altundeva. Poate într-o altă zi.

— Cum doriți. Știți unde stăm. O să se bucure mult mama când am să-i spun...

— La drept vorbind, aș prefera să nu-i spui nimic, deocamdată. O să-ți explic, Alba. Am venit special ca să te caut pe tine, fiindcă trebuie să-ți vorbesc. E un lucru foarte delicat, pe care aș vrea să îl știi, apoi tu hotărăști dacă-i zici ceva sau nu mamei.

Spunându-i acestea, Cecília se întunecase la față. Acel chip și tonul neliniștitor îi dădeau Albei o stare proastă.

Nu pricepea ce-ar fi avut să-i spună o persoană pe care abia dacă și-o amintea. Gândindu-se totuși la stima pe care părinții ei o nutreau pentru Cecília, și care mai zvâcnea, vie încă, și în amintirile ei îndepărtate, Alba se hotărî să o ajute:

— Sunt de acord. Despre ce e vorba?

— Nu, nu aici! Ai putea să vii la mine acasă, miercurea viitoare, pe la ora asta? Uite, îți las cartea de vizită a soțului meu. Găsești aici adresa.

Dădu din cap, luând bucățica de carton crem pe care i-o întindea femeia. Când o văzu dispărând după colț, își dădu seama că parfumul ei rămăsese impregnat în cartea de vizită, pe care Alba, incapabilă să se miște, o ținea încă în mână.

*

Cât timp Alba amesteca oul cu ulei, cu zahăr și cu niște drojdie, pe care o desfăcuse în apă călduță, gândurile ei cutreierau departe de bucătăria familiei Vidal.

Lumina strecurându-se prin ferestrele mari avea o culoare tulbure, dând locuinței un aer mohorât. Era lumina cerului de iarnă, acoperit de niște nori timizi care se întindeau, înaintând greoi, peste boltă. În bucătăria slab luminată astfel, mișcările fetei îndeplineau, pentru a câta oară, ritualul încorporării făinii în compoziție. Mintea ei era însă departe, adâncită în amintirea pe care i-o lăsase Cecília, și de care nu se mai putea desprinde. De când se întâlniseră, cu o zi înainte, Alba se tot întreba ce avea să-i spună Cecília și de ce nu voia să știe nimeni că o căutase. Din câte știa, Cecília fusese în relații apropiate cu mama ei; n-ar fi avut nici un sens să vrea să se ascundă de ea acum.

Alba se opri din frământat și merse până la dulăpiorul cu băuturi ca să ia lichiorul de anason. Era Joia Grasă. Copiii sărbătoreau printr-o excursie în afara orașului și o gustare în natură compusă din omletă și din plăcințele cu jumări, pe care le făcea ea acum. Pau adora plăcintele acelea, crocante și gustoase, care vesteau sosirea carnavalului, și plecase la școală însuflețit de gândul la excursie. Și, în timp ce Alba adăuga jumările mărunțite, după ce mai întâi turnase lichiorul, gândurile ei se întorceau chiar și mai departe în timp. Pentru câteva clipe uită de Cecília și, fără a-și da seama, începu să își amintească de vremurile când orașul întreg se bucura de carnaval.

Anul izbucnirii războiului fusese cel din urmă în care sărbătoarea aceea voioasă și colorată s-a mai putut ține. Doar cinci luni îi mai despărțeau de revolta militară care avea să ducă țara la dezastru, dar toți își urmau obiceiurile de zi cu zi. Cu totul străină de incidentele ce o mânau spre catastrofă, lumea își vedea de viață cu încrederea aceea lipsită de griji pe care ne-o dă puterea obișnuinței. Călăuziți, așadar, de inerție, oamenii s-au pregătit și în acel an, cu entuziasm, pentru carnavalul care avea să preschimbe Passeig de Gràcia într-un loc de basm.

Elvira lucrase două săptămâni la costumul pe care o rugase Alba să i-l facă. Fascinată de *Cleopatra*, filmul lui Cecil B. DeMille care avusese premiera cu un an înainte, își dorise să se deghizeze în egipteancă. Deși se îndepărta de ținutele, generos decoltate, în care strălucea Claudette

Colbert, actrița din rolul principal, costumul făcut de bunica ei reușea totuși să evoce veșmântul subțire al oamenilor din Țara Nilului. În locul inului, folosit prin părțile acelea, bunica preferase satinul auriu, material care semăna cel mai bine cu modelele purtate de vedeta hollywoodiană și, în plus, avea un aspect cu adevărat sărbătoresc.

În seara paradei, Passeig de Gràcia strălucea cu totul, sub cupola întunecată a cerului. În bezna acelei înserări înghețate și umede, dezmățul de culori al măștilor și costumelor înviora, scoțând-o în evidență, iluminația stradală. O mulțime de oameni se înghesuiau în lumina aceea pestriță, admirând costumele, în așteptarea carelor alegorice special împodobite pentru eveniment.

Alba contempla cu nesaț întreaga priveliște, stăpânită și ea de acea magică frenezie care ne reduce la tăcere identitatea proprie. În acele clipe se simțea o veritabilă prințesă egipteană, cu o suită alcătuită din toate personajele ireale ce o înconjurau, arlechini, spadasini și fel de fel de alte creaturi mascate, învăluind în enigma prezenței lor bulevardul și străzile din jur.

Lângă ea mergea mama, ca să se asigure că ea și Carmeta, care-i fusese Albei colegă de bancă, nu se îndepărtau prea tare. Și în timp ce înaintau prin mulțime, Carmeta avea mare grijă, nu care cumva să-și agațe în ceva vălul de la pălăria în formă de con. Costumul ei, de doamnă medievală, semăna un pic cu al Albei, fiind tot o tunică cu talie înaltă, chiar dacă mai puțin cambrată. Diferența cea mai importantă o crea însă, fără îndoială, peruca egipteană a Albei, împodobită cu o diademă ce înfățișa un șarpe cu capul în sus, auriu la culoare.

Întinzând aluatul în tava unsă cu ulei, Alba nu-și putu reține un zâmbet. Îi era tare dor de vremurile acelea simple, când oamenii nu erau bănuitori, iar gestul de a te deghiza nu însemna altceva decât un exercițiu de imaginație și un prilej de voie bună. Acum însă, în orice lucru se putea ascunde ceva rău, iar suspiciunea permanentă sădise în oameni o frică stăruitoare, care adeseori lua chipul nostalgiei după vremi trecute.

Acest val neașteptat de dor dispăru însă la fel de iute cum apăruse, iar Alba ateriză la loc în prezent. Grija pe care i-o pricinuise apariția Cecíliei de la ea puse iarăși stăpânire pe mintea fetei și nu vru s-o mai lase în pace. Ca să-și mai alunge neliniștea, Alba se apucă să bată oul cu care trebuia uns blatul și încercă să se concentreze numai la ceea ce făcea. Însă din cauza frământărilor avea un fel de virulență în mișcări. Mâna cu furculița bătea oul prea repede, cu prea multă forță.

Când își dădu seama de asta, încercă să se stăpânească și să alunge gândurile care îi dădeau târcoale. Reuși pentru câteva momente, cât îi luă să ungă blatul și să îl presare cu semințe de pin. Deodată însă, o nouă pricină de tulburare se ivi în mintea ei, începând să o chinuie.

Își aduse aminte de Enric și de tăcerea lui, care îi făcea atâta rău. Se văzuseră în urmă cu unsprezece zile, într-o duminică dimineața; venise să o ia de la cofetărie la sfârșitul turei. O condusese până acasă, în plimbare, și fusese volubil, dar distant. Alba se abținuse să-l întrebe de ce se purta astfel, știind că n-ar fi scos nimic de la el. Intuia că, orice ar fi fost, problemele lui nu aveau legătură cu ea. Și că nu putea face nimic altceva, decât să îl lase să și le rezolve singur. Dar de durut, tot o durea închiderea aceasta în sine a lui Enric, care o împiedica să se mai bucure de întâlnirile cu el precum odinioară.

Senzația de frustrare o mai părăsi când văzu că blatul se odihnise cât trebuia și putea să îl pună în cuptor. Atunci inspiră o dată, adânc, de parcă gura de aer care îi lărgea colivia coastelor ar fi putut să-i soarbă durerea din piept. Aerul, cu mireasma sa îmbietoare, o ajută să-și mai aline zbuciumul.

În pieptul Albei însă, inima continua să bată la fel de iute, muncită de presimțirea că o pândește o întâmplare teribilă.

Sara

Cu fiecare noapte îi era tot mai greu să adoarmă. Întors spre perete, Enric stătea cu spatele la ferestrele cu obloane prost închise, printre ale căror crăpături pătrundea înăuntru lumina felinarului stradal. În această lumină gălbuie, silueta geometrică a dulapului se proiecta peste faianța gri. Umbra aceea era nespus de întunecată, la fel de întunecată precum gândurile ce îi alungau somnul și îi îngreunau cugetul.

Mintea lui devenise șantierul unor nesfârșite construcții, al căror vuiet se întrerupea numai dacă, pentru o clipă, îl distrăgeau zgomote venite din exterior. Glasul paznicului de noapte, plânsul bebelușului din apartamentul de deasupra, motorul câte unui vehicul care mai circula după miezul nopții. Mai târziu, când liniștea devenea atotstăpânitoare, numai trosnetul discret al mobilelor roase constant și implacabil de cari reușea, pentru câte o clipă, să îl mai smulgă din gândurile sale. Numaidecât însă, se adâncea la loc în ideile care îl tulburau și-l țineau treaz până în zori.

Insomnia îl chinuia de mai bine de un an. Nopți nesfârșite, în care gândurile îl frământau și nu îl mai lăsau să doarmă, se perindaseră rând pe rând vreme de mai multe luni, însă cele din urmă fuseseră cele mai rele. De când se sfârșise vara, grijile ce îi alungau somnul se aliaseră cu noi temeri, cu noi incertitudini din pricina cărora somnul se lipea tot mai greu de el. Mai rău decât insomnia era însă faptul că nu vedea nici o ieșire din situația care îi hrănea zbuciumul și care începuse cu un an și jumătate în urmă.

În ziua când tatăl lui se întorsese acasă.

Faptul că era în viață nu fusese o surpriză pentru cei din familie. Le trimisese veste, la puțin timp după încheierea războiului, prin niște rude care locuiau la Espluga de Francolí și care îl adăpostiseră pentru o vreme. Aceste rude veniră în vizită la mama lui, căci nu aveau încredere în poștă, și îi povestiră că bărbatul ei, după zile întregi de mers, ajunsese la ferma lor, fugind din calea trupelor inamice care ieșiseră învingătoare în bătălia de pe Ebru.

L-au ascuns câteva săptămâni, povesteau neamurile, dar apoi a plecat ca să se alăture partizanilor. Mișcările de rezistență apăruseră în ultimul an de conflict, imediat după abolirea Republicii, fiind alcătuite din fugari care se ascundeau, ca și el, prin munți și prin păduri.

La câtva timp după această vizită, aflaseră că rândurile trupelor de gherilă se îngroșau cu dezertori din armata franchistă și cu prizonieri evadați din închisori ori din lagăre de concentrare, pentru a nu-i mai pune la socoteală pe cei care erau nevoiți să fugă de teama represaliilor.

Grupurile acelea armate erau rezultatul fugii impulsive de pedeapsă, așa că în rândul lor domnea dezorganizarea și nu aveau nici un fel de conștiință politică. În ciuda acestor neajunsuri, în scurt timp ele au devenit o mișcare de gherilă, care s-a împărțit apoi în mai multe grupări ce luptau împotriva regimului franchist.

Rudele lor n-ar fi știut să spună din care grupare făcea parte tatăl lui, dar presupuneau că era vorba de Frontul Național al Catalunyei, mai cu seamă că fusese militant al Statului Catalan, partidul fondat de Francesc Marià cu vreo douăzeci de ani înainte. Știau bine că asta însemna o condamnare sigură, căci, după victorie, rebelii declanșaseră o represiune cruntă, al cărei scop era pedepsirea tuturor celor ce nu se identificau cu noul regim.

De fapt, chiar de la începutul anului 1939, când victoria începea să mijească la orizont, franchiștii promulgaseră primele legi prin care erau pedepsiți toți cei ce colaboraseră cu guvernul legitim al Republicii ori doar se opuneau noului stat. Cele mai ușoare pedepse erau confiscarea bunurilor sau alte sancțiuni economice, dar cele mai grele însemnau ani grei de temniță la Modelo sau la castelul de pe Montjuïc.

Enric nu se mira, așadar, că după război tatăl său rămăsese ascuns și continuase lupta în clandestinitate. Ceea ce l-a surprins a fost că, după opt ani de sabotat căi ferate și linii electrice, a luat hotărârea să se întoarcă acasă.

Cu șase luni în urmă, când sosise, toți își dăduseră seama cât de apăsătoare fusese pentru el amărăciunea înfrângerii și sălbăticia traiului din ultimii ani. Povara aceasta îi afectase profund sănătatea fizică și mentală. Nemaiputând suporta viața în condițiile rezistenței armate din munți, alesese să se întoarcă la Barcelona, pe ascuns, la el acasă, iar din ziua aceea îl țineau închis, ca nu cumva să-l denunțe cineva.

Trecuseră nouă ani de la încheierea războiului, însă dictatura își ducea mai departe programul de represiune politică și culturală. Și îl ducea pedepsindu-i pe toți cei care nu-i împărtășeau principiile ideologice, prin intermediul unei întregi rețele instituționale. După primele legi promulgate, cele privind responsabilitatea politică și confiscarea bunurilor marxiste, urmaseră altele, care vizau reprimarea comunismului și a masoneriei, respectiv epurarea funcționarilor publici, toate aceste legi fiind concepute ca să-i pedepsească pe cei considerați „dușmani ai Spaniei", cum era și tatăl lui.

Brusc, dintr-o singură mișcare, Enric se ridică în capul oaselor. Nu era sigur, dar avea impresia că pe palier se aud strigăte de militari. Poate era doar un coșmar, însă inima i-o luase la trap, iar pieptul i se strângea de neliniște. Doar peste câteva clipe, când liniștea, cu blânda ei acalmie, se așternu la loc, Enric își reveni și el.

De astă-vară îngrijorarea lui crescuse, ca un mosor pe care se înfășura neîncetat firul spaimelor sale. Adăpostirea tatălui lor era ceva ce îi punea în primejdie pe toți. Și, cu cât trecea timpul, cu atât mai greu avea să le fie să-l ascundă, căci autoritățile franchiste încurajau denunțarea celor suspecți de a se opune regimului. Nu o dată, Enric văzuse falangiști sau câte un polițist trecând prin cartier și încurajându-i pe oameni să le spună pe cine bănuiau dintre vecini și cunoscuți. Dacă îi denunța cineva, taică-său ar fi fost condamnat la ani grei de pușcărie sau de muncă silnică, asta, presupunând că nu-l duceau pe Camp de la Bota să-l execute.

Când se convinse că auzise numai discuția unor vecini noctambuli, Enric se prăvăli la loc pe saltea.

Încercând să alunge temerile ce-l măcinau, începu să se gândească la Alba. Deși simțea remușcări pentru felul cum se purta cu ea, gândul la Alba mai avea încă puterea să-i inunde pieptul de emoție.

Știa că nu se purta cum trebuie, dar simțea că i-ar fi fost imposibil să petreacă prea mult timp alături de ea fără a-și da de gol zbuciumul. De aceea, preferase să rărească întâlnirile. Era conștient că, văzându-se prea des, mai devreme sau mai târziu ea avea să-și dea seama că îl apasă ceva, iar el ar fi fost nevoit să o mintă, ca să nu o târască în această poveste.

Pe la sfârșitul verii era cât pe ce să i se destăinuie, într-o seară când, ieșind de la cinema, Alba îl întrebase de ce e așa schimbat. O făcuse firesc, fără nici un pic de afectare, așa că el bagatelizase cu ușurință chestiunea, asigurând-o că nimic nu se schimbase.

Cinci luni mai târziu, Enric încă mai era încrezător că Alba, întărită de sentimentele puternice care îi legau, putea să mai aibă răbdare cu el până când situația avea să se rezolve. Spera ca acest răstimp să nu se mai prelungească, căci nu doar relația lui cu Alba se găsea într-o stare proastă, ci și propriul lui suflet.

Nevrând să se mai lase pradă zbuciumului, Enric încercă să-și alunge gândurile negre redepănând în minte clipele trăite alături de Alba. Se simțea, la rândul lui, întărit de amintirea acelor momente, de bucuria lor autentică, mereu încărcată de senzualitate. Nu doar a rotunjimilor ei apetisante, ci și a generoasei sale înzestrări, care-și găsea expresia în creațiile ei gastronomice.

Într-una din ultimele dăți când se văzuseră, la sfârșit de ianuarie, într-o după-amiază rece, ea îl răsfățase cu o felie de tort. Își dăduseră întâlnire în fața la Llotja, căci el termina orele mai devreme în acea zi; ea îi pusese atunci în palme un pachețel ușor și moale.

— Azi-dimineață l-am făcut, pentru Núria, îi spuse Alba, înainte ca el să apuce să-i mulțumească. Astăzi e ziua ei, iar ăsta este Sara, tortul ei preferat. De la actriță și-a luat numele, știi?

— Sara... uite că acum nu știu cum o mai cheamă. Te referi la franțuzoaica aceea faimoasă?

— Da, la Sarah Bernhardt. Bunica mea încă își mai amintește când a jucat la Barcelona, acum peste cincizeci de ani, și mi-a povestit că tortul ăsta a fost creat în cinstea ei de cofetarii din oraș. Îl comanda adeseori, pentru că îi plăcea foarte mult, și uite așa, a ajuns un tort foarte popular. Nu știu dacă ție îți place...

— Îmi place tot ce faci, știi bine asta. Dar n-o să ai probleme fiindcă ai luat o felie?

Alba izbucni în râs, iar ochii îi scânteiară, oglindind lumina slabă a înserării.

— Parcă ești bunică-mea. Și ea se îngrijorează când vin cu ceva de la stăpâni. Dar sunt oameni foarte generoși. De fapt, ei mă îndeamnă mereu să iau și eu un pic din ce fac. Nu ai de ce să-ți faci griji!

Ghemuit pe canapea, cu ochii închiși, Enric retrăi seara aceea în care totul, pentru câteva momente, redevenise cum era odinioară.

Ținându-se de mână, lăsaseră în urmă impunătoarea clădire a Llotjei și se îndreptau la pas către stația de unde luau tramvaiul spre cartierul lor. Mergeau în voie, fără să se grăbească, așa cum nu se grăbeau nici ultimele dâre de lumină ce mai brăzdau încă cerul, zăbovind peste copaci.

În timpul plimbării au vorbit neîncetat, de parcă prin cuvinte ar fi implorat ora despărțirii să sfărâme zidul dintre ei. Când zidul se prăvăli, decorul cenușiu din jurul lor pieri și el, creând un gol protector între ei și restul lumii:

— Știi ce mi-a spus *senyora* Pepita? își aminti deodată Alba, cu un dram de exaltare. Mi-a spus că lui Toñin, fiu-său, când era mic, îi plăcea mult să intre în laborator și facă omuleți din firimituri de pâine.

— Te referi la băiatul lui Antonio Escribà? Patronul cofetăriei?

— Da. Mereu îmi povestește că a fost un copil plin de imaginație, neastâmpărat și foarte hotărât: chiar dacă taică-său îl certa și îi spunea „cu pâinea nu trebuie să te joci", el făcea mereu figurine din firimituri. Și acum, când ajută în laborator, se mai joacă cu bezeaua și cu caramelul... Iar dacă face rost de ciocolată, e cel mai fericit.

Reamintindu-și aceste cuvinte ale Albei, trăi încă o dată bucuria cu care savurase, un pic după aceea, felia de tort Sara. Pandișpanul moale, însiropat, contrasta plăcut cu consistența glazurii de migdale. Tortul avea un fel de fermitate docilă, la fel ca Alba, când voia să o sărute. O fermitate convențională, incapabilă să stăvilească dorința ce îi însuflețea pe amândoi. Odată înfrântă această rezistență, pielea ei se arăta moale și dulce, la fel ca blatul acelei prăjituri minunate. Enric stăruia să o guste cu buzele lui, de la gât în jos, urmând trasee greu de explorat pe sub straturile îmbrăcăminții de iarnă.

În seara aceea, Enric o luă prizonieră între brațele sale, la un colț solitar de stradă. Aliată cu ei, bezna le oferea intimitatea de care aveau nevoie, tăinuind ceea ce ar fi fost socotit conduită indecentă. Ca de fiecare dată, ea încercase să se smulgă din îmbrățișarea lui, ca mai apoi, după câteva clipe, să îi cedeze. Mâinile lui o cotropiseră atunci, abile, descheindu-i paltonul și furișându-i-se pe sub haine. Iarăși, Alba încercase să-i reziste, însă degeaba! Enric era îndemânatic și, pe deasupra, îl mâna o lăcomie dobândită în ani întregi de reprimare. Tânjea să atingă sânii ce se obrăzniceau pe sub puloverul ei de lână, să îi pipăie coapsele, să exploreze toate acele rotunjimi la care de atâtea ori visase în singurătate.

În seninătatea care, în sfârșit, pusese stăpânire pe încăpere, Enric auzi din nou respirația intețită a fetei. De câte ori reușea să înfrângă acel prim val de rezistență, Alba lăsa să îi scape un gâfâit slab, parcă de ușurare, ca și când s-ar fi eliberat de o povară. Căci pentru ea, ca pentru toate femeile, de altfel, înfrânarea era mult mai apăsătoare, din pricina vinovăției și a prejudecăților. Cu toate acestea, naturalețea acelei răsuflări ușurate era așa desăvârșită, încât îndepărta de ea orice urmă de păcat. Nu făcea decât să se potrivească dorinței lui, care, mereu crescândă, o încuraja să continue.

În seara aceea, prudența ieși învingătoare, iar el rămase din nou frustrat. Și în privirile ei putu desluși urmele dezamăgirii. Dintr-odată, decorul înconjurător redeveni cenușiu ca întotdeauna, iar cuvintele își recăpătară fermitatea de granit.

Zidul îi despărțea din nou.

Gogoși

Tocurile loveau marmura cu un ușor ecou, care îi însoți pașii către ascensor. Alba se străduia să își țină cât putea mai bine în frâu nervozitatea, care se întețise când intrase în eleganta clădire din strada Diputació. Niciodată nu se mai aflase într-un edificiu atât de impunător, iar dimensiunile acelui spațiu luminos și alb o făceau să se simtă chiar și mai măruntă.

Din pricina tulburării, mâna în care ținea cartea de vizită de la Cecília îi tremura ușor. Îi venea nespus de greu să își stăpânească agitația, acum, când mai era puțin și întrebările pe care le lăsase în urma ei Cecília aveau să se risipească. Dimensiunile acelui loc nu o ajutau nicicum să se simtă mai sigură pe ea.

Urcând scara de marmură, cu balustradă de fier forjat, Alba se îndreptă spre portăreasă. Cu un fir de glas, îi spuse unde se duce, iar când femeia încuviință își urmă drumul către ascensor. Ușa cu grilaj scrâșni când o deschise, ca să intre în cabină. Ascensorul, la fel ca întreaga clădire, avea ceva vetust și sofisticat, amintindu-i Albei de fosta locuință din Eixample a bunicii.

Închizând cele două uși din lemn de mahon, apăsă butonul care ducea la etajul Cecíliei. Smucitura cu care porni ascensorul îi înteți bătăile inimii, și Alba respiră adânc ca să se calmeze.

Peste câteva secunde, când liftul se opri, geamurile decorate ale ușilor trepidară ușor. Înainte să le deschidă, Alba inspiră din nou cu lăcomie. Ieșind, încercă să se convingă pe ea însăși că trage în piept curaj, nu doar aer. Chiar și așa, când apăsă butonul soneriei văzu că mâna începuse iarăși să îi tremure și simți un fior în stomac.

Din fericire, ușa se deschise repede, iar chipul tineresc al fetei care o întâmpină în prag îi insuflă Albei o oarecare liniște. După hainele ei umile și felul supus cum i se adresa se putea ghici că făcea parte din personalul de serviciu al casei.

După ce tânăra bucătăreasă se prezentă și întrebă de Cecília, fata o pofti înăuntru. Alba o urmă în liniște, de-a lungul unui coridor întins, la capătul căruia, ca o ieșire dintr-un tunel, strălucea lumina. O încăpere spațioasă și primitoare, scăldată în ultimele raze de lumină ale acelei zile de iarnă.

— Luați loc, vă rog, spuse servitoarea, arătându-i un fotoliu de piele de culoare brun închis.

Ceva mai liniștită, Alba se așeză unde i se indicase. Respectul pe care îl impunea încăperea aceea seniorială o intimida atât de tare, încât nu îndrăzni să șadă decât pe marginea fotoliului, atât de țeapănă, încât părea un ornament sculptural al mobilierului.

Cât timp așteptă, studie formele robuste ale bufetului ce ocupa peretele opus ferestrelor. Ca și celelalte mobile, era din lemn întunecat lăcuit, strălucind sub dezmierdările acelei lumini muribunde.

Apartamentul era mai somptuos chiar și decât al stăpânilor ei, de aceea i se părea ciudat să se afle acolo în calitate de invitată. Avea senzația că trecuse un hotar spre o altă lume, la fel ca în ziua când începuse să lucreze la Escribà, cu diferența că, de această dată, se simțea teribil de stânjenită.

La cofetărie, în schimb, era foarte la largul ei, lucrând într-un mediu care nu doar îi plăcea, dar îi stimula și creativitatea. Răsfățându-se în vitrină, armata multicoloră a prăjiturilor îi zgândărea neîncetat imaginația. Nu trecea zi în care să nu descopere o nuanță inovatoare, o tehnică nouă sau o găselniță artistică. Iar asta se întâmpla chiar mai des de când mezinul familiei, care de acum era mare și își spunea Antoni[1], începuse să valorifice tot ce învățase la Llotja, aplicându-și cunoștințele în arta cofetăriei.

Obiceiul de a face figurine din pâine, care îl supărase atât pe taică-său, se manifesta și acum, prin fel de fel de experimente pe care Antoni le făcea cu acest aliment. În mâinile sale, făina și apa deveniră noi materiale artistice, cu care Antoni uimea clientela, alcătuind din ele forme neobișnuite. Alba se minuna de inventivitatea inepuizabilă a tânărului, care strălucea în laborator ca și cum incinta acestuia ar fi fost, de fapt, atelierul unui artist.

Zgomotul unor pași îi întrerupse șirul gândurilor, apoi o văzu pe Cecília ivindu-se din penumbra coridorului. Purta o fustă-tub gri închis și o bluză albă cu o fundă

---

1. Antoni este forma catalană a numelui Anton. De remarcat că tatăl personajului, Antonio Escribà, adoptă forma spaniolă.

mare la gât. Când o văzu, tânăra bucătăreasă sări ca arsă de pe fotoliu.

— Nu trebuia să te ridici, draga mea, îi spuse gazda, așezându-se într-un alt fotoliu, după ce se salutară. Te rog, fă-te comodă, o să vină gustarea.

Nici nu-și terminase fraza, când servitoarea apăru în salon aducând o tavă cu cafea, lapte și un castron plin cu gogoși. Alba nici nu mai știa când gustase ultima oară din licoarea aceea înviorătoare, iar mireasma ei îi redeștepta în gând amintirea unor vremi de belșug.

În timp ce-i turna lichidul aburind și întunecos, femeia începu să vorbească:

— Știu că probabil te întrebi ce vreau să îți spun și de ce te-am rugat să vii până aici. Să nu crezi că pentru mine va fi ușor să îți spun ce am de spus și, de fapt, nici nu știu cum o să o iei... De aceea am preferat un loc unde să fim între patru ochi.

— Înțeleg, vă mulțumesc pentru încredere.

— Nu de asta este vorba, ci pur și simplu de ceva ce trebuie să fac, pentru că nu mai pot păstra tăcerea. După cum vezi, am o viață îndestulată, nu duc lipsă de nimic, slavă Domnului, soțul meu este director de bancă. Dar nu am dus viața asta dintotdeauna. Și eu sunt de origine umilă, la fel ca tine. Dar asta o știi deja, chiar dacă nu-ți mai aduci aminte de mine prea bine, fiindcă ai tăi ți-au mai povestit câte ceva. Am avut însă norocul să îl cunosc pe soțul meu, imediat după ce ne-am mutat, și de atunci totul a mers de minune.

Lampa ce atârna din tavan cu abajur de sticlă lumina încăperea în reflexe multicolore, care furau atenția Albei, în vreme ce femeia vorbea. Ea le privea stăruitor, încercând astfel să se pregătească pentru efectul răvășitor pe care destăinuirile Cecíliei le-ar fi putut avea, iar jocul de lumini o ajuta cumva să evadeze din situația aceea incomodă. Stratagema trecu însă neobservată, căci amfitrioana își continuă discursul:

— Curând împlinesc doisprezece ani de căsnicie și, cum ți-am mai spus, am avut mult noroc. Un singur lucru ne lipsește, că nu avem copii. Iar eu încep să înaintez în vârstă...

— Nu spuneți asta! Sunteți încă tânără. Mama mea, când m-a avut, era mai în vârstă decât dumneavoastră.

— Știu. Exact despre asta aș fi vrut să-ți vorbesc.

Femeia se opri preț de o clipă, incapabilă să continue. Nervozitatea Albei parcă o molipsise și pe ea, paralizând-o.

Trecură câteva secunde până să reușească să se adune. Iar când vorbi, o făcu fulgerător:

— Uite, am să-ți spun totul, fără ocolișuri. E mai bine așa!

Partea a doua
MAGUL CIOCOLATEI
(1926–1952)

„În artă, mâna nu poate face niciodată mai mult decât poate închipui inima."

RALPH WALDO EMERSON

Ziua în care s-a născut Alba

În dimineața de Crăciun a anului 1926, când primii fulgi de nea pluteau prin văzduh, Cecília făcea ultima sforțare să o împingă pe fiica ei spre viață. Presiunea crescândă pe care o simțea de vreo câteva ore ajunsese atât de intensă, încât avea senzația că o să se rupă în două. Pe lângă apăsarea aceea cumplită, mai era și arsura care îi mistuia organele genitale. Un cerc de foc parcă i-ar fi cuprins sexul și, pentru câteva momente, crezu că nu avea să poată îndura.

Și totuși un impuls mai puternic decât ea îi poruncea să împingă mai departe, un impuls care-și croise drum printre gândurile ei încețoșate de durere, ca să o încredințeze că suferința ei avea un scop, și că era foarte aproape să îl atingă.

În liniștea salonului, întreruptă numai de respirația ei precipitată și grea, Cecília o auzi pe moașă, care îi cerea să împingă. O făcea cu glas blând, ca să nu-i rupă concentrarea, fără să o atingă, pentru a nu-i vătăma țesuturile umflate și pline de sânge.

Arsura deveni chiar și mai chinuitoare când începu să iasă căpșorul copilului. Frigul din jurul ei era neputincios în fața acelui foc cumplit ce-i ardea între coapse, încingându-i întregul trup. Moașa îi dădu un pic de apă, ca să se mai răcorească. Dar fata nu simți ușurare decât atunci când capul bebelușului se ivi complet. Atunci, cu o ultimă contracție, scoase întâi umerii și apoi, aproape fără efort, tot restul acelui trupușor roșiatic și alunecos.

Într-o altă situație, Cecília ar fi putut să-și vadă și să-și atingă fiica; dar așa, copila i se luă chiar înainte să elimine placenta.

Când totul se sfârși, un gol apăsător îi pustii inima. Nouă luni, trăise cu spaima că cineva își va da seama, iar acum, când era pe cale să se elibereze de secret, o mulțime de sentimente i se amestecau în suflet și îi împăienjeneau mintea. Cel mai puternic era o angoasă atroce, care-i ardea pieptul la fel cum durerea îi arsese mai înainte sexul. Departe de a se simți ușurată, sămânța vinovăției aruncase rădăcini în măruntaiele ei, vrând parcă să ocupe locul pe care pruncul îl lăsase gol.

Până în acel moment, Cecília știuse foarte bine ce avea de făcut. Și acceptase, încă din ziua când fusese nevoită să își adune toate puterile pentru a le spune părinților că este însărcinată. Copleșită de remușcări, se lăsase pe mâna lor, docilă, ca să o scoată din situația aceea rușinoasă, care îi putea compromite nu doar viitorul, ci și reputația.

Cum sarcina ei era prea înaintată ca să se mai poată face întrerupere, fuseseră nevoiți să meargă până la capăt. Așa că, în primele luni de sarcină, Cecília trebui să simuleze normalitatea, urmându-și vechile rutine și obiceiuri de parcă nu s-ar fi întâmplat nimic. Prefăcându-se astfel, ea își păstră onorabilitatea și nimeni nu băgă de seamă că adolescenta de şaisprezece ani nu mai era nicidecum atât de inocentă pe cât se credea.

Prefăcătoria era întregită de tăcere, căci, în afara părinţilor ei, nu mai spuse nimănui. Nici celor mai bune prietene, nici preotului, nici măcar tatălui copilului, cu care, obligată de părinţi, încetă să se mai întâlnească.

— Nu vreau să îl mai vezi niciodată, îi spusese tatăl ei, în ziua când îşi mărturisise păcatul. Şi nu mai spui o vorbă nimănui.

Cecília nu îndrăznise să se împotrivească acelei porunci. Se simţea norocoasă că n-o dădeau afară din casă, şi nu voia decât să obţină iertarea pentru greşeala ei atât de gravă, chiar dacă preţul era să renunţe la iubire.

Peste câteva luni, când sarcina începuse să se vadă, o trimiseră în mare taină la Casa Provincială pentru Maternitate şi Prunci Abandonaţi, în cartierul Les Corts. Cu un an înainte, instituţia dăduse în folosinţă un spaţiu pentru mamele singure, pavilionul roz, unde fete aflate în aceeaşi situaţie găseau un loc în care să se ascundă, evitând stigmatizarea din partea societăţii.

Cât timp rămase în locul acela, Cecília nu îşi putu alunga din inimă sentimentul de părăsire care o luase în primire încă de la intrare. Condiţiile vitrege, mizeria, severitatea implacabilă cu care Surorile Carităţii le supravegheau moralitatea, toate acestea îi hrăneau dorul de părinţi şi de casă, ascuţindu-i, în acelaşi timp, ghimpele feroce al vinovăţiei.

Şi totuşi, în ciuda lentorii exasperante cu care treceau zilele acolo, deznodământul se produse puţin după noaptea de Crăciun.

Năucită şi extenuată, Cecília văzu cum îi era luat copilul, în timp ce pe ea punea stăpânire o moleşeală izbăvitoare.

Senzația aceea de destindere, ca o oază în mijlocul deșertului, o făcu să se simtă ocrotită.

Afară, orașul începea să se albească, sub ninsoarea ce cădea peste el, împrumutând luminii o strălucire magică. Mulți barcelonezi ieșiseră să se bucure de minunea aceea și se plimbau, plini de entuziasm, prin căderea albă a fulgilor de nea. Adela și Esteve se numărau și ei printre plimbăreți, cu toate că plimbarea lor nu avea nimic de-a face cu ninsoarea. Ieșiseră din casă pentru ceva ce așteptau de câteva luni. Mai precis, din clipa în care vecinii le împărtășiseră rușinosul lor secret.

Era o seară caniculară de sfârșit de iulie. În atmosfera prielnică pentru destăinuiri ce se înfiripa între ele ori de câte ori rămâneau între patru ochi, mama Ceciliei o asculta pe Adela cum, pentru a nu știu câta oară, se văita de nenorocirea ei. Deși ajunsese să își asume propria sterilitate, Adela nu se putea stăpâni să nu-și mai verse din când în când oful de față cu ea. Se mai ușura, astfel, de o greutate ce încă îi apăsa prea tare inima. De astă dată însă nici prietena ei nu mai putu să nu-și spună păsul, și îi povesti ce necaz le făcuse Cecília.

Mărturisirea veni așa pe neașteptate, că Adela amuți pe loc. Tulburarea nu ținu însă prea mult. Ca o revelație, încrederea și speranța îi luminară deodată chipul:

— Nu lăsați copilul la așezământ, își imploră prietena, aflând că voiau s-o ducă pe fată la maternitatea din Les Corts. O să-l luăm noi și o să avem grijă de el ca de copilul nostru!

Rugămintea o luă prin surprindere pe viitoarea bunică. Și ea, și soțul ei aveau de gând să renunțe cu totul la prunc, păzind astfel onoarea fiicei lor. Cu toate acestea, posibilitatea de a rămâne oarecum în legătură cu copilul îi surâdea mai mult decât s-ar fi așteptat.

Pe de altă parte, știa că putea conta pe discreția celor doi vecini și că ei îi vor asigura un viitor bun copilului. După ce se sfătui și cu bărbatul ei, amândoi hotărâră să îi facă fericiți pe Adela și Esteve, pe care îi socoteau parte din familie.

Din ziua aceea, începu o nouă mascaradă: aceea prin care vecinii trebuiau făcuți să creadă că Adela rămăsese, în sfârșit, gravidă.

Misiunea se dovedi mai ușoară decât se așteptau. De pildă, nimănui nu i s-a părut straniu că cei doi soți nu se grăbiseră să dea de veste, ci așteptaseră, pentru a fi siguri că nu vor pierde și acest copil. Mai târziu, când Cecília plecă de acasă, nimeni nu făcu legătura între plecarea ei și pântecele crescând al soției domnului învățător. Toți credeau că Cecília plecase la țară să aibă grijă de o rudă bolnavă și nici prin gând nu-i trecea cuiva că pe sub hainele Adelei era o pernă.

Peste câteva săptămâni, în zorii zilei de Crăciun, Adela și Esteve ieșeau așadar din casă, profitând de liniștea acelei ore. La ceasurile acelea erau puțini trecători, iar ei oricum ar fi fost greu de recunoscut, adăpostiți de întunericul unui cer plin de nori. Chiar și așa, își acoperiseră capetele cu pălării și țineau ridicate gulerele unor paltoane pe care le împrumutaseră de la părinții Adelei, tocmai ca să nu fie recunoscuți.

Cu puțin timp în urmă primiseră de veste că Cecília e în travaliu, iar acum se grăbeau să pună la cale ultima înscenare. Actul final al piesei care începuse cu cinci luni înainte trebuia să se încheie cu nașterea copilului, la ei acasă.

Ce aveau de făcut mai întâi și mai întâi era să ia bebelușul de la maternitate și să îl ducă acasă fără să își dea nimeni seama. Din fericire, în leagăn găsiră o copilă liniștită, dormind indiferentă, ca și când ar fi știut că nu avea nimic de-a face cu lumea golită de vrajă ce o împresura. Poate că de aceea se lăsase învăluită de magia ninsorii și a Crăciunului, rămânând cufundată în visul ei, la fel de dulce ca viitorul ce o aștepta.

Printre atâția oameni, fremătând toți de emoția sărbătorii și a ninsorii, Esteve reuși să treacă neobservat, când intră în casă cu un coș plin cu merinde, în care fusese ascunsă, cu mare grijă, micuța. Aceeași nepăsare voioasă a oamenilor o ajută și pe Adela să nu fie recunoscută când se întoarse, ceva mai târziu, acasă, îmbrăcată în haine bărbătești.

Așa se face că, în vreme ce vecinii toți se pregăteau să serbeze Crăciunul, bucurându-se de înfățișarea neobișnuită a orașului lor, Alba reuși să intre în viitorul ei cămin. Ca un cadou de la Regii Magi primit în avans, ea intra, de asemenea, și în viața părinților săi.

*

Februarie 1948

Ultimele cuvinte ale Cecíliei rămaseră suspendate în aer, ca și cum ar fi refuzat să lase loc tăcerii. Erau ca un ecou imaginar, vuind în mintea devastată a Albei.

Pe măsură ce asculta povestirea gazdei sale, vedea cum certitudinile pe care își clădise întreaga viață se năruiau. Și totuși cuvintele acelea revelatoare îi păruseră, la început, atât de îndepărtate și de absurde, încât își spusese că erau despre altcineva. Nu se recunoștea defel în frazele care zugrăveau Crăciunul ei cel magic ca pe-o farsă și se convinse pe ea însăși că, în toată această scenetă, Cecília era, de fapt, farsorul.

Convingerea ei se destrămă în cele din urmă, când în glasul femeii Alba recunoscu semnele autenticității. Nu avea nici un motiv să o creadă, însă cuvintele ei aveau consistența pe care numai adevărul poate să o aibă. Spusele ei stăteau infinit mai bine în picioare decât povestea pe care o ascultase până atunci de o mie de ori. Iar convingerea aceasta triumfă până la urmă, spulberându-i, dintr-o singură lovitură, temelia întregii existențe.

Copleșită de această revelație, Alba nu se mai putea gândi decât la gol. Și la lipsa de fundament a vechii sale identități.

Iar în timp ce glasul Cecíliei îi mai vuia încă în urechi, ochii ei nu se mai desprindeau de castronul cu gogoși de pe masă. Cafeaua nu mai aburea, însă aroma ei persista în încăpere, la fel ca acele din urmă cuvinte ale acelei lungi destăinuiri.

Alba se uita țintă la stratul de zahăr ce îmbrăca gogoșile, incapabilă să-și îndrepte atenția spre altceva. Aluatul acela pufos, cu golurile sale, îi amintea de vidul propriei vieți.

Își dădu seama atunci că și existența ei era tot o gogoașă. Nu existaseră nici semne, nici miracole pe parcursul vieții sale. Totul era o iluzie, creată ca să ascundă un păcat și să aline o nefericire. Pornind de la această iluzie, i se ticluise un destin, în care ea era eroina principală a unei feerice alegorii, menită să dea o explicație înzestrărilor sale. Dar realitatea era că nu existau minuni; că puterile ei erau numai rodul învăţării, iar izbânzile ei se datorau pur şi simplu stăruinţei şi motivaţiei.

— Ne-am mutat pentru că părinţii mei au văzut că mă ataşam de tine, spuse Cecília, care hotărî să-şi continue istorisirea, văzând că Alba rămăsese cufundată într-un soi de transă. Eşti o fată aşa de dulce şi drăgălaşă! Pe mama ta o iubeam, dar nu mai puteam suporta să te văd în braţele ei, şi nu într-ale mele. Chiar dacă puteam să te văd frecvent, de câte ori mă întorceam în apartamentul nostru şi tu rămâneai cu ei simţeam că mi se sfărâmă inima. Cel mai dureros pentru mine a fost când m-am mutat şi te-am abandonat definitiv. Nu mi-am iertat-o niciodată.

În penumbra ce se întindea dincolo de spaţiul luminat, colţurile încăperii păreau să fi dispărut. De aceea, razele slabe dădeau întregii situaţii un aer încă şi mai dramatic. La începutul ultimului act măştile, iată, cădeau, iar acolo, exact în mijlocul scenei, tronau, ca o grotescă metaforă, gogoşile.

Că laptele şi untul trebuie puse pe foc într-un ibric era primul lucru pe care îl învăţase Alba, în lunga ei ucenicie, începută în ziua când arătase interes pentru bucătărie. Rămas printre primele ei amintiri, acel moment îi reînvia acum în memorie, ca o glumă a destinului. Se revăzu pe sine însăşi, înălţându-se pe vârfuri ca să ajungă la vasul în care fierbeau cele două ingrediente şi să poată pune un praf de sare. Gestul acela simplu îi dezvăluise minunea prin care nişte elemente simple puteau fi transformate în ofrandă. Ofrandă pentru văz, pentru gust, pentru bucuria de a fi şi de a trăi împreună postul, cu o prăjitură simplă, umplută doar cu fericire.

Când laptele fierbea, iar untul se topise, Adela deja adăugase făina cernută şi zahărul, amestecând apoi insistent, până când compoziția nu s-a mai lipit de pereții vasului puse pe foc. Alba urmărea cu sufletul la gură mișcările ei hipnotice, semănând unui ritual. Memora fiece pas, fiece gest, voind și ea să facă parte din liturghia aceea, care îi stârnea toate simțurile.

Adela a luat de pe foc ibricul, continuând să amestece, și a adăugat apoi, pe rând, ouăle, până când totul a devenit omogen și pufos. Deși trecuseră atâția ani, Alba încă mai putea retrăi emoția vie pe care o simțise atunci, ajutând-o pe Adela să dea formă acelei substanțe. Cu un zel pe care numai perfecționismul ei îl putea tempera, fetița ar fi vrut să prefacă amestecul acela inform într-un produs cu nume și prenume.

Pe măsură ce se prăjeau, nuanța palidă a micilor bucăți de aluat se preschimba într-un auriu îmbietor. Uleiul fierbând, în efervescența sa, le făcea să pară că dansează și că se învârt singure în jurul lor. Adela îi spusese că, datorită acelui dans rotitor, gogoșile se mai numeau prin unele părți și *caragirats*[1].

Când au tăvălit gogoșile prin zahăr, acela a fost momentul suprem al bucuriei pe care Adela i-o făcuse, în clipa când, deși era atât de mică, o invitase să îi dea o mână de ajutor. Fetița a înțeles atunci că, prin gestul acela, atinsese apogeul unei creații simple, care însă, la rândul său, era începutul unei provocări. Fiindcă Alba își dăduse seama că asta dorea să facă în viitor, că acesta era drumul ei, țelul ei în viață.

Începând din ziua aceea, crezuse că toate semnele și minunile care i se tot întâmplau în viață se datorau magiei

---

1. De la *cara* – „față" și *girarse* – „a se învârti" (cat.).

dulciurilor. Acum, înțelegea că nu erau decât rodul hazardului și al trudei.

— Trebuie să plec, zise, ridicându-se brusc din fotoliu.

— Mai vino, oricând vrei tu!

Mergând spre ieșire, Alba auzea pașii Cecíliei urmând-o pe coridor. Îi simțea foarte bine stânjeneala și reprimarea. Știa că ar fi vrut să o mai rețină un pic, poate ca să se elibereze de povara atâtor ani de tăcere. Dar Alba nu mai putea duce și greutățile altcuiva. Nu voia decât să fugă, să se piardă în noaptea care sta să înceapă, să se piardă în anonimat, alinându-și astfel durerea pricinuită de pierderea rădăcinilor.

Aerul înghețat al lunii februarie, lăsată pentru reflecție și penitență, o mai trezi un pic, când ieși în stradă. O rafală de vânt o lovi brusc, parcă vrând să-i dea un brânci spre destinul său nesigur. Alba se înfofoli mai bine în palton și iuți pasul fără nici o direcție, condusă doar de suflul umed al vântului.

Încă o dată, gogoșile îi reveniră în amintire, ca niște alegorii ale obârșiei sale mincinoase.

Friganele de Sfânta Tereza

— Mai vrei un pic de friptură, Quim?
Tânărul refuză, cu un zâmbet, oferta doamnei Vidal, mulțumindu-i pentru amabilitate. Arhitectul îl invitase la el acasă, alături de părinți, și tocmai se adusese felul doi. Avocatul aștepta, de fapt, momentul desertului, ca să o revadă iarăși pe tânăra și încântătoarea bucătăreasă a familiei. Bineînțeles că păstra asta pentru sine totuși. La drept vorbind, și să fi spus ceva, tot n-ar fi crezut nimeni că un băiat de familie bună și chipeș ca el ar fi putut vreodată să se aprindă în așa hal după o simplă servitoare, după o slujnicuță care, pe deasupra, nici măcar nu-i dăduse nici un motiv să-și facă speranțe.

Fapt e că, din ziua când dăduse peste ea în casa soților Vidal, atracția care mijise în el crescuse neîncetat, nutrită fiind chiar de reticența ei. Ai fi zis că distanța pe care o păstra Alba ațâța în el spiritul de luptător, gata să asedieze neîncetat bastioanele sale de neîncredere și indiferență.

Arătos cum era, având, pe deasupra, și o excelentă poziție în societate, lui Joaquim nici prin gând nu-i trecea că Alba l-ar fi putut respinge. În locul ei, oricare altă femeie ar fi încercat să îl prindă în mreje folosindu-se de ispitele cărnii. Ea, în schimb, se încăpățâna să îl evite, iar lui Joaquim nu-i scăpase stinghereala ei, ori de câte ori îl vedea sau îi răspundea la vreo întrebare. Își dăduse seama că Alba nu vorbea cu el de drag, ci din pură politețe, și știa prea bine cât se căia că îi era datoare, după ce el îi pusese o vorbă ca să fie angajată la cofetăria Escribà.

În orice caz, reticența ei nu îl deranja pe Joaquim. Dimpotrivă. Savura ascendentul pe care situația lui economică și socială i-l oferea asupra tinerei bucătărese și era încântat să și-o știe datoare. Era un joc de putere, mai incitant chiar decât seducția.

Și cu cât juca mai mult, cu atât se încingea mai tare.

În ziua aceea, totuși, bucătăreasa fusese parcă într-o dispoziție ceva mai puțin defensivă. Când ochii li se întâlniseră, iar el îi adresase din nou zâmbetul acela atât de bulversant pentru ea, ea nu se mai tulburase, cum se întâmpla de obicei. Câteva clipe îi susținuse privirea, apoi trecuse la servitul aperitivelor, ca și când nu s-ar fi întâmplat nimic. În ochii ei însă, Joaquim deslușise ceva provocator.

Îl deconcertă un pic această atitudine, apoi, și mai mult, gustul bucatelor, care în seara aceea i se părură, ca niciodată, fade. Nu pentru că șunca, salamul și cârnații n-ar fi fost delicioase. În casa arhitectului, cărnurile și mezelurile cumpărate erau de o calitate indiscutabilă, ceea ce nu s-ar fi putut spune despre salata *à la russe* – sau „națională", cum mai era numită în anumite cercuri, pentru a se evita orice aluzie la dușmanii regimului – care le însoțea. Ai fi zis că ingredientele își pierduseră brusc gustul, pentru a se topi, apoi, într-un amalgam nesățios și insipid.

Acest fapt îl miră, căci la familia Vidal mâncărurile erau întotdeauna delicioase. Gândindu-se totuși că la bucătărie se mai întâmplă și accidente, nu dădu prea mare importanță faptului. Asta, până când gustă friptura.

Ca niciodată, îi fu imposibil să perceapă armonia aceea a gusturilor și a mirosurilor, pe care mâncărurile Albei o avuseseră întotdeauna. Parcă gustul de vită s-ar fi evaporat cât timp carnea stătuse în cuptor, lăsând în urmă ceva ce nu reușea să se împace cu verdețurile și cu grăsimea. Dacă n-ar fi văzut-o chiar pe Alba aducând și servind mâncărurile, ar fi crezut că fuseseră gătite de altcineva.

Mâncarea aceea fără nici o savoare făcu timpul să treacă parcă și mai lent. Iar conversația dintre ai lui și soții Vidal nu ajuta nicicum. Vorbiseră încontinuu despre criza politică provocată de Partidul Comunist în Cehoslovacia. Schimbând tema, Pau le povesti apoi cum el și colegii se bătuseră cu bulgări, înainte să intre la școală. Temperaturile scăzute și condițiile atmosferice speciale făcuseră cu putință, iată, neobișnuitul fenomen care îi mirase pe toți în dimineața aceea, la trezire.

— Ați văzut cum s-au albit Tibidabo și Vallvidrera? întrebă arhitectul, stârnind o avalanșă de comentarii exclamative, pe care le acoperi, cu vocea sa, tatăl lui Joaquim.

— Așa e! Și Montjuïc la fel! Bine că nu a nins chiar ca acum doi ani, vă mai amintiți? Atunci ninsoarea a încurcat circulația și s-au stricat și niște linii telefonice.

— Da, mai bine să ningă cum a nins azi! Așa, cât să fie frumos și să se joace copiii...

Pentru câteva momente, tânărul avocat reuși să lase deoparte gândurile obsesive care-l țineau cu ochii lipiți de ușă, în așteptarea bucătăresei. Toți cei de la masă, în afară de Pau, care se juca cu ultima bucățică de friptură, terminaseră felul doi și așteptau desertul. Conversația se întindea însă, iar acum se vorbea despre filmul *Gilda*, care rula de două luni în Spania și la care voiau să meargă și părinții lui în ziua următoare.

Încă o dată, Joaquim privi fix ușa crăpată spre coridorul care făcea legătura între sufragerie și bucătărie.

Dar Alba tot nu venea.

*

Fulgii de nea începuseră să cadă de cu zori și, cum era frig, până la răsărit se așternuse zăpadă. Când ieși din casă, așadar, îndreptându-se spre locuința familiei Vidal, pe Alba o întâmpină un spectacol de o splendoare feerică. Nici raritatea unei asemenea priveliști, nici farmecul ei tihnit nu o mișcară însă.

În urmă cu o săptămână aflase adevărul despre venirea ei pe lume, iar de atunci se cufundase într-o stare de indiferență și insensibilitate. Închisă în propria lume, nimic din jurul ei nu o mai impresiona. Însă lumea aceasta a ei încetase să mai fie universul de basm de odinioară. Rămăsese doar un spațiu desvrăjit, din care magia fusese alungată. O banală succesiune de fapte, manipulate abil de conștiință și întâmplându-se în virtutea ei.

În seara aceea, părăsind apartamentul Cecíliei, Alba o luase haihui pe străzi, fără nici o direcție, incapabilă să se îndrepte spre casă. Îi era peste poate să dea iarăși piept cu viața aceea de mucava, născocită de alții, să revină la niște obiceiuri clădite pe minciună ca și cum nimic nu s-ar fi întâmplat și, mai ales, să capete niște răspunsuri pe care nu voia să le audă. Știa că, dacă ar fi făcut toate acestea, mânia ei ar mai fi cedat, iar în momentele acelea avea nevoie, din toată inima, să urască.

Când bezna deveni mai neagră și mai apăsătoare chiar și decât sila pe care o simțea, Alba se întoarse în sfârșit acasă. Abia intrată pe ușă, își explică întârzierea și proasta dispoziție dând vina pe muncă, apoi se duse direct la culcare. Dar, cum fierbea de indignare, nu reuși să adoarmă.

Răvășită, incapabilă să mai viseze, mintea Albei își reexamina amintirile, din perspectiva adevărului care îi fusese dezvăluit. În lumina lui crudă, toate faptele de care își aducea aminte i se păreau acum ridicole, iar eroii acestora, niște farsori. Adevărul că tot ceea ce trăise se întemeia pe o amăgire îi umplea inima de amărăciune. Viața ei era rodul unui păcat, pe care ceilalți i-l înfățișaseră drept minune.

În zilele următoare, furia ei scăzu mereu, lăsând loc dezolării. Nu avea nici un chef să mai dea ochii cu femeile alături de care locuia și pe care îi era greu să le mai numească „mamă" și „bunică". Și cu toate că, la drept vorbind, îi erau, practic, mamă și bunică, Alba nu putea să nu simtă stânjeneală, pronunțând acele cuvinte. De aceea, alese liniștea.

— Ce ai pățit, fetițo? o întrebă Adela, în seara dinainte să ningă. Ai probleme cu stăpânii?

— Nu, nu-ți face griji. Cred că mă ia o răceală.

— De câteva zile nu ești în apele tale, draga mea. Spune-mi, ce-i cu tine?

— Ți-am spus, cred că am luat gripă de la cei mici.

Femeia nu vru să insiste, dar Alba își dădea seama că explicația pe care i-o servise nu o mulțumea deloc. Știa că, peste câtva timp, Adela va încerca iarăși să stea de vorbă cu ea, și că nu putea rămâne mută o veșnicie. Dar preferă să nu se gândească la asta.

A doua zi, la familia Vidal, stăpâna casei o rugă să facă la desert friganele de Santa Teresa. Cu o zi înainte o anunțase că urma să aibă musafiri și stabiliseră meniul împreună; în cele din urmă se hotărâse totuși să renunțe la flan, alegând o rețetă mai de sezon.

— Sunt mai potrivite pentru post, și știi că domnului Vidal îi plac foarte mult.

Alba încuviință și se apucă numaidecât să pregătească cina. Toate îi erau, de acum, perfect indiferente. La urma-urmei, trebuiau pur și simplu respectate niște reguli legate de ingrediente, cantități și timpi. Se mulțumi, așadar, să pună carnea la fript într-o cratiță, lăsând temperatura să facă restul.

Destrămându-se, vraja îi răpise nu doar însuflețirea cu care lucra, dar o încetinea, iată, și în mișcări. Decepția, ca o povară, parcă îi împuținase forțele, împiedicând-o să mai pună pasiune în ce făcea.

Până și felul cum vedea lumea se schimbase, sub efectele noii sale stări sufletești. Nici chiar albul orbitor ce înveșmântase orașul nu putea să mai sfâșie vălul de întuneric prin care Alba privea acum la tot ce o înconjura.

Când laptele fiert cu un baton de scorțișoară și coajă de lămâie începea să se răcească, Núria și Pau năvăliră în bucătărie. Ca de obicei, o întrebară dacă pot s-o ajute și ei; pentru prima oară însă, Alba le spuse nu. Nu mai era capabilă să interpreteze iarăși rolul bucătăresei atinse de inspirație, pentru a-i minuna, astfel, cu pretinsul ei dar magic. Ar fi fost prea dureros și, la drept vorbind, grotesc de-a binelea să continue farsa.

Dezamăgiți și resemnați, copiii plecară, iar ea își văzu mai departe de sarcinile primite. Friptura aproape se făcuse, iar salata *à la russe* ce trebuia să însoţească aperitivele era de mult gata, aşteptând în castron.

Alba luă o baghetă de pâine veche şi se apucă să o taie în felii subţiri, pe care apoi le înmuie în laptele fiert. Odată îmbibate, le dădu prin ou bătut şi le puse la prăjit, una câte una, cu mişcări maşinale. Apoi le scurse pe un prosop de hârtie şi începu să le presare cu zahăr şi scorţişoară măcinată.

Lumina opacă a amiezii parcă îi tulbura şi mai tare percepţia lucrurilor din jur. În mediul acela, rarefiat de propria apatie, parcă gusturile şi mirosurile se sufocau, la rândul lor, de atâta descurajare.

Într-un singur moment, doar, inima ei amorţită se învioră un pic. Dar nu o emoţie plăcută, ci îngrijorarea o făcuse să tresalte.

Stăpânii şi invitaţii lor se aşezaseră nu demult la masă, iar ea le dusese primul fel. Deşi îi servea cu nepăsare, păstrând aceeaşi tăcere îndărătnică şi inexpresivă în care se zăvorâse cu nouă zile în urmă, ceva o smulse totuşi din izolarea ei. Senzaţia stăruitoare că este privită o sili să ridice ochii, şi atunci întâlni privirile lui Joaquim, care o urmăreau, insistente.

Tânărul îi zâmbi cu expresia aceea suficientă care îi repugna cumplit Albei. În momentul acela, furia, frustrarea şi o ură devoratoare se sparseră iarăşi, ca un val, de coastele sale. Numaidecât, mânia ei se preschimbă într-o duşmănie cum niciodată nu mai simţise pentru tânărul avocat. Şi totuşi, în sentimentul acela de ură simţi mijind, în acelaşi timp, o atracţie care o târa spre el.

Mai mult ca niciodată, mai mult chiar decât cu Enric, simţi cum o forţă nevăzută, trecând peste toată îngâmfarea lui, o leagă de Joaquim. Ştia că sentimentele pe care i le stârnea îi dădeau o putere funestă asupra voinței lui, iar acest lucru o înflăcăra.

Sângele învăpăiat îi înroși pielea obrajilor și îi iuți mișcările. Așa tare se încinsese, încât se temu că Joaquim îi va simți, prin haine, dogoarea trupului. Avocatul nu făcu însă decât să o urmărească, cu privirile sale arzătoare, până când ieși din încăpere.

Cu inima palpitându-i încă de emoții pe care voia să le țină în frâu, Adela se sprijini de masa din bucătărie. Nu se recunoștea în mirosul mâncărurilor făcute de ea în ziua aceea, iar asta o umplu iarăși de tristețe. Cu toate acestea, jarul de acum câteva minute încă mai mocnea în pieptul ei.

Nu își revenise pe deplin, când trebui să se întoarcă în sufragerie cu felul doi. De astă dată Joaquim nu o mai privea cu atâta nerușinare, dar dorința lui se simțea în aer. Ca să evite contactul vizual, Alba nu-și lua ochii de la tava cu friptură; atunci însă își dădu seama că mâinile îi tremurau ușor. Inspiră profund ca să se calmeze, încercând să-și alunge zbuciumul din piept cu o gură de aer. Respirând astfel, reuși să-și mai țină în frâu tulburarea, câtă vreme servi la masă; însă de cum putu, se întoarse imediat la bucătărie.

Sprijinindu-se iarăși de masă, trase aer în piept cu lăcomie. Simțea că nu mai poate stăvili atracția pe care o deșteptase Joaquim în ea. Mai greu chiar decât asta îi era totuși să priceapă cum se putea una ca asta; cum putea disprețul pe care-l simțise până atunci pentru el să se prefacă subit într-o fascinație atât de intensă?

Răvășită de sentimente contradictorii și puternice, ce o asaltau toate deodată, Alba se simți învinsă; se simți îngenuncheată de povara unei realități care punea în ridicol viața ei de până atunci; simți că o mânie nemăsurată o înrobise; şi că o pornire ancestrală o subjugă şi o târăşte spre el.

Făcu un efort atât de mare ca să-şi controleze acele emoţii, încât întârzie cu desertul. Când în sfârşit îl aduse, aproape că se ciocni cu doamna Vidal, care se ridicase să vină după ea şi tocmai deschidea uşa de la sufragerie.

— Credeam că aţi avut probleme cu friganelele…
— Nu, doamnă, nu. Îmi cer iertare. Pur şi simplu nu mă simt chiar bine şi a trebuit să mă aşez puţin.
— Ce aveţi?
— Ei, ştiţi… probleme femeieşti.

Doamna Vidal dădu din cap cu înţelegere, iar Alba puse tava cu friganele pe masă. Făcu asta cum nu se poate mai repede, pentru a scăpa de privirea sfredelitoare a lui Joaquim. Însă propriile mişcări i se păreau lente, la fel ca vorbele comesenilor, ce-i răsunau în auz molcome şi îndepărtate.

Când se întoarse în bucătărie, încă o mai urmărea senzaţia aceea de ireal. Un voal invizibil parcă s-ar fi aşternut între ea şi restul scenei, lăsând-o singură în lumina reflectoarelor.

Impresia aceasta ţinu poate douăzeci de minute. Apoi, când tocmai terminase de strâns, voalul se sfâşie, iar lumina începu să scalde, definind-o cu toată limpezimea, figura avocatului, care tocmai intra pe uşă.

Alba se trase spre perete, năucită de această apariţie. Şi iarăşi sângele îi năvăli în obraji, şi iar îi zgudui inima, cu atâta forţă, că tremura din cap până în picioare. Încercă să îngaime o vorbă. Încercă să se adune şi să formuleze o întrebare politicoasă. Dar corpul n-o asculta. O voinţă străină se instăpânise pe ea, aproape paralizând-o cu forţa ei. Nu mai făcea decât pași înapoi, dându-și seama că nu are scăpare. Însă certitudinea aceasta o umplea de o excitație cum nu mai simțise.

Când simți faianța peretelui, câteva clipe rămase nemișcată. Respirația ei gonea în ritmul turbat al inimii, pieptul palpita în aceeași cadență. Acum ochii nu se mai ocoleau. Acum nimic nu mai putea alunga privirea aceea febrilă, care ghicise dorința ce zvâcnea sub îmbrăcăminte.

Lipită de faianță, privi cum Joaquim se apropie de ea. În câteva clipe avocatul o încolți la perete. Alba simți căldura pielii lui, presiunea crescândă a trupului ce-l strângea pe al său ca într-o menghină. Apoi răsuflarea lui îi cutreieră gâtul în căutarea buzelor. Pironind-o cu toată greutatea lui, tânărul o ținu strâns de bărbie, ca să nu întoarcă capul. Atunci apăsă cu gura lui buzele fetei, care încetă să i se mai împotrivească. Încordarea dispăru, o capitulare blândă, dar înflăcărată, îi luă locul.

Timpul păru să dispară în vâltoarea acelei îmbrățișări, care-i închidea pe amândoi într-o paranteză fără cuvinte. Ea lăsă capul pe spate, simțind cum limba lui îi cotropea gura, în vreme ce mâinile lui îi explorau fesele. Trupul ei răspundea surprinzător la acele mângâieri, învăpăindu-se sub degetele lui, lipindu-și bazinul de al lui.

Până la urmă, judecata triumfă asupra dorinței. Pericolul de a fi descoperiți era prea mare.

Joaquim o slăbi din strânsoare și se mai uită la ea o dată, înainte să se retragă. Apoi plecă fără un cuvânt.

Privirea lui spunea însă limpede că datoria încă nu fusese stinsă.

Cremă catalană

— Intră, Enric, intră, spuse Adela, ținând ușa și făcându-i semn să poftească înăuntru, cu mâna rămasă liberă. Așteaptă-mă un pic în sufragerie, că sunt cu laptele pe foc.

În aer plutea un miros de scorțișoară și lămâie, care înăuntrul locuinței se simți și mai intens. Băiatul își luase inima în dinți și venise la Alba acasă, după câteva săptămâni în care tot încercase să se întâlnească cu ea, fără succes. Trei duminici la rând se dusese la cofetărie, dar de fiecare dată iubita lui se scuza, spunându-i că bunica e bolnavă și că n-o poate lăsa pe mama ei singură cu ea.

La început o crezuse, apoi atitudinea aceasta evazivă îl făcu bănuitor. De aceea se hotărî să meargă s-o vadă la ea acasă, iar în treacăt să se intereseze și de sănătatea bunicii, presupunând că Alba îi spusese adevărul.

Era prima dată când Enric intra la ea în casă. Pe Adela o cunoscuse cu puțin înainte de Crăciun, într-o după-amiază când, venind cu Alba de la film, dăduseră nas în nas chiar la intrarea în clădire. Prezentarea fusese scurtă, dar nicidecum stânjenitoare, în pofida circumstanțelor. Mama Albei, cu firea ei volubilă, ușurase situația, ba chiar îl făcuse să se simtă de-al casei, invitându-l să vină într-o după-amiază la o gustare.

— Era și timpul să te hotărăști să vii, o auzi spunând din bucătărie. Apoi imediat o văzu ieșind, cu o cârpă în mână. Iartă-mă, dar azi fac cremă catalană, că e Sant Josep[1], iar Alba nu m-a anunțat că vii.

— Păi, nici nu i-am spus. Nu ne-am mai văzut de ceva vreme și m-am gândit să trec să o salut. Apropo, cum se simte mama dumneavoastră?

— La vârsta pe care o are, foarte bine, nu ne putem plânge. Acum îmi dă o mână de ajutor cu crema. De obicei o făcea Alba, dar anul ăsta ne-a spus că acasă la arhitect gătește toată ziua-bună ziua și nu a mai vrut să facă. Mă duc să-i spun că ai venit.

Enric încuviință, nevoit să accepte în sinea lui că, exact așa cum bănuise, iubita lui îl evita. Bunica n-avea cum să fie așa bolnavă de vreme ce robotea prin bucătărie, în loc să stea în pat. Mai mult ca sigur, Alba era sătulă de felul cum o tratase în ultima vreme și hotărâse să-i răspundă cu aceeași monedă. Într-un fel asta i se părea logic; dar chiar și așa, tot îl durea.

Nu apucase încă să își mistuie supărarea, când Alba se propțăpi în fața lui, cu o figură iritată:

— Ce cauți aici?

— M-am gândit că, dacă nu poți s-o lași pe bunica ta bolnavă, atunci să vin eu pe la tine.

— Mda, după cum vezi e mult mai bine acum. Dar nu contez pe asta, totuși, e foarte bătrână și trebuie să aibă grijă.

---

1. Sfântul Iosif; 19 martie, în calendarul romano-catolic.

— Alba, te rog mult, nu mai inventa scuze.

Ochii fetei scăpărară de indignare când îl auzi. Aerul mirosind a zahăr ars îngheță deodată.

— Zise specialistul în scuze!

— Ai dreptate. Știu că nu m-am purtat bine cu tine lunile astea, și îmi pare foarte rău. Dar nu mai putem să o ținem tot așa. Uite cum zic să facem: îți spun ce problemă am eu, apoi îmi spui și tu ce e cu tine.

Alba pufni scurt. Era limpede că se luptau în ea două dorințe, să aibă încredere în el sau să își hrănească mai departe orgoliul rănit, printr-un nou puseu de mânie. Enric pricepu asta numaidecât și hotărî să dea el exemplu, ca să o încurajeze.

Începu să-i vorbească despre tatăl lui, să-i spună cât de tare îl afectase desfășurarea războiului, mai ales finalul, când mecanismul implacabil al persecuțiilor se dezlănțuise. Îi dezvălui că făcuse parte dintr-o grupare de partizani, până când deteriorarea fizică și mentală îl siliseră să se întoarcă. La sfârșit, îi explică situația de la el de acasă, îi povesti ce făceau și cum făceau să îl țină ascuns, ca nu cumva să îl denunțe cineva.

Ascultându-i povestea, Alba șovăia între surpriză și spaimă. Îi părea rău pentru suferințele lui și ale familiei sale; pe de altă parte însă, era profund neliniștită la gândul că, aflând acel secret, îi devenise complice. Respectul pentru suferință, pe care o simțea ca și a ei, triumfă în cele din urmă, iar Alba îi promise băiatului să păstreze tăcere:

— Îmi pare tare rău, Enric, eu n-aveam cum să-mi închipui una ca asta... Stai liniștit, n-am să spun nimănui, nici măcar mamei. Mulțumesc că mi-ai povestit, deși cred că ar fi fost mai bine să ai încredere în mine, în loc să tot vii cu scuze.

— Mi-era frică, Alba, și încă îmi este; și n-aș fi vrut să te bag și pe tine în asta. Dar ai dreptate; iartă-mă că te-am făcut să suferi. De-acum înainte nu vor mai fi secrete între noi.

— Da, e cel mai bine așa.

— Bun. Iar acum spune-mi ce-i cu tine.

— E o poveste complicată și lungă. Mai lungă decât a ta.

— Nu mă grăbesc nicăieri. Dacă durează mult, mi-ar prinde bine, ce-i drept, un pic de cremă catalană, să nu leșin.

Pe buzele fetei flutură un zâmbet. Era primul, de o lună încoace. Momentul de bucurie, așa neînsemnat cum era el, o făcu să se mai destindă, iar în atmosfera aceasta, prielnică destăinuirilor, Alba începu să își depene povestea.

Pe măsură ce Enric o asculta, expresia lui atentă devenea una de surpriză. În nici un moment al istorisirii nu o întrerupse, lăsând-o să se desfășoare și să-și golească inima de amărăciunea care o încerca.

— Magia dulciurilor nu există, puse punct Alba, devastator. Am trăit într-o înșelăciune toată viața.

— De-asta nu ai vrut să faci cremă catalană?

— De-asta. Și nici plăcințele de Tortosa, cum făceam în fiecare an. Poate să facă oricine, trebuie doar să ai ingredientele și rețeta.

— Dar ca tine nu le mai face nimeni...

— Chestie de exercițiu. Eu gătesc de când eram mică și am experiență, asta-i tot.

— Nu sunt de acord cu tine. În artă există ceva magic, ceva ce n-are de-a face nici cu tehnica, nici cu practica.

Iar bucătăria e tot creație. La fel ca pictura sau sculptura. Magia aceasta a dulciurilor tu ai avut-o mereu.

Câteva clipe Alba nu spuse nimic. Știa că Enric are dreptate, dar adunase prea multă furie ca s-o poată îmblânzi vreo explicație de-a lui, oricare ar fi fost aceea. El înțelese asta, așa că adăugă, luând între palmele sale mâinile ei, ce tremurau de mânie:

— E firesc să te simți așa, să nu crezi că nu înțeleg. Ai pățit ceva urât, urât de tot – și felul cum ai aflat-o... Dar viața nu ți-o poți stabili tu. Ești același om, în continuare.

— N-am cum să fiu. Nu sunt cine mi s-a spus că sunt!

— Dar esența ta nu are de-a face nici cu ce-ți spun alții, nici cu ce crezi tu. Te rog, te implor, nu îngădui ca lucrul acesta să ne lipsească pe noi, muritorii de rând, de creațiile tale delicioase.

Pentru a doua oară, tânăra bucătăreasă zâmbi, dar apoi își reluă numaidecât expresia de neîncredere. Enric, umplând iarăși tăcerea, încercă s-o mai învioreze.

— Dar mama și bunica ta? Cum au reacționat?

— Nu le-am spus nimic.

— Poftim? Nu le-ai spus? Alba, trebuie neapărat să vorbești cu ele. Nu poți sta supărată la infinit!

— Vom vorbi când va sosi momentul.

Enric tăcu. Câtă vreme ea se încăpățâna să țină supărarea, știa bine că n-o va face să se răzgândească, orice i-ar fi spus. Probabil că mai mult ar fi agravat situația. Preferând deci să nu insiste, se mulțumi să stea de vorbă cu ea, ca orice tânăr cu iubita lui, până când Adela și bunica Elvira veniră cu crema catalană, din care toți ciuguliră apoi împreună.

În seara aceea, Alba adormi cu greu. Pentru prima dată însă, nu povestea nașterii sale o făcea să se frământe, ci tot ceea ce-i spusese Enric despre tatăl lui.

Se simţea un pic vinovată acum, când ştia de ce se purtase distant. Şi, chiar dacă era de părere că ar fi trebuit să-i spună mai înainte, Alba tot nu putea să nu simtă remuşcări, gândindu-se la noile ei sentimente pentru Joaquim.

După întâlnirea înfocată din bucătărie, cu nişte săptămâni în urmă, se mai văzuseră în două rânduri. Prima dată, chiar a doua zi, când el se înfiinţă la cofetărie, aşa cum făcea mai toate duminicile. Alba încercase atunci să îşi ascundă tulburarea, ocolindu-i privirile şi îndreptându-şi toată atenţia spre clienta care urma la rând. Însă cu agitaţia ei nu reuşi altceva decât să-l atragă şi mai tare. Joaquim se mulţumi atunci să o salute cu un zâmbet hâtru şi, în timp ce era servit, nu îşi luă ochii de la ea. Chiar dacă nu schimbaseră nici măcar un cuvânt, situaţia aceea încordată o răscoli pe Alba.

Peste câteva zile însă avocatul o opri pe stradă, când tocmai pleca de la soţii Vidal. De astă dată, tânărul nu se mai rezumă la expresii grăitoare şi priviri:

— Ai şi plecat, minunato?

— Da, acum mă duc acasă.

— Vrei să te las mai aproape cu maşina?

— E foarte amabil din partea dumneavoastră, dar prefer să iau tramvaiul.

Chiar dacă era beznă, apăsarea norilor se ghicea în aerul umed. Alba simţea povara aceasta nevăzută, ce parcă-i îngreuna mişcările. Pe de-o parte ar fi vrut s-o rupă la fugă, în acelaşi timp însă, murea de dorinţă să mai stea cu el.

— Tot la plural îmi vorbeşti? Vrei, poate, să mă apropii de tine şi mai mult?

— E ceva ce ţine de educaţie.

— Ah, ce dureros! Acum câteva zile erai mai blândă...

— Sunt în întârziere, iertați-mă

Inima Albei bătea atât de puternic, încât avu darul să o umple de vigoare, eliberând-o de povara ce-o apăsa înainte. Grăbi pasul, ca să-l lase în urmă pe Joaquim, dar și ca să nu se vadă că îi ardea obrazul de rușine. Joaquim însă iuți și el pasul, rămânând astfel lângă ea.

— Oricât te prefaci, știu că mă placi. De ce ești așa cu mine, că doar nu facem nimic rău? Urât nu sunt, așa-i?

— Te rog, lasă-mă în pace, am un iubit.

— Deja e mult mai bine, acum vorbim ca între prieteni... E un tip foarte norocos, dar eu nu am de gând să mă las. Îmi placi foarte mult, Alba!

Aceste ultime cuvinte îi rămăseseră săpate în memorie, și adeseori, când se gândea la Joaquim, ele îi reveneau în minte. Două săptămâni mai târziu, declarația aceasta rămăsese pentru ea tot așa răscolitoare ca și atunci, iar Alba nu reușea să și-o alunge din gând, nici măcar acum când, iată, se părea că tensiunile dintre ea și Enric încetaseră.

I se părea o trădare din partea sa să se mai gândească la avocat, după o seară în care se simțise la fel de aproape de iubitul ei ca în zilele bune. Și cu toate acestea, în fața emoțiilor pe care Joaquim le sădise în ea, în fața puterii lor, Alba vedea că e neputincioasă.

Era perfect conștientă că în discuția ei cu Joaquim ceea ce ardea mocnit în ea se dăduse în vileag: avocatul nu făcuse altceva decât să dea glas unui lucru pe care ea îl ținea sub tăcere. Oricât s-ar fi ascuns, știa că, prefăcându-se, nu va schimba cu nimic atracția pe care i-o inspira Joaquim. Și mai putea fi sigură și de ceea ce-i spusese el: că nu avea să se lase.

Pască din *guirlache*[1]

De o lună de zile, duminicile nu mai erau cum fuseseră. De patru săptămâni, nu o mai însoțea, la trezire, entuziasmul viu grație căruia ritualurile acelei dimineți sărbătorești erau atât de speciale. Și totuși, trecuse parcă o veșnicie de când se deștepta emoționată, la gândul că se duce iarăși la cofetăria Escribà să lucreze.

Acum însă o făcea din obligație.

Bucuria cu care mergea odinioară acolo se destrămase, de când începuse să privească serviciul la cofetărie ca pe o obligație în plus, printre multe altele care alcătuiau rutina ei săptămânală. Iar asta, desigur, nu o ajuta deloc să-și lecuiască rana pe care încă o mai simțea în suflet, de când se convinsese că magia dulciurilor nu există.

La început, când se angajase la cofetărie, era o bucurie pentru Alba să se lase răpită de miresmele deserturilor și dusă de ele înapoi în timp, spre acele vremuri de fericire când încolțea în ea sentimentul că este o parte a acelui univers atât de senzual. Însă de când aflase adevărul despre

---

1. *Guirlache* (sp.), pastă de caramel și migdale prăjite.

nașterea ei, faptul că lucra la Escribà nu i se mai părea o reușită. Hotărâse să se convingă pe sine că între ea și dulciuri nu exista nici un fel de legătură, iar drumul care o adusese până în acel punct nu era altceva decât un concurs de împrejurări fericite.

Încredințarea aceasta era felul ei subtil de a se pedepsi. Dincolo de vina pe care le-o găsea celor din familie, în străfunduri o măcina vinovăția, pentru că se lăsase amăgită de basmele ticluite pe seama nașterii ei. Refuzând să mai creadă în ele, nu îi respingea doar pe cei ce urziseră minciuna, ci se pedepsea ea însăși pentru propria naivitate.

Făcând eforturi să-și însușească această nouă perspectivă, golită de vrajă, asupra vieții, tânăra bucătăreasă amâna mereu momentul confruntării cu mama și bunica ei, momentul în care avea să le reproșeze anii de tăcere. Era prea instabilă emoțional, prea bulversată, deja, de sentimentele sale amestecate pentru Enric și Joaquim, care îi sporeau frământarea și zbuciumul.

Trecuseră numai două zile de la vizita iubitului ei și nu se mai văzuseră. Însă, deși înțelegea perfect situația lui Enric, tot nu reușea să treacă peste resentimentele adunate în atâtea luni de distanță și de răceală.

Cât despre avocat, nici cu acesta nu se mai văzuse, dar îi era teamă că în orice moment s-ar fi putut pomeni cu el la ușă; iar nesiguranța o ținea într-o stare permanentă de alertă, pe care, în zbuciumul ei, abia reușea să o mascheze. Era un amestec de teamă și dorință, care îi precipita mișcările și îi abătea gândurile aiurea.

Starea aceasta de confuzie luă brusc sfârșit într-o zi când unul dintre ajutoare ieși din laborator însoțit de patron. În clipele acelea cofetăria zumzăia de activitate;

chiar și așa însă, Alba, în timp ce împacheta un colac cu smântână, auzi ce-i spunea Antonio Escribà angajatului său:

— N-avea grijă. Du-te acasă, că ne descurcăm noi!

— Dar Paștele e peste o săptămână și mai e multă treabă de făcut...

— Stai liniștit, ne vom descurca. Tu du-te acasă și fă-te bine! Vino înapoi când te simți mai bine.

Alba se întoarse spre o colegă, care tocmai atunci îi spunea la revedere unei cliente, cam strâns înfofolită într-un palton de lână ce-i rămăsese prea mic. Ea o lămuri că acel coleg plecase fiindcă nu se simțea prea bine.

— Acum se fac păștile și e foarte mult de muncă, așa că a tot răbdat, până când domnul Escribà i-a spus să plece și să meargă la doctor.

— Chiar că e o perioadă proastă să te îmbolnăvești, comentă Alba. Bine că e doar ajutor, dar, orișicât, sunt două mâini mai puțin.

— Să sperăm că nu-i nimic grav și că mâine se întoarce la lucru.

Speranțele, din păcate, nu se adeveriră. Chiar în ziua aceea, la ora cinei, acasă la tânăra vânzătoare sună soneria. Era o oră la care nu le vizita nimeni, așa că Alba se îngrijoră puțin până să ajungă la ușă. Când văzu că era unul dintre angajații de la Escribà, rămase atât de surprinsă, încât uită să-l salute:

— Iartă-mă că vin la ora asta, dar e destul de urgent.

Încă sub impresia surprizei, Alba, în sfârșit, îl invită să intre:

— Nu, mulțumesc. Voiam doar să te întreb dacă poți trece mâine pe la cofetărie. Domnul Escribà ar vrea să vorbească cu tine.

— Cu mine?
— Da, dar stai liniștită, că nu e nimic de rău. Știi că ni s-a îmbolnăvit un ajutor.
— Da, l-am văzut azi plecând. Cum se simte?
— O să se opereze de apendicită. De asta vrea să te vadă don Antonio. Trebuie să ne organizăm ca să facem păștile și suntem în criză de timp.

După ce stabiliră o oră pentru a doua zi, vizitatorul își luă rămas-bun și porni în jos pe scară. Totul fusese o discuție de numai câteva minute, în urma căreia Alba se neliniști, deși colegul îi spusese că nu avea de ce. Dar îi era peste poate să nu se îngrijoreze, când avusese parte de atâtea surprize în ultimele săptămâni. Era convinsă că, orice ar fi fost, lucrul pe care avea să i-l spună domnul Escribà îi va da iarăși viața peste cap.

Și nu se înșela.

*

Era prima oară când Alba pleca așa devreme de acasă. Ieșind, i se păru că e mai beznă ca noaptea, deși știa că, la ora aceea, sub vălul de întuneric fremăta lumina primăverii. Pentru moment totuși, bezna nu era străpunsă decât de strălucirea stelelor ce spuzeau cerul.

În drum spre stația de tramvai, Alba vedea cum orașul se pregătea deja de o nouă zi. Deși calmul nopții încă mai plutea în aer, pe străzi erau deja destui oameni, care, la fel ca ea, se grăbeau să ajungă la lucru. Pașii lor vioi, salutările pe care unii le schimbau între ei răsunau cu un ușor ecou în liniștea dimineții – la fel și trepidația vehiculelor, puține, care circulau la acea oră.

Orologiul bisericii bătea de șase fără un sfert când Alba urcă în tramvai. Nedesprinși încă din toropeală, unii călători mai moțăiau pe scaune. Ochii ei, în schimb, erau cum nu se poate mai deschiși. De emoție, nu reușea să se lase în voia picotelii, deși i-ar fi prins bine, căci în noaptea aceea nu prea se odihnise.

Din ziua în care Antonio Escribà îi propusese un nou post, Alba era într-o stare de permanentă agitație. Peste noapte, trecuse de la tristețe la euforie, așa cum pățise – dar în sens invers – când fusese la Cecília. Așa se face că, după cele întâmplate cu doar două zile în urmă, tânăra mergea iarăși plină de însuflețire la lucru. Totul se petrecuse atât de repede și de neașteptat, că nici nu apucase să priceapă ce i se întâmplă.

Trăia încă din plin senzațiile care o luaseră cu asalt când pășise în laborator. Nu era prima oară când intra acolo, dar, până atunci, asta se întâmplase numai duminica, în timpul turelor ei. Niciodată nu fusese în laborator într-o zi de lucru, iar în ceea ce privește clientela, lunea aceea era neobișnuit de liniștită. Se mir ă așadar, când văzu ce forfotă domnea în jurul celor două cuptoare și în ce sumedenie de forme artistice se întindea, răsfățându-se pe masa de brutărie, pasta de caramel și migdale prăjite. Atunci își aminti că mai era puțin și venea Paștele, iar cofetăria trebuia să pregătească dulciuri tradiționale. O misiune deloc ușoară, pentru că le lipseau modelele, care în timpul războiului fuseseră rechiziționate de armată pentru producția de armament.

Vrăjită de fantezia acelor forme, pe care, neavând ciocolată, cofetarii le făceau din *guirlache*, Alba nici nu îl observă pe patron. Domnul Escribà fu cel care veni la ea și o invită la el la birou, undeva foarte aproape de locuința lui.

Încercând să-și astâmpere nervii, Alba își repeta în gând cuvintele angajatului care o căutase acasă: stai liniștită, că nu e nimic de rău. Repetarea frazei, totuși, nu se dovedi de prea mare ajutor. Din fericire, domnul Escribà intră direct în subiect, iar asta avu darul să o calmeze:

— Cum știți, unul dintre ajutoarele noastre a făcut apendicită și a trebuit să se opereze. Nu se întoarce decât peste câteva săptămâni, iar noi trebuie să-i găsim cât mai repede un înlocuitor, fiindcă zilele acestea avem foarte mult de lucru. Ne trebuie cineva cu experiență, care să poată începe imediat, așa că ne-am gândit imediat la dumneavoastră. Știu că nu ați mai lucrat până acum în laborator, dar știți să gătiți, să faceți dulciuri de casă și, din câte mi s-a spus, sunteți foarte pricepută.

— Eu? Ajutor de cofetar?

— Ucenic, deocamdată. Știți, până acum am fost foarte mulțumiți de felul cum v-ați descurcat la noi, și ne-am dori să vă puneți calitățile în valoare nu numai la tejghea. Vă propun să lucrați în laborator permanent, nu doar ca înlocuitor, și din acest motiv aș vrea să începeți ca ucenic. Sunt convins că în foarte scurt timp veți putea lucra ca ajutor.

Alba simți cum povara care o apăsase în ultima lună de zile i se ia ca prin farmec de pe inimă. Cuvintele domnului Escribà își croiau drum printre gândurile ei negre, risipindu-le așa cum risipește soarele norii, după furtună.

Dintr-odată, totul îi redeveni limpede. Propunerea de a lucra în laborator nu se datora nici întâmplării, nici unor decizii inspirate. Era, din nou, o minune. O femeie care să fie ucenic-cofetar nu era deloc ceva obișnuit, în lumea aceea exclusiv masculină. Iar asta nu putea fi decât o dovadă că drumul său în viață urma, neabătut, calea dulciurilor. Și că originea ei, adevărata ei origine, rămăsese în continuare legată de magia dulce care îi însoţise întreaga existenţă.

Alba asculta cu atenţie toate amănuntele pe care i le dădea don Antonio, dar era atât de emoţionată, încât avea senzaţia că se află în corpul altei persoane. Parcă ar fi fost spectatoare la o piesă de teatru în care tot ea era protagonista. Senzaţia aceea de ireal n-o părăsi decât după ce ieşi din biroul domnului Escribà.

Peste câteva momente, în drum spre casă, Alba se gândea la cele întâmplate, cântărind cu atenţie felul cum această cotitura avea să îi schimbe viaţa. În primul rând, înceta relaţia ei cu familia Vidal, unde nu avea cum să mai lucreze. Era în slujba lor de numai un an şi ceva, dar ştia că îi va fi tare greu să plece de acolo: la ei în casă avusese mereu prilej să îşi manifeste harul; iar pe cei doi copii îi îndrăgise mult şi ştia bine că îi vor lipsi. În al doilea rând, trebuia să le povestească mamei şi bunicii despre această schimbare. Ar fi fost momentul ideal să le spună şi că se întâlnise cu Cecília, şi ce aflase de la ea. N-avea sens să mai lungească aşteptarea.

Venise clipa să înfrunte lucrurile, pregătindu-se astfel să intre într-o nouă etapă a vieţii fără a avea nimic pe inimă ori pe conştiinţă.

Nu începuse încă să se lase întunericul când Alba ajunse acasă. Se vedea că nu demult fusese echinocţiul de primăvară, căci ziua se mărea, iar temperaturile erau mai blânde. Profitând de generozitatea luminii, Adela şi bunica lucrau la comenzile lor de croitorie. Abia dacă ridicară capetele ca să-i răspundă Albei la salut; când auziră însă că primise un post la laborator, de surpriză şi de bucurie amândouă lăsară lucrul deoparte:

— Încep chiar de mâine, le povesti Alba, profitând de faptul că le câștigase întreaga atenție. Până plec de la familia Vidal, am stabilit cu domnul Escribà să lucrez doar la sfârșit de săptămână și câteva ore dimineața. După ce plec de la Vidal, o să lucrez tură întreagă.

— Vai, ce veste bună, draga mea! La asta chiar nu m-aș fi așteptat! Cofetăreasă? N-am auzit până acum de nici o femeie-cofetar.

— Ucenic, mamă, doar ucenic. O să-mi ia mult timp să învăț meseria!

— Da, dar e un început foarte bun, iar eu am știut întotdeauna că ai să ajungi departe! Sunt foarte mândră de tine, draga mea! Mi-e teamă doar că o să te sleiești de puteri muncind în două locuri. La ce oră începi la laborator?

— La șase, dar domnul Escribà și o parte din angajați încep la cinci. Însă după plecarea de la familia Vidal am să fiu mai odihnită, chiar dacă la cofetărie am să muncesc mai multe ore.

Mama și bunica ei continuară s-o descoasă, profitând de faptul că Alba renunțase în sfârșit la tăcerea ursuză din ultimele săptămâni. Nu bănuiau că motivul pentru care devenise brusc așa de abătută tocmai urma să li se dezvăluie:

— Mai e o știre pe care trebuie să v-o dau. Am aflat-o de ceva vreme, dar până acum nu am găsit un moment bun de discuție, pentru că ce am să vă spun nu e deloc plăcut. Acum o lună am întâlnit-o pe Cecília.

În doar câteva secunde, pe chipul celor două femei se așternu o expresie alarmată și plină de nesiguranță. Nici urmă nu mai rămăsese din emoția vie care puțin mai înainte le strălucise în ochi. În locul acesteia, o umbră tulbure le întuneca acum privirile.

— Da, cu fiica primilor noștri vecini. Ea mi s-a prezentat, eu, evident, nu-mi mai aminteam cine e. În fine, m-a invitat la ea acasă și m-a rugat să nu vă zic nimic despre asta până când nu-mi va spune ce are de spus. Dar am fost atât de răvășită după ce am ascultat-o, că până acum nu am avut putere să vorbesc cu voi.

După un răstimp de tăcere tensionată, în care timpul păru să stea în loc, Adela reuși să îngaime câteva cuvinte:

— Alba... eu... îmi pare foarte rău. Ai toate motivele să fii supărată, dar...

— Nu sunt supărată. Nu mai sunt. Voiam doar să știți, ca să îmi iau piatra asta de pe inimă. Toată povestea m-a dat peste cap.

— Mă doare sufletul, fetițo. Nu am nici o scuză, știu că ar fi trebuit să-ți spun, eram îngrozită că o să te mânii, îmi era teamă de reacția ta la aflarea adevărului. Știam cât de importantă e pentru tine povestea nașterii tale și ultimul lucru pe care-l doream era să te dezamăgesc. De fapt, pe mine m-am amăgit, până am ajuns să cred eu însămi în povestea asta.

Adela lăsă ochii în pământ, incapabilă să mai scoată o vorbă. Un tremur ușor îi scutura trupul, dându-i un aer nespus de fragil. Mama sa, Elvira, veni lângă ea și îi puse o mână pe umăr, ca și când ar fi vrut să-i transmită ceva din forța care o susținuse atâția ani. Apoi i se adresă nepoatei ei:

— Alba, suntem familia ta. N-are nici o importanță cum ai ajuns aici, noi te-am iubit din prima clipă și te vom iubi întotdeauna. Am greșit că ți-am ascuns adevărul, așa e, dar sper că într-o zi ne vei putea ierta.

— Deja v-am iertat, bunico. Ușor nu mi-a fost, căci m-am simțit înșelată. Și proastă. Proastă fiindcă nu am bănuit nimic. Dar după ce s-a întâmplat la cofetărie, mi-e clar că magia dulciurilor are multe feluri de a se manifesta și că nașterea mea a fost oricum miraculoasă. Cred că nimic nu se petrece din întâmplare.

În noaptea aceea somnul se lipi foarte greu de ea. Emoțiile prin care trecuse în doar câteva ore o atinseseră prea puternic, urmele lor îi stăruiau încă în suflet.

O bucurie dătătoare de viață plutea însă peste tot acest amestec de emoții, îmboldind-o pe Alba să meargă mai departe pe drumul pe care ea însăși, cu mult timp înainte, și-l hotărâse.

Prăjitură de Sant Jordi[1]

Aprilie 1948

Joaquim își ascunse cu greu dezamăgirea, văzând-o pe fata care le aducea cafeaua. Avocatul se abătuse pe la soții Vidal ca să îi salute, profitând de faptul că terminase mai devreme o întâlnire cu un client, și tocmai stătea de vorbă cu stăpânul casei, când angajata cea nouă intră în salon cu gustarea. În mod normal Alba era cea care le-o aducea. Văzând că nu venise ea, Joaquim intui că se întâmplase ceva.

Și în timp ce arhitectul îi vorbea despre rezultatele alegerilor din Italia, care avuseseră loc cu o zi în urmă, Joaquim se tot gândea de ce oare lipsea Alba, pe care nu o mai văzuse de atâta vreme. Se temea că, dacă întreabă de ea, interesul lui va sări în ochi. Curiozitatea se dovedi însă mai puternică decât temerile, iar Joaquim își asumă riscul:

— Ați mai angajat personal?

---

1. Sfântul Gheorghe, sărbătorit în data de 23 aprilie; este și patronul Catalunyei.

— Nu, n-am mai angajat, dar bucătăreasa a plecat de la noi, acum câteva săptămâni, și a trebuit să angajăm pe altcineva. Mare păcat, Alba făcea niște deserturi delicioase!
— Așa e! Erau excelente! Și de ce a plecat?
— La Escribà i s-a oferit un post la laborator.
— La laborator? De cofetar, adică?
Lui Joaquim nu-i venea să creadă. Era oricum surprinzător că Alba plecase din serviciul unor oameni cu atâta greutate; dar să facă asta ca să poată lucra cu normă întreagă la Escribà, așa ceva i se părea stupefiant de-a dreptul.
— Mda, și pe noi ne-a luat prin surprindere. Nu e o ocupație pentru femei. Trebuie totuși să recunoaștem că are un har pentru dulciuri.

Cu această remarcă a domnului Vidal conversația luă sfârșit; Joaquim rămase însă cu gândul la ceea ce-i spusese arhitectul. În viața lui nu și-ar fi închipuit că Alba ar putea ajunge vreodată să lucreze în laboratorul cofetăriei. El îi pusese o vorbă bună la cofetărie doar ca să o ajute să câștige un ban în plus. Sigur, se gândea că avea să-și lase într-o zi munca, și într-o parte, și în alta, dar numai ca să se mărite, acesta fiind viitorul la care visau toate fetele de vârsta ei. Nu înțelegea nici cum reușise să se angajeze la laborator, nici ce nevoie avea de o meserie. Dar dorea să se lămurească. Și cât mai repede.

Cu acest gând, Joaquim nici nu ieși bine din casa arhitectului și porni în viteză spre bulevardul José Antonio Primo de Rivera, adică Gran Via, cum era cunoscut între barcelonezi. Uitându-se la ceas, își dădu seama că se făcuse târziu. Trecuse de ora șase, când ieșeau de obicei cofetarii din tură. Chiar și așa, se grăbi, gândindu-se că poate o întâlnea pe Alba în drumul ei spre casă.

Asta însă nu era deloc simplu, căci o mulțime neobișnuită de oameni invadase străzile, îngreunându-i înaintarea. Încă de la primele ore ale dimineții, pe arterele din centru apăruseră tarabe cu cărți, în cinstea acelei sărbători, Ziua Cărții[1]. Atmosfera însă era cu totul alta decât în copilăria lui, când la balcoane vedeai arborate steaguri ale Catalunyei și ale Republicii.

Trecuseră ani buni de când asemenea însemne dispăruseră de pe clădiri, după cum dispăruseră și panglicile în culori catalane și republicane, care se găseau la florării în piața Sant Jaume, acolo unde o mulțime de oameni așteptau să înceapă tradiționala plimbare spre Palau de la Generalitat[2]. Chiar dacă în clădire funcționa acum Deputăția Provincială, obiceiul nu dispăruse, nici chioșcurile, care ofereau în continuare flori pentru cei ce stăteau la coadă ca să intre. Se păstrase și tradiția ca librăriile să amenajeze tonete afară în stradă, chiar dacă acum erau expuse pe ele doar cărțile bine văzute de regim.

Indiferent la sărbătoarea din jur, avocatul se căznea să-și croiască drum prin marea aceea de oameni, lăsând în urmă florăriile și tonetele. Chiar dacă lumina mai pierduse din limpezimea primelor ore, înserarea era departe încă.

Când mai avea puțin până la cofetărie, o zări pe Alba, mergând în jos pe bulevard, la brațul unui băiat. Pentru

---

1. În Catalunya, de Sant Jordi / Sfântul Gheorghe, băieții oferă flori fetelor, iar fetele le dăruiesc băieților cărți. Ziua Mondială a Cărții, sărbătorită în fiecare an la 23 aprilie, se bizuie într-u câtva pe această tradiție, dar și pe faptul că doi coloși ai literaturii universale, Shakespeare și Cervantes, au murit amândoi în această zi.

2. Generalitatea este sistemul instituțional specific autoguvernării catalane. Războiul Civil a dus, desigur, la abolirea ei.

câteva clipe ghimpele geloziei îl tortură, dar nu îl făcu să renunțe. Dimpotrivă, i se părea o provocare și mai mare să o cucerească, văzând că Alba era, iată, un trofeu atractiv și cu căutare. Reduta aceasta parcă era chiar mai de preț acum, când știa că iese cu altcineva. Și apoi, era excitant pentru el să o pună în situații-limită ca, de pildă, atunci când schimbase priviri cu ea în fața stăpânilor. Îl atrăgea acest joc pentru că însemna un risc, o nouă provocare pentru setea lui de putere și de siguranță.

Când Alba și prietenul ei se opriră în fața unei librării, avocatul profită de ocazie ca să se apropie. În primul moment, Alba nu-și dădu seama că bărbatul care o împingea din spate era Joaquim. Simțindu-l însă cum se lipea de ea, fata se întoarse, aruncând fulgere din priviri. Dar când îl recunoscu, expresia îi îngheță pe chip: era rândul ei să se simtă abătută.

Sub privirile lui obraznice, rămase încremenită, dar sângele ei o luă la goană. Cu pulsul în creștere, simți deodată că se înăbușă, și că rochia-cămașă pe care și-o pusese de Sant Jordi îi arde pielea:

— Ți-e rău? Ești palidă...

Glasul lui Enric o făcu în sfârșit să reacționeze:

— M-a luat puțin cu amețeală, din cauza căldurii. E prea multă lume aici...

Cu această scuză reuși să își ascundă spaima, dar nu să scape de ea. Inima încă i se zbătea în piept, deznădăjduită, iar senzația de sufocare începea să-i creeze o stare reală de leșin. N-avea curaj să se întoarcă și să vadă dacă Joaquim o mai urmărea sau nu, însă această posibilitate îi sporea frica și mai și.

Neputând scăpa de senzația că este fixată, Alba se strădui să privească drept înainte. Pe măsură ce bolta se acoperea de nori, începea să adie un vânticel răcoros și umed.

Răcoarea îi potoli senzația neașteptată de căldură și o făcu să se mai liniștească. Totuși, nu-și putea lua gândul de la Joaquim. Cum îndrăznea să se țină așa după ea? se întreba Alba. Până unde putea să meargă cu îndrăzneala? Întrebările acestea o umpleau de un zbucium cum până atunci nu mai trăise. Purtarea lui i se părea, pe cât de imprevizibilă, pe atât de periculoasă, și nu avea nici o idee cum să îi pună capăt.

Era limpede că Joaquim nici nu se gândea să uite favorul pe care i-l făcuse.

*

De când începuse să lucreze în laboratorul cofetăriei, nu mai avusese insomnii. Când aflase adevărul despre nașterea ei, dezgustul și dezamăgirea o cotropiseră; dar când se încredință că magia dulciurilor continua să o însoțească, ele dispărură fără urmă. Emoționantă, perspectiva de a deveni cofetar îi solicita toate simțurile, însă nu o împiedica să adoarmă, legănată de bucuria că în sfârșit ajunsese unde-i era locul.

În noaptea aceea însă, tulburarea provocată de apariția neașteptată a lui Joaquim nu îi dădea pace și nu o lăsa să adoarmă. Oricât încerca să și-l scoată din cap, zâmbetul lui provocator își croia mereu drum printre gândurile ei. Cu cât se străduia mai tare, cu atât mai puternic îi revenea în minte imaginea chipului său, însoțită de senzația impalpabilă a unei amenințări.

Până în ziua aceea, Alba fusese convinsă că avocatul uitase deja de ea. Plecând de la familia Vidal, ocaziile de a mai da ochii cu el dispăruseră cu totul, căci la cofetărie nu mai lucra ca vânzătoare. Astfel, pe măsură ce timpul trecea, iar ea să lăsa absorbită de noua sa ocupație, sentimentele pe care i le stârnise Joaquim se risipiseră încetul cu încetul. Contribuise la asta și relația cu Enric, care era din nou pe drumul cel bun. De când își deschisese sufletul în fața ei, împărtășindu-i secretul său, se întâlneau mai des, iar ea ajunsese să sfărâme zidul de neîncredere care îi despărțea.

Sărbătoarea de Sant Jordi părea că avea să fie la fel ca seara aceea de Sant Joan, în care fiorul unei bucurii fremătătoare îi apropiase. Și, în timp ce afară se lumina de ziuă, iar în laborator domnea agitația, Alba visa, cu ochii deschiși, la clipa când iubitul ei va veni să o ia, apoi vor sărbători împreună Ziua Cărții, care, în mod tradițional, era și sărbătoarea îndrăgostiților. Își imagina cum el avea să o aștepte ieșirea din cofetărie, gătit din cap până în picioare, cu un trandafir roșu-aprins în mână, simbol al pasiunii, pe care ea să-l accepte cu o sfială plină de mândrie.

Gândul la clipa așteptată se repeta în închipuirea ei asemenea unui film, la care privea trebăluind între timp. În dimineața aceea ajutase la pregătirea prăjiturii de Sant Jordi, o creație recentă, care însă reușise să se impună drept desert tradițional al acestei sărbători. Alba putuse să vadă cum se prepară dulcele, din foi de pandișpan dreptunghiulare unse cu cremă de ciocolată și puse una peste alta așa încât să închipuie o carte și paginile ei, a cărei copertă, din cremă catalană, era decorată cu cele patru bare și cu un trandafir din fondant.

Alba îndrăgea versatilitatea acelor foi, subțiri dar poroase, din care se mai preparau și rulade, și multe alte dulciuri. De când lucra la cofetăria Escribà învățase deja să mânuiască mixerul cu care ouăle, zahărul, sarea și drojdia erau amestecate pentru a se obține blatul. Compoziția trebuia apoi întinsă într-o tavă, iar tava introdusă într-unul din cele două uriașe cuptoare cu boltă romană aflate în fundul laboratorului. Stând la cuptor, amestecul devenea o foaie subțire de biscuit, care după ce stătea la răcit, era folosită la fel de fel de prăjituri și de dulciuri.

În ziua aceea, foile trebuiau tăiate în dreptunghiuri egale, care să imite paginile de carte. Apoi erau însiropate cu un sirop de coniac și îmbrăcate în cremă *ganache*, preparată dintr-un amestec de ciocolată și smântână.

Toate aceste sarcini îi luaseră Albei o bună parte din tură, însă nu fuseseră nicidecum singurele. Oferta cofetăriei se compunea dintr-o gamă foarte largă de dulciuri, pe care cofetarii și ajutoarele lor le preparau tot cu sprijinul ei și al celorlalți ucenici. Între timp, brutarii coceau pâine și fel de fel de brioșe în celălalt cuptor. Tot roiul acela de oameni îndeplineau o activitate foarte bine coordonată, al cărei rezultat ajungea pe masa de marmură a cofetarilor și pe masa de lemn, la care lucrau brutarii. Acolo odihnea plămada din care avea să răsară, mai apoi, felurimea pestriță a delicateselor oferite zi de zi de cofetăria Escribà.

În ciuda nerăbdării care o stăpânea încă de când ieșise din casă, timpul trecu tot așa iute ca de obicei. Când se făcu ora de plecare, starea aceea de așteptare înfrigurată o cuprinse din nou, așa că se grăbi să își aranjeze ținuta, ca să i se poată arăta lui Enric în toată strălucirea ei.

După ce își scoase halatul și boneta de lucru, își aranjă părul, legându-și cârlionții cu o panglică. Pe sub hainele de lucru purta o rochie-cămașă înflorată, cu cordon în talie și pliseuri. Se gândi să se parfumeze cu câteva picături din sticluța pe care o avea în geantă, dar își aminti că lui Enric îi plăcea mirosul de cofetărie pe care îl avea când ieșea de la laborator. Așa că doar se ciupi nițel de obraji ca să le dea culoare și ieși, învăluită într-o mireasmă discretă de prăjituri.

Nu departe de poartă, îl zări pe Enric, care o aștepta, contemplând între timp vitrinele cofetăriei. Așa cum își închipuise Alba, purta hainele lui de duminică, o haină gri cu două rânduri de nasturi și rever larg, și niște pantaloni cu tiv întors de aceeași culoare, călcați la dungă. Tot așa cum se așteptase ea, avea și un trandafir.

Lucrurile se petrecuseră apoi într-o ordine foarte asemănătoare cu cea din mintea ei. Cu aceeași bucurie cu care le visase în timpul turei le-ar fi și trăit, probabil, dacă nu ar fi apărut Joaquim. Descoperindu-l în mijlocul mulțimii, simțise deodată cum reînvie în ea emoții primejdioase, pe care se străduise să le țină în frâu. Fusese însă de-ajuns doar un moment pentru ca, trezite din amorțeala lor, emoțiile acestea să răbufnească toate deodată.

Iată de ce, oricât de mult încerca să și-l alunge din minte, nu reușea să-și abată gândul de la el, chiar în timp ce se plimba cu Enric. Nici forfota de pe străzi, nici compania lui Enric, nici cărțile pe care le descopereau împreună nu o puteau face să nu se mai gândească la apariția neașteptată a lui Joaquim și la motivele sale. Era limpede că o căutase, iar faptul că era însoțită nu îl descurajase. Ceea ce o neliniștea, căci ea mereu crezuse că Joaquim urmărea să o seducă într-ascuns, ferit de ochii lumii. De astă dată însă acționase deschis, fără să-i pese că îl văd oamenii ținându-se după o fată dintr-o categorie socială inferioară.

Îndoielile și temerile Albei izbucniră din nou, cu violență, când se vârî în pat. Liniștea orei de culcare era prielnică pentru reflecție și, deopotrivă, pentru fel de fel de presupuneri.

Toate foarte îngrijorătoare.

Bezele

În timp ce bătea albușurile, la care adăugase un praf de sare, gândurile o purtau pe Adela înapoi în timp, către acele seri când făcea prăjituri cot la cot cu fiica ei, după ce copila se întorcea de la școală.

În mod straniu, imaginile ce-i veneau în minte nu i se păreau, de fapt, atât de îndepărtate. Își amintea aproape perfect discuțiile pe care le purtau de obicei, când Alba îi dădea o mână de ajutor. De câte ori găteau împreună, Adela, în chip de ilustrație, căuta să-i spună celei mici câte o povestioară despre rețeta pe care o preparau. Se molipsise de pasiunea pedagogică a soțului, care, și el, profita de orice prilej ca să o instruiască pe Alba într-o manieră captivantă:

— Se spune că Mariei Antoaneta îi plăceau la nebunie bezelele, ba chiar că făcea bezele cu mâna ei, la Petit Trianon, un loc din grădina Palatului Versailles, unde avea ea obicei să se retragă. Se refugia acolo ca să-și mai uite de viața de la Curte și să facă lucruri plăcute și relaxante. De exemplu, să gătească.

— Asta înseamnă că ea a inventat bezeaua, mami?

— Nu, nu, asta s-a întâmplat cu niște ani înainte. Se crede că inventatorul a fost un cofetar italian, care locuia într-un sătuc elvețian numit Meiringen, și că de aici i se trage numele[1]. Dar o altă poveste spune că bezelele au fost create de bucătarul unui rege polonez pentru fiica lui, prințesa, care era nebună după dulciuri. Prințesa s-a căsătorit apoi cu un rege francez, iar atunci bezelele au ajuns la modă în Franța.

— Aha, și atunci s-a îndrăgostit de ele și Maria Antoaneta, nu-i așa?

De când era foarte mică, pe Alba o interesa nu doar felul cum se preparau dulciurile, dar și tot ce avea vreo legătură cu ele. În ciuda vârstei fragede, își dădea foarte bine seama că istoria fiecărei prăjituri își pune pecetea asupra gustului ei, conferindu-i nota particulară. Și că toate etapele prin care a trecut o prăjitură au influențat, într-un fel sau altul, textura, mirosul și gustul care îi sunt proprii.

Când albușurile începeau să capete o textură afânată, ca de nea, Adela adăugă câteva picături de lămâie și un pic de zahăr. După ce le bătu, luă siropul de zahăr pe care îl pusese la fiert într-un ibric și îl turnă în fir subțire, până obținu consistența dorită. Apoi începu să pună bezelele în forme de hârtie și le presără cu zahăr pudră, înainte să le bage la rumenit în cuptor.

Făcând bezele, o încercaseră sentimente contradictorii: pe de-o parte, amintirea plăcută a unor momente petrecute alături de fiica ei, pe de altă parte, căința pentru faptul că greșise față de ea. Deși Alba le asigurase, pe ea și pe mama sa, că le-a iertat pentru că nu îi spuseseră adevărul

---

1. Bezea – *merengue* (sp.), *merenga* (cat.).

despre nașterea ei, Adela nu reușea să scape de povara vinovăției. Dacă ar fi putut, s-ar fi întors înapoi în timp ca să-și împlinească datoria de a-i spune Albei cum stăteau lucrurile.

Dar nu avea cum, și trebuia să trăiască mai de parte cu greutatea aceasta pe inimă.

Când bezelele se coapseră, Adela opri focul, dar le mai lăsă înăuntru, ca să nu se dezumfle. Căldura cuptorului înțețea mireasma picăturilor de lămâie cu care aromase albușurile de ou, iar mirosul acela îi aduse aminte, iarăși, de Alba.

De multă vreme nu mai făcuseră prăjituri împreună. Alba petrecea puțin timp acasă, iar Adelei nu îi era ușor să facă rost de ingrediente. Cu toate acestea, ori de câte ori avea posibilitatea, continua să facă prăjituri, retrăind, cu acest prilej, senzații de demult, cum de altfel i se întâmplase și cu bezeaua. Îi plăcea să simtă din nou lanțul care o lega de fiica ei cu verigi de zahăr, mai puternice, poate, decât legăturile de sânge, pentru că nu erau impuse, ci se înfiripaseră dintr-o pasiune împărtășită de amândouă. Acest fapt, atâția ani petrecuți împreună, atâtea experiențe cum niciodată nu trăise cu Cecília, toate acestea îi dădeau Adelei o siguranță de care avea mare nevoie în asemenea momente, când se simțea atât de vinovată, ba chiar amenințată într-o oarecare măsură.

De când știa că Alba își cunoscuse mama biologică, Adela se tot gândea că fiica ei poate va dori să recupereze tot timpul pierdut și va încerca să creeze vreun fel de legătură cu aceasta. O temere care crescuse în ea neîncetat, din seara când, venind de la biserică împreună cu mama sa, avusese impresia că o vede pe Cecília ieşind din clădirea unde locuiau.

Erau mulţi ani de când n-o mai văzuse, dar ar fi băgat mâna în foc că femeia care se depărta coborând strada era fetiţa aceea, care crescuse sub ochii ei, şi pe care ajunsese să o iubească aproape ca pe o fiică. În momentul acela simţi însă o gelozie atât de aprigă, că aproape îi îngheţă sângele în vine.

Din fericire, Elvira nu observase nimic. Adela însă nu mai scăpa de temeri, la gândul că femeia aceea ar fi putut să îi răpească afecţiunea fiicei sale.

*

Aerul sărat, zgomotul valurilor în permanentă mişcare îi destinseră muşchii. Şezând pe nisip, Alba se lăsa răsfăţată de sunetul mângâietor, trăgând în piept cu nesaţ mirosul mării, care o umplea de linişte.

De mult nu mai fusese după-amiaza la plajă. De aceea, când Enric o întrebă dacă n-ar fi vrut să meargă împreună duminică, la ora când ieşea ea din tură, Albei i se păru o idee foarte bună. La sfârşit de săptămână era mereu mult de muncă în laborator, iar o baie în mare la ora siestei ar fi fost plăcută şi înviorătoare.

Când ajunseră în Barceloneta, cartierul părea să doarmă adânc sub efectul unei vrăji. Stradelele înguste ce se vărsau în drumul care urma linia coastei erau practic goale, iar fluxul hipnotic al siestei plutea peste tot în jur. Efectul ei cuprinsese până şi localurile înşirate de-a lungul plajei, iar pe postamentele înjghebate pe nisip, la mese, nu mai vedeai aproape pe nimeni.

În vreme ce se îndreptau spre băruleţele de pe plajă, Alba îşi aminti că în copilărie venea pe acolo cu părinţii și atunci îi spuse lui Enric ceva ce avea obiceiul să-i povestească Esteve:

— Când eram eu mică și veneam pe aici, tatăl meu îmi spunea mereu că primele localuri au apărut aici la sfârșitul secolului trecut. S-au construit când pescarilor le-a venit ideea să gătească o parte din ce prindeau, ca oamenii să poată să mănânce chiar aici, pe plajă.

— Dacă ar fi știut ce succes vor avea... Acum câteva momente pe aici era plin ochi...

Soarele începuse deja să coboare, razele sale căpătaseră un fel de transparență aurie. Învăluiți în lumina aceea care poleia nisipul și apa cu aur, Alba și Enric înaintară printre oamenii veniți la plajă, care-și montaseră umbrelele cât mai aproape de mal.

Pe sub rochia în dungi subțire, cu nasturi de sus până jos și cordon în talie, Alba purta costumul de baie, dar deocamdată nu se dezbrăcase. Nici Enric, care încă mai avea pe el cămașa albă și pantalonii, contrastând astfel cu ținuta sumară a celor din jur:

— Știi că acum câteva zile Cecília a venit să mă vadă? îi spuse Alba, în timp ce se îndreptau spre plaja Sant Miquel.

— Doamna aceea care te-a invitat la ea acasă și ți-a povestit cum te-ai născut?

— Da, ea e. A venit pe la noi într-o seară. Bine că nu erau acasă nici mama, nici bunica, se duseseră la biserică. Poate că special a venit atunci, ca să mă găsească singură.

— Dar ce voia?

— Păi, a început să îmi spună că și-a făcut griji când m-a văzut în ce hal am plecat de la ea și că s-a hotărât să vină să mă vadă pentru că nu mai știa nimic de mine. I-am spus că sunt bine și că n-are de ce să se îngrijoreze, dar tot nu voia să plece, se vedea că venise să vorbească cu mine. Sincer, eu nu aveam nici un chef, nu vreau să mai răscolesc trecutul.

În timp ce Alba vorbea, Enric scoase prosopul și îl întinse chiar în buza fâșiei umede pe care cadența stăruitoare a valurilor o desena pe nisip. La fel făcu și ea, povestind în continuare.

— La sfârșit a făcut cumva și m-a invitat să vin la ea în vizită, mi-a spus că i-ar face mare plăcere. I-am mulțumit, din politețe, dar ea și-a dat seama că nu am nici un gând să mă duc, și atunci mi-a zis că ar vrea să recupereze timpul pierdut.

— Adică?

— Of, Enric, adică ar vrea să avem o relație ca între mamă și fiică, sau măcar pe aproape. Mi s-a făcut milă, se vedea că are remușcări și că a suferit. La urma urmei, era doar un copil când s-au petrecut toate.

— Da, dar ce e făcut, făcut rămâne.

— I-am spus și eu că toate se întâmplă cu un motiv, că a avut norocul să iasă cu bine din povestea asta și să facă o partidă bună. I-am mai spus că nu îi port deloc pică și că sunt foarte mulțumită acum, cu viața pe care o am.

— Ai procedat foarte bine, Alba. În viață trebuie să privim înainte.

Ea încuviință, împăturind rochia, pe care tocmai și-o scosese. Pulverizate de briza mării, particule fine de apă i se lipeau de piele, iar atingerea lor o făcu să se înfioare. Șezând lângă Enric, continua să se gândească la întâlnirea ei cu Cecília. Nu voise să-i spună asta, dar vizita se încheiase cu totul altfel.

Stând de vorbă cu ea, Alba nu putuse să nu se lase înduioșată de femeia aceea pentru care tot ceea ce avea nu putea compensa ce pierduse. Deznădejdea din privirile ei trăda ani și ani de zile de căință, însă Alba nu avea cum să își schimbe viața pentru a o despovăra de mustrările de conștiință. Fără îndoială, Cecília îi ghicise gândurile, căci în momentul acela schimbase tactica:

— Mă bucur mult că îți merge totul bine, îi spusese, dar eu te-aș putea ajuta să îți meargă și mai bine. Soțul meu cunoaște multă lume, îți poate deschide multe uși și orice îți va trebui, noi îți putem da.

— Vă mulțumesc, dar nu este nevoie. Am încredere în propriile puteri.

— Și pe bună dreptate, Alba, ești o persoană foarte înzestrată, iartă-mă dacă te-am supărat cumva. Voiam doar să îți spun că poți ajunge foarte departe, cu potențialul tău și cu sprijinul nostru.

— Prefer să ajung departe fără ajutor, nu vă supărați. Știți, înțeleg că vă mustră cugetul pentru ce ați făcut, dar nu e ceva ce puteți repara prin favoruri. Îmi pare rău că sunt nepoliticoasă, dar nu îmi face nici o plăcere că ați apărut așa, deodată, ca din pământ, și încercați să îmi schimbați cursul existenței. Așa cum v-am spus, nu am nici o urmă de ranchiună față de dumneavoastră. Nu vă simțiți nici dumneavoastră îndatorată față de mine.

Cu fața spre mare, Alba își amintea, în cele mai mici detalii, expresia de descurajare ce se ivise pe chipul Cecíliei la auzul vorbelor ei. Aproape că ar fi putut atinge cu mâna frustrarea și neputința Cecíliei. Iar imaginea acestei capitulări îi umplea inima de tristețe.

Flan

— Nu trebuia să aduci nimic, draga mea!

Mama lui Enric luă pachețelul pe care i-l întindea Alba și îl puse pe o măsuță. Apoi, ele două luară loc pe canapea, iar Enric și tatăl lui se instalară în fotoliile care o mărgineau de-o parte și de alta.

Alba îi răspunse cu un zâmbet timid, așteptând ca femeia să înlăture ambalajul. Se miră văzând ce aer tânăr îi dădea silueta ei subțire și măruntă, contrazisă numai de părul coliliu, pe care îl purta strâns într-un coc pe ceafă.

Când de după hârtia ruptă răsări în sfârșit galbenul strălucitor al flanurilor, Alba profită de moment ca să vorbească:

— Ne-am gândit că poate doriți să încercați flanurile acestea, se fac la noi la cofetărie și sunt delicioase.

— Sigur că da, cofetăria Escribà e foarte cunoscută. Știu ce mult îți place să faci dulciuri, așa că îmi închipui că te bucuri tare mult că lucrezi acolo.

— Așa este, adevărat. Și învăț o grămadă de lucruri.

Mama lui Enric știa nu doar că Alba lucrează la cofetărie, dar și că era o bucătăreasă foarte talentată, fapt pentru care se arătă nespus de mulțumită. Se vedea că pune preț pe asemenea înzestrări și că se bucură să o cunoască, în sfârșit, după un an de zile, de când ieșea fiul ei cu ea.

Tatăl, în schimb, nu-i arăta cine știe ce interes. Așezat în fotoliul său, se mulțumea să o privească și atât, avea însă un aer absent și nu părea deloc s-o asculte. Năruirea idealurilor în care crezuse, timpul îndelung petrecut în claustrare își spuseseră cuvântul: era slab, palid și stins. Ca și cum lumina lui lăuntrică ar fi pierdut acea forță pe care, cel puțin din câte știa Alba, o avusese cu mulți ani în urmă.

În ziua când o invitase la el ca să îi cunoască părinții, Enric o prevenise că tatăl său va rămâne doar puțin și că vor sta în sufragerie, cu toate perdelele trase, ca nu cumva să-i vadă vecinii. În mod normal, omul își petrecea aproape tot timpul la el în dormitor, un loc mai izolat și mai sigur.

În după-amiaza acelei duminici de sfârșit de vară, căldura era plăcută, prevestind sosirea noului anotimp. Cu toate acestea, aerul din încăpere era oarecum rarefiat, căci de teama privirilor și a urechilor indiscrete apartamentul nu putea fi aerisit prea mult. Până și în atmosfera aceea, sufocantă, descurajarea lăsase urme adânci. Semnele ei nevăzute trădau neputința și spaima din a căror pricină toți cei ai casei trăiau într-o stare de alertă permanentă.

Cu toate acestea, Alba se simțea bine în prezența părinților lui Enric, care lăudară gustul excelent al flanurilor.

— Vecina de la trei, care e din Andaluzia, spune că e un dulce de prin părțile ei.

— Așa e, a fost creat în Evul Mediu, de niște călugărițe din Jerez de la Frontera.

— Eu una habar nu aveam, cred că-ți dai seama. Sunt așa obișnuită să le văd la cofetărie, încât a aș fi jurat că sunt de la noi.

— Da, pentru că au devenit populare cu foarte mult timp în urmă, dar ele de acolo provin de fapt. Călugărițele limpezeau vinul cu albuș de ou, și le-a venit ideea să facă ceva și cu gălbenușurile rămase. Așa că au creat o prăjitură și i-au pus și numele: slăninuță din cer[1]. Cred că de asta se cheamă așa, fiindcă are legătură cu măicuțele.

Discuția aceasta evocatoare, tonul ei destins risipiră, preț de câteva clipe, tensiunea ce domnea în încăpere. Alba reușise să cucerească atenția viitorilor ei socri, făcându-i, măcar pentru câteva momente, să iasă din starea lor de veghe permanentă. Contribuiseră la acest lucru și flanurile, al căror gust dulce învie senzații de mult îngropate sub povara grijilor. Obișnuită deja să vadă cum delicatesele readuc plăcerea în viața oamenilor, Alba își dădu imediat seama că nimerise bine cadoul.

Amestecul magic de gălbenușuri și zahăr îl însuflețise chiar și pe tatăl lui Enric. Îndreptându-se în fotoliu, bărbatul abandonă aerul său distrat:

— Nici nu mai știu când am mâncat flan ultima oară, zise el, în timp ce soția lui le aducea cafeaua de malț. Cred că înainte de război, deci acum doisprezece ani cel puțin. Și zici că sunt făcute de tine?

— Am ajutat la prepararea lor, sunt abia ucenic. Dar la noi acasă mai făceam din când în când.

— Sunt greu de făcut?

— Nu foarte greu, cel mai complicat este să nimerești consistența siropului.

Legându-se de tema discuției, mama lui Enric o invită pe Alba să revină, într-o altă zi, și să-i arate și ei cum se

---

1. *Tocinillos de cielo*, numele spaniol al acestui dulce.

prepară. Alba acceptă politicoasă propunerea, conștientă fiind că asemenea idei se nasc de obicei în toiul unui entuziasm de moment. Cu toate acestea își spuse că, dacă până la urmă chiar va fi invitată, va reveni cu drag, căldura bucătăriei, cum ea știa prea bine, dăruind întâlnirilor o magie cu neputință de egalat.

De mult nu mai făcuse flan cu mama ei, dar își amintea la perfecție nu numai fiecare gest, ci și emoția mai presus de cuvinte care le cuprindea pe amândouă când preparau acest desert. O emoție care, pentru ele, începea din clipa când amestecau zahărul și apa ca să le pună pe foc, o emoție pe care continuau să o simtă atunci când frecau gălbenușurile, având mare grijă să nu facă spumă. Era clipa când bucătăria devenea un loc în afara lumii, când mama și fiica vedeau cum și simțurile lor se ascut, odată cu compoziția care începea să fiarbă.

Nimic altceva nu mai exista pe lume când preparau siropul, apoi puneau pe masă formele și le ungeau cu un pic din acel sirop. Era ca și când ceasul ar fi bătut într-un ritm diferit. Poate că de aceea totul parcă se petrecea cu încetinitorul, atunci când turnau gălbenușul peste sirop și amestecau insistent, într-un ritm constant. Abia când umpleau formele, acele ceasornicului păreau să revină la normal, recăpătându-și ritmul, în cele cincisprezece minute cât le lua să coacă tot amalgamul de ingrediente la bain-marie.

Iar după sfertul acela de oră, în urma căruia compoziția ieșea închegată, la sfârșit, în forma unor mici trunchiuri de con, gelatinoase și strălucitoare, chipurile Albei și Adelei radiau împreună de fericire.

Dacă într-adevăr urma să aibă loc, întâlnirea ei cu mama lui Enric, chiar dacă diferită, avea să creeze, fără îndoială, o legătură și între ele două. Alba avea să-i deschidă atunci universul ei, dându-i astfel prilej să o cunoască mult mai bine decât ar fi putut-o cunoaște invitând-o de încă două ori acasă la ei la o gustare.

În seara acelei zile, când Enric, conducând-o acasă, remarcă ce impresie bună își făcuseră una alteia, Alba înțelese că viața ei intra într-o nouă etapă. Și totuși, în toiul unei bucurii care aproape că o ardea pe dinăuntru, o senzație de panică începu să îi macine sufletul.

Știa că e firesc să simtă teamă, în fața perspectivelor de viitor ce i se deschideau acum, când le fusese prezentată părinților lui. Știa bine că, după un asemenea moment, totul avea să se schimbe. Iubitul ei dăduse semne clare că dorea să oficializeze relația, iar dacă lucrurile își urmau cursul, peste câțiva ani ea și Enric aveau să fie căsătoriți, iar viața ei avea să arate altfel, cu totul altfel decât cea de acum. Problema era că nu voia să fie o gospodină și atât. Acum, când visurile ei îi deschideau larg ușa, Alba nici nu se gândea să rămână în prag.

— Enric, îl întrebă Alba deschis, dând glas grijilor care o frământau, ție îți convine că eu lucrez la cofetărie?

— Bineînțeles! Și mi se pare că ești mult mai bine aici, decât la familia Vidal. Nu că ar fi fost rău la ei, dar la Escribà înveți foarte multe. În plus, tu ai un har pentru dulciuri, iar la ei poți să ți-l pui în valoare.

— Mie mi-ar plăcea să lucrez la ei în continuare. Când mă mărit, nu aș vrea să plec.

— De-asta m-ai întrebat? Enric se opri în mijlocul drumului și îi luă capul între mâini, privind-o drept în ochi. Nu-mi vine să cred că ieșim de atâta timp și încă nu mă cunoști. Sunt și eu artist, și știu ce înseamnă să fii călăuzit de o pasiune. Nu uita că sunt coleg cu Antoni Escribà și sunt absolut convins că va face lucruri mărețe, pentru că are un talent deosebit. Așa că sunt încântat fiindcă ai ocazia să trăiești ceea ce trăiești și că poți să înveți meserie de la el și de la taică-său. Dacă te temi că o să-ți cer să renunți la slujbă când ne căsătorim, atunci stai liniștită, nu am de gând să fac așa ceva!

În momentul acela, Albei îi veni să îl sărute. Nu îl sărută, nu numai pentru că era un gest prost văzut, dar și pentru că ar fi putut fi chiar amendați. Nu făcu, așadar, decât să-i zâmbească și să îi spună „mulțumesc" cu sinceră efuziune. La fel ca în ziua când făcuseră schimb de secrete, și discuția aceasta avu darul să îi aducă mai aproape unul de altul. Iar certitudinea că iubitul ei, mai mult decât să o înțeleagă, o și sprijinea, o întări pe Alba în hotărârea ei de a-l alege pe el, nu pe Joaquim.

Tot ce își mai dorea acum era ca ultima ei întâlnire cu tânărul avocat să fie și cea de pe urmă.

*

— Un suc și atât. Ce mare lucru?

Alba auzise de nenumărate ori, încă de copil, că în viață trebuie să lași întotdeauna loc de bună ziua, fiindcă nu știi niciodată cum se sucesc lucrurile. Iată de ce acceptase invitația pe care Joaquim i-o făcuse într-o după-amiază târzie de iulie, întâmpinând-o când ieșea de la lucru.

Pe lângă a fi politicoasă, Alba urmărea de asemenea să îl facă pe Joaquim să priceapă că relația cu Enric era serioasă și, cu acest prilej, să îi spună să nu o mai caute. Crezuse că-i va fi mai ușor să facă asta într-un loc public, căci în situații prea intime atracția ei mocnită pentru el se reaprindea.

Și totuși, când luă loc alături de el la o masă de marmură, într-o cafenea, simți cum tulburarea pe care i-o pricinuia mereu vederea lui o cuprinde din nou. Joaquim se purta nespus de curtenitor și arăta mai bine ca oricând în costumul lui bleumarin, la care asortase o cravată cu câteva tonuri mai deschisă, pusă în valoare de albul imaculat al cămășii. Eleganța lui contrasta cu rochia simplă a Albei, înflorată, cu mâneci scurte și decolteu în formă de inimă, dar fata era oricum, prea tulburată, ca să-și mai facă griji pentru asta.

— Și așa, deci. Vrei să lucrezi în continuare la cofetărie?

Avocatul încerca să spargă gheața revenind la subiectul despre care vorbiseră în timp ce mergeau spre local, adică noua slujbă a Albei.

— Da, îmi place foarte mult și, pe deasupra, învăț meserie.

— Dar... vorbești serios? Ce folos, dacă după aia te măriți și trebuie să pleci? Sau te-ai despărțit deja de iubitul tău?

— Nu, în curând ne logodim, dar suntem tineri și putem să mai așteptăm câțiva ani până ne căsătorim.

— Mă rog, presupun că te plătesc mai bine decât soții Vidal și că așa poți să pui deoparte pentru nuntă.

— Nu pentru bani muncesc la ei, ci pentru că îmi place. Și știu că-i o nebunie să te gândești că o femeie ar putea ajunge cofetar, dar eu asta îmi doresc.

— E o aiureală ce spui. Foarte bine că înveți, experiența îți va fi de mult folos în bucătărie, dar femeile măritate trebuie să stea acasă și să vadă de gospodărie. Logodnicul tău îți va spune același lucru.

— Tu nu îl cunoști. Și să știi că nu toată lumea e ca tine.

Răspunsul sfidător al Albei îl puse în gardă pe Joaquim, care se trase mai aproape de ea, când îi dădu replica:

— Și cum sunt eu, adică? Mai chipeș? Mai bogat? Mai irezistibil?

— Mai sarcastic! Și mult mai arogant.

— Chiar și așa, tot pe mine mă placi mai mult...

— Cu tine nu se poate sta de vorbă, cred că e cazul să plec!

— Ei, haide, draga mea, nu te supăra. Gelozia e de vină, ea mă face să mă pierd așa!

— Nu mă supăr, doar că nu îmi place deloc felul cum mă tratezi, iar dacă am venit cu tine e doar ca să te fac să înțelegi foarte clar că am o relație, oficială, cu un tânăr care într-adevăr îmi place, și pentru felul lui de a fi, și pentru felul în care se poartă cu mine. Și, din acest motiv, te rog frumos să încetezi să mă mai cauți.

— Bine, am să fac așa cum vrei tu, dar și tu trebuie să încetezi să mă mai provoci.

— Eu? Când te-am provocat eu?

— Tot timpul. Nu o face pe surprinsa, că mereu mi-ai aruncat ocheade, încă de când ne-am cunoscut, acasă la Vidal. E simplu să arunci cu piatra și apoi să ascunzi mâna la spate.

— Dar nu a fost deloc cum spui...

— Nu, bineînțeles, interpretezi totul cum îți convine ție și crezi că felul în care vezi tu lucrurile reprezintă și adevărul, nu? Eu întotdeauna mi-am arătat clar intențiile. Dacă ele coincid cu ale tale sau nu, asta e cu totul altceva!

— Nu pot să cred ce aud! Chiar și așa, îmi cer iertare că ți-am dat de înțeles ceva ce nu e adevărat. Nu a fost intenția mea. Hai să încheiem aici, e cel mai bine așa.

Nici nu apucase să termine fraza, când Joaquim se și ridică de la masă, îndreptându-se spre bar, ca să achite consumația. Alba rămase pe scaun, așteptându-se ca el să revină și să își ceară scuze pentru acuzațiile pe care i le azvârlise. Dar Joaquim, după ce plăti nota, se rezumă să îi spună la revedere și ieși din local, lăsând-o singură. Și stupefiată.

Ouă de ciocolată

Aprilie 1949

Niciodată nu se sătura să admire vitrina. Chiar dacă o vedea în fiecare zi, Alba nu putu, nici de astă dată, să nu zăbovească un pic în fața ei, pentru a privi, una câte una, păștile ce se răsfățau în galantarele cofetăriei Escribà.

În anul acela reușiseră să facă rost de ceva mai multă ciocolată, așa că Antoni, fiul patronilor, putuse și el să se răsfețe, aplicând tehnici de sculptură pe care le învățase la Llotja pentru a crea, din amestecul de zahăr și cacao, forme artistice. Din figurinele lui Antoni se compunea, în cea mai mare parte, acea revărsare de fantezie pe care oamenii, trecând prin fața cofetăriei, o contemplau plini de admirație. El orchestrase parada aceea de forme ingenioase care, inspirându-se din oul de Paști și din venirea primăverii, erau o adevărată încununare a păștilor tradiționale, din blat de biscuit.

Cu un an înainte, când începuse ea să lucreze în laboratorul cofetăriei, fiul patronilor cocheta deja cu ciocolata, sub îndrumarea unuia dintre cei mai rafinați cofetari din Barcelona: maestrul ciocolatier Lluís Santapau. Acest desăvârșit expert avea, ca și Antoni, o latură artistică; expusese chiar, în vreo câteva rânduri, la galerii de pictură din oraș. Maestrul se arăta tot așa creativ și în laboratorul cofetăriei Mora, acolo unde realiza, în ciocolată, figurine dintre cele mai neobișnuite. Antoni învățase enorm de la acest mare artist care, cu timpul, avea să fie cunoscut drept părintele păștii de ciocolată. Cu toate acestea, Santapau ținuse să își încheie pregătirea, sub îndrumarea lui Joan Giner, șeful laboratorului. Grație lui, nu doar își lărgi cunoștințele, dar moșteni de la maestrul său meticulozitatea și gustul pentru perfecțiune care îl caracterizau.

De la Lluís Santapau și Joan Giner tânărul cofetar a învățat cum să tempereze mai bine ciocolata, aducând-o exact la consistența potrivită pentru a fi prelucrată; ba mai mult, tot de la ei a deprins și cum să o modeleze. Cu toate acestea, primii maeștri ai lui Antoni fuseseră, pe de-o parte, domnul Fariñas, cel care conducea laboratorul familiei, și pe de altă parte, tatăl lui, pe care îl socotea principalul său maestru.

De când se știa, tatăl lui îl supusese permanent unei inițieri treptate în tainele și metodele cofetăriei tradiționale catalane, completându-i această moștenire cu *Rețetarul practic al cofetarului* de Ramon Vilardell și Josep Jornet, apărut în 1933, care pentru Antoni avea să devină carte de căpătâi.

Cunoștințele sale temeinice, care se întregeau cu tehnicile deprinse de la marii maeștri, îi îngăduiau tânărului Escribà să exploreze noi orizonturi creative.

Iar experiența aceasta eclozase, la propriu, sub forma păștilor, de la care Alba, iată, nu își mai putea lua ochii.

— Oul este mitic, le spusese el odată, în timp ce dădea formă ovală unei bucăți de ciocolată. Este un simbol al reînnoirii, căci primăvara păsările fac ouă, deschizând astfel drum unor noi vieți. Vreme de secole, în perioada aceasta oamenii trebuiau să mănânce multe ouă – și repede, că nu aveau frigidere, ca astăzi. De aici s-a ivit obiceiul ca ouăle să fie pictate și date în dar, iar asta a dus la tradiția ouălor de Paști.

Antoni Escribà era dornic nu doar să învețe noi tehnici ori să exploreze posibilitățile ingredientelor cu care se juca; voia să știe totul, despre toate dulciurile, inclusiv proveniența lor. Era conștient că împrejurările în care apare o nouă prăjitură sau un nou desert sunt nespus de importante, având de-a face cu emoțiile pe care acestea le trezesc, mai presus de gustul, de mirosul sau de aspectul lor. Dulciurile trebuie să meargă mai departe, dincolo de înveliș, pentru a transforma suma tuturor acestor elemente într-o experiență totală.

— Am citit zilele trecute că arheologii au descoperit în Mesopotamia ouă vopsite vechi de patru mii de ani. Și în China, de veacuri întregi, se vopsesc ouă. Dar, pe lângă simbolism și tradiții, ele au și o formă perfectă. Forma lor ovală i-a inspirat pe mulți artizani, arhitecți și pictori... Până și Walt Disney o folosește în desenele animate. Nu ați observat că toate personajele lui au formă de ou?

— Acum că zici, îmi dau seama că așa este, spuse șeful laboratorului, minunându-se, laolaltă cu Alba și colegii ei, de finețea acestei observații. Așa e, personajele lui au formă de ou. Oul e indispensabil și în cofetărie. Câte nu faci cu el! Creme, flanuri, biscuiți, brioșe, ruladă... Dar uite, nu m-aș fi gândit niciodată că poți să faci și desene animate din ouă!

Discuția trecuse apoi de la ouă la pască[1], iar Antoni Escribà le spusese că în Roma antică deja exista obiceiul ca oamenii să ofere în dar fel de fel de turte și de prăjituri în niște coșulețe împodobite, numite *munda*. Le mai povestise apoi că și în nordul Africii oamenii mergeau la emiri și la demnitari cu mici daruri, puse tot în coșulețe împodobite, cărora le spuneau *muna*.

În momentul acela, șeful laboratorului îi surprinse cu o mică anecdotă legată de etimologia cuvântului:

— Eu știam că numele vine de la un cofetar din strada Ferran, care, după ce termina torturile, le punea în mijloc un palmier cu o maimuțică[2] de lână cocoțată în el. Și că de aici a început să li se spune *monas*.

— Cofetarul de care spui se numea Augustí Massana. A lui a fost ideea să pună în păști ouă de ciocolată, în loc de ouă pictate. Pentru asta a rămas celebru, ca și pentru figurinele de personaje din epocă, de pildă consilierii pe care îi făcea din marțipan, fondant și *guirlache*. Unii dintre ei dădeau chiar și din cap, și de aceea li se spunea „*Sí, señores*"[3]. Și, apropo, cu banii care au rămas după moartea lui a fost înființată școala Massana.

— Acum, că zici, îmi amintesc că și povestea cu ouăle am auzit-o. Să știi că păștile au trecut prin multe schimbări de-a lungul timpului. Când eram eu ucenic, deja nu se mai făceau din aluat de brioșă, ci din blat de biscuit. Pe atunci nu aveam decât modele în formă de tabletă, așa

---

1. Dulcele specific Paștilor se numește *mona* în spaniolă și catalană. Forma ar fi fost greu de integrat în textul românesc, motiv pentru care am preferat adaptarea „pască".

2. *Mono* (sp.).

3. „Da, domnilor" (sp.).

că trebuia să le ornăm cu ouă, de *guirlache*, de zahăr candel, uneori chiar cu ouă tari, din cele încondeiate. Mai făceam și figurine, în formă de căsuțe sau altele asemenea, din pesmeți. Apoi, totul se orna cu glazură de zahăr. Mai spre anii '30, cam când te nășteai tu, au apărut formele metalice, și cu ele am început să le facem din ciocolată.

— Cofetarii catalani și valencieni au fost mereu niște artiști. O să vedeți că nu peste mult timp păștile o să dea un adevărat spectacol în vitrinele noastre. Iar ăsta e numai începutul!

— Că bine zici, Antoni... Războiul ne-a luat aproape tot, dar nu ne-a răpit nici bucuria, nici entuziasmul.

— Cu atât mai puțin acum, când avem iar ciocolată. Păcat că nu avem modele pentru figurine, dar o s-o scoatem la capăt cu formele de ou, chiar dacă sunt cam mici. Creativitate să fie, și drag de muncă!

Entuziasmul lui Antoni fusese molipsitor pentru cofetari și pentru ajutoarele lor, care se minunau de geniul și de energia acestui tânăr. Deja nimeni nu se mai îndoia că era un discipol vrednic de maeștrii pe care îi avusese și știau că va ajunge departe cu realizările sale. Tot ceea ce studia el la Llotja și tot ceea ce învățase de la cofetari dintre cei mai experimentați și mai inovatori se concretizase în acele zile într-o sumedenie de păști, pe cât de artistice, pe atât de originale.

Alba intuia că momentul pe care îl trăia era încărcat de o neobișnuită însemnătate, și se simțea privilegiată că putea fi parte la toate din rândul întâi. Nu era doar bucuria de a ști că prestigiul cofetăriei crește; mai era și convingerea că tânărul Escribà deschidea un drum care urma să revoluționeze lumea dulciurilor. Alba nu avea de gând să rateze așa ceva.

*

Trecuse mai bine de un an de când lucra în laboratorul cofetăriei Escribà, dar încă se mai minuna că ajunsese acolo. I se părea că trecuseră foarte puține zile de când gătea la familia Vidal, visând între timp, cu ochii deschiși, să aibă cândva propria cofetărie. Un vis cu neputință de împlinit în ochii celorlalți, dar pe care ea îl vedea în toată limpezimea lui, atunci când își imagina viitorul. Nu uita niciodată epopeea prin care trecuse Mateu Serra ca să ajungă la Barcelona, nici felul cum reușise el să își deschidă propria brutărie. Era convinsă că nimeni nu îl încurajase pe vremea când distribuia cărbune, dar se gândea să pornească o afacere; cu toate acestea, el își văzuse de treabă, fără a pierde nici o clipă din vedere ținta sa. Alba era sigură că Mateu Serra avusese acest obiectiv în fața ochilor, tot atât de palpabil și de concret pe cât era pentru sine propriul vis.

Mai avea încă foarte multe de învățat, dar știa că învață de la cei mai buni, iar asta însemna o mare răspundere. Iată de ce dorea să își continue ucenicia la cofetăria Escribà. În felul acesta putea să deprindă meseria și, în același timp, să rămână la curent cu toate inovațiile lui Antoni.

Paștile create de tânărul cofetar pentru Săptămâna Sfântă o lăsaseră mută de admirație dar, mai ales, îi arătaseră până unde putea ajunge ingeniozitatea lui. Își dădea seama că talentul lui Antoni depășea cu mult granițele profesiei sale și aștepta cu sufletul la gură să vadă cum avea să se manifeste în viitor.

Nici în rândul celorlalți lucrători ai laboratorului înzestrările lui nu trecuseră neobservate. Pentru ei, ca și pentru

Alba, tânărul acela parcă ar fi fost o locomotivă care îi trăgea pe toți după sine pe calea experiențelor sale. Peste vară, profitând de faptul că nu avea cursuri la Llotja, Antoni își reluă inițierea alături de maeștri cofetari și ciocolatieri, continuând între timp să facă experimente în propriul laborator.

Pentru Alba, experiența aceasta prețuia tot aurul din lume, de aceea o trăia ca pe un dar. În fiecare zi învăța lucruri noi, iar din când în când avea parte și de câte o surpriză, chiar dacă nu întotdeauna legată de arta cofetăriei. Printre cele mai recente, la loc de cinste era sarcina patroanei, *senyora* Pepita, care, la zece ani de când îl născuse pe Joanet, fiul cel mic, aștepta din nou un copil. Sarcina aceea târzie îi reaminti Albei povestea propriei sale nașteri; de data aceasta însă, amintirile era pătrunse de tandrețe. Mitul acela nu îi mai stârnea nici urmă de resentiment, căci știa bine cu câtă dragoste fusese ticluit.

Sarcina la care Alba era acum martoră, reală de data aceasta, creștea la rândul ei ocrotită de învelișul afecțiunii și al amintirii. Durerea pe care Pepitona o lăsase în urma ei, murind cu patru ani înainte, se preschimba acum, grație acestei sarcini, în zvâcnetul de fericire al unei noi vieți pregătindu-se să vină pe lume.

Toate aceste evenimente o făcuseră pe Alba să dea ceva mai puțină atenție vieții ei din afara laboratorului, care se desfășura oarecum în virtutea inerției.

Relația ei cu Enric avansa fără poticneli, așa că, la sfârșitul anului, hotărâră să facă logodna. Era pasul firesc, după mai bine de doi ani, în care tinerii se văzuseră și fiecare cunoscuse familia celuilalt. În plus, ea tocmai împlinise douăzeci și trei de ani, o vârstă la care cele mai multe femei erau nu nu numai soții, dar și mame. Nu trebuia să privească prea departe: Elisa, prietena sa, abia dacă se măritase de un an și era proaspătă mămică. Inevitabil toți cei din jur făceau presiuni asupra ei, interesându-se necontenit de planurile sale matrimoniale.

Erau presiuni suportabile pentru Alba, care se obișnuise ca ceilalți să nu vadă cu ochi buni planurile sale de viitor. Exemplul lui Mateu Serra o încuraja să meargă înainte pe drumul pe care și-l alesese. Totuși, complicitatea ei cu Enric, care nutrea aceeași pasiune pentru artă, o convinse pe Alba să formalizeze relația lor. Înțelegerea pe care i-o arăta, faptul că îi recunoștea potențialul cântăriseră mai mult în decizia luată decât dragostea. Nu că nu s-ar fi iubit! Dar se iubeau cu o camaraderie afectuoasă, ce nu mai păstra prea mult din ardoarea începutului.

Toate astea o făceau pe Alba să trăiască logodna ca pe ceva mecanic, constând în plimbări duminicale și vizite sporadice la părinți. În toată această rutină, singurul lucru neobișnuit era clandestinitatea în care trăia tatăl lui Enric.

Deși în locuința lor domnea încă mirosul greu al amenințării, el parcă arăta mai bine decât atunci când îl cunoscuse. Poate că doar se obișnuise ea să îl vadă, fapt este însă că luase puțin în greutate și părea ceva mai interesat de ceea ce se întâmplă în jurul lui. Că să-și facă mai suportabile lungile ore de izolare, recita încontinuu cărțile din biblioteca familiei. Pe unele, cum erau *Căminul stins* sau *Bătrânii* de Ignasi Iglésias, le citise de atâtea ori încât ar fi putut reproduce pe de rost pasaje întregi din ele.

Enric îi spusese că tatăl său îndrăgea mult opera acestui dramaturg, născut, ca și el, la Sant Andreu de Palomar, care pe atunci era doar un sătuc, iar nu un cartier al Barcelonei, cum avea să devină, ca multe alte mici localități din jurul orașului. Încet-încet, cumpărase toate titlurile acestui autor, publicate de editura Mentora într-o colecție ce cuprindea operele complete.

Lunile trecură una după alta și, aproape fără să își dea seama, Alba se pomeni că face planuri pentru nuntă. Era încă o verigă dintr-o înlănțuire logică de evenimente, așa cum fusese și logodna ei, rod al obișnuinței și al trecerii timpului.

Situația nu îi displăcea, dar nu îi aducea nici fericire. Nu pentru că ar fi avut temeri în privința viitorului profesional. Știa bine că, după căsătorie, Enric o va lăsa să lucreze în continuare la laborator. Nu. Temerile ei treceau dincolo de îndoielile care însoțesc, de obicei, schimbările în viață. Se temea că nu îl va uita niciodată pe Joaquim.

Trecuse un an și mai bine de când îl văzuse ultima oară. Și totuși, de câte ori își amintea după-amiaza aceea de primăvară, sângele îi dădea în clocot. Nu de dorință, ci de mânie.

Și acum o mai durea faptul că Joaquim o tratase atât de nedrept, făcându-i ei o vină pentru că se simțea atras de ea, ca să își justifice, în acest mod, asediul neîncetat la care o supunea. Stupoarea primelor momente se destrămase însă numaidecât, făcând loc indignării. Și asta fiindcă, mai adânc decât furia, un alt sentiment, de puternică vinovăție, începea să mijească în ea.

Dintr-odată își dădu seama că ar fi trebuit să îl respingă cu mai multă fermitate. Că n-ar fi trebuit să îl lase să flirteze cu ea, darămite să o sărute așa, atunci, în bucătărie. Nu. Ar fi trebuit să se țină de sfaturile pe care le primise de la mama și de la prietenele ei; toate îi spuseseră că bărbații se aprind foarte repede. Fără doar și poate, schimbul lor de priviri îl încurajase pe Joaquim să își dea în petic, iar vina, în mare măsură, îi aparținea ei, chiar dacă nu ea începuse.

Din fericire, avocatul nu mai apăruse de atunci, iar asta îi mai calma mustrările de cuget. Dar de gândit, se gândea la el în continuare, și nu putea împiedica acest lucru.

Odată i se păruse că din cofetărie răzbate vocea lui. Cu greu se stăpânise atunci să nu iasă din laborator, ca să vadă dacă e el sau nu. Rațiunea, din fericire, se dovedise mai puternică. Alba își dădea seama că atitudinea ei era de neînțeles, ba chiar nesănătoasă, pentru că nu lăsa să i se închidă rana. Și totuși, în adâncul sufletului, o parte din ea refuza să îl dea uitării.

În fiecare noapte, înainte de culcare, gândurile Albei rămâneau încâlcite în amintirile clipelor petrecute cu Joaquim. Încerca atunci să se refugieze în acea zonă a memoriei sale în care păstra trecutul mai îndepărtat. Zadarnic, însă. A doua zi, gândurile i se înglodau iarăși în aceleași amintiri.

Acest lucru o tulbura. Ar fi vrut să intre în noua etapă a existenței sale cu conștiința împăcată. Reușise să asimileze adevărul despre originile ei fără să își schimbe felul de a gândi, pentru că minciuna care i se spusese nu vădea latura sa întunecată, ci pe a altora. Toate sentimentele pe care i le stârnea Joaquim, în schimb, colcăiau într-un ungher ascuns al ființei sale, undeva în străfundurile abisale ale sufletului.

Chemarea lor era la fel de puternică precum magia dulciurilor.

Tort de nuntă

Septembrie 1950

Copacii, cu umbra lor generoasă, îmblânzeau căldura care, la ora aceea a după-amiezii, se mai făcea încă simțită. Lângă stejarii și ulmii ce străjuiau, cu verdeața lor copleșitoare, acel colț din Parcul Retiro, Alba și Enric se simțeau ocrotiți de o răcoare plăcută.

Ajunseseră la Madrid cu o noapte în urmă, iar acum se bucurau, recunoscători, de pacea acelui loc, trăgându-și sufletul după neîncetatul du-te-vino care fusese nunta lor. După luni întregi de pregătiri, evenimentul culmina, acum, cu acest voiaj, pe care tocmai îl începuseră și care avea să-i poarte prin mai multe dintre capitalele Spaniei.

În timp ce se plimbau pe aleea din jurul havuzului circular, cunoscut drept Estanque de las Campanillas, Enric avea senzația că trecuse foarte mult timp de când intraseră în biserica Santa Maria de Sants ca să se cunune. Distanța sau, mai probabil, intensitatea cu care le trăise, îi dădeau acum o perspectivă distorsionată asupra evenimentelor din ultimele câteva ore. Fapt e că, după toată tevatura ultimelor săptămâni, oaza aceea de calm îi umplea sufletul cu pace.

Alba se așeză aproape de havuz, pe o bancă, la fel și Enric. Admirând stâncăria din care izvorau minuscule cascade, Enric simți cum îngrijorarea îl părăsește. În zilele dinaintea cununiei trăise clipe foarte tensionate, mai ales atunci când viitoarea soacră le mai făcea câte o vizită pentru a mai pune la punct anumite detalii, sau când vecinii băteau la ușă ca să-l felicite pentru însurătoare. Vizitele inopinate l-ar fi pus în mare pericol pe tatăl lui, care stătea ascuns, așa că Alba și Enric preferaseră o ceremonie cum nu se poate mai discretă, la care invitaseră doar câteva rude și prieteni apropiați.

Chiar și așa, teama de o posibilă scăpare îl adusese pe Enric în aceeași stare de anxietate și de nesomn din primele săptămâni. O stare de încordare, care îl părăsi însă treptat, pe măsură ce trenul se apropia de Madrid.

Alba, tot așa îngrijorată din cauza socrului ca și Enric, își schimbase ceva mai devreme atitudinea.

După ceremonia religioasă, mireasa se arătase mult mai relaxată, iar destinderea ei deveni veselie de-a binelea în timpul banchetului, la restaurantul hotelului Diagonal. Ca și cum zbuciumul său s-ar fi risipit în mediul acela gastronomic, cedând locul însuflețirii pe care Alba o încerca ori de câte ori avea de-a face în vreun fel cu arta culinară.

Când ospătarii intrară cu aperitivele, Enric observă cum ochii strălucitoarei sale soții scânteiau, plini de o vioiciune explozivă. El în schimb nu-și putea lua gândul de la tatăl lui, rămas singur acasă, pe când ceilalți savurau *cannelloni* gratinați și puiul cu cartofi.

Încercând să-și alunge gândurile negre, Enric se desfătă sorbind-o din priviri pe Alba, în toată grația ei delicată și simplă. I se păru foarte frumoasă în rochia cu dantelă, care se îngusta în talie, de unde începea clopotul magnificei crinoline. Apoi o văzu devenind chiar și mai emoționată când se aduse tortul, care era darul familiei Escribà și fusese făcut chiar de colegii ei.

Intrarea tortului atrase atenția tuturor convivilor, care amuțiră dintr-odată, vrăjiți de priveliștea turnului învelit în bezea și smălțuit cu margarete de zahăr. Enric se minună și el de prăjitura aceea, atât de originală, care se juca cu simplitatea albului, presărat artistic cu pete de galben și verde ce închipuiau margaretele, flori alese și pentru buchetul miresei.

— E cu blat de biscuiți Gioconda, îi explică ea lui Enric, după ce tăiară prima felie, așa cum cerea tradiția, iar ospătarii începură să taie restul tortului, pentru a-l împărți invitaților. Sunt mai buni decât pandișpanul și sunt și mai gustoși, pentru că au migdale.

— Margaretele sunt foarte bine făcute, zici că-s de-adevăratelea.

— Da, se fac dintr-o pastă de zahăr care poate fi întinsă mult, fără să se rupă, așa că se pot face din ea fel de fel de ornamente, nu numai flori: volănașe, fundițe. Ai văzut ce multă cremă are? Cum îți place ție!

— Oho, și ce-mi mai place! E delicios tortul.

— Aici sigur e mâna lui Antoni. S-a inspirat din buchetul meu, a făcut tortul în așa fel ca să se potrivească cu rochia mea, dar nu a uitat de gusturile tale. Sunt încântată de cum a ieșit.

Bucuria vie a soției avu darul să îl mai liniștească pe Enric, care în ultimele luni o văzuse pe Alba într-o continuă frenezie, parcă mai puternică decât emoțiile măritișului ori grija pentru situația riscantă a tatălui său. Neliniștea aceasta, pe care i-o remarcase cu mult înainte să se logodească cu ea, îl făcu pe Enric să-i fie dor de acea Alba pe care o cunoscuse cu doi ani în urmă. Atitudinea ei adeseori absentă, apatia abia disimulată nu mai aveau nimic de-a face cu omul care era Alba atunci când se cunoscuseră. La început, Enric crezu că aerul acesta îngândurat se datora seriozității cu care iubita lui înțelegea să își îndeplinească sarcinile la cofetăria Escribà; după un timp însă, pricepu că era vorba de ceva cu mult mai adânc și mai ascuns.

Își dăduse seama de asta în clipele lor de intimitate, a căror flacără își pierduse dogoarea de odinioară. Vâlvătaia începuturilor se domolise, lăsând în loc un sentiment căldicel de tandrețe. Dulcege, sărutările nu mai iscau acum scântei de dorință, ci numai niște mângâieri ușoare, fraterne aproape. În ciuda tuturor neajunsurilor, Enric se simțea bine lângă Alba și știa că acesta era destinul lui. De aceea, acceptă noul ei comportament ca pe o etapă firească, într-o relație ce dorea să se ridice pe temelii mai trainice decât iubirea trupească. Era conștient că proiectul lor de viitor nu se putea clădi pe nestatornica și capricioasa atracție fizică. Enric avea convingerea că prețuirea dintre ei, desăvârșită de apropiere, era o garanție de succes pentru viitorul pe care se pregăteau să îl trăiască împreună.

Însuflețit de o asemenea convingere, lăsase perioada de logodnă să își urmeze cursul firesc, și nu se mira deloc când noaptea nunții se preschimbă într-un moment de lină și supusă capitulare. Sărutări lente, însoțite de mângâierile lui tandre o făcură pe Alba să i se abandoneze imediat. În întunericul camerei de hotel, goliciunea îi apropia. Era cu totul altceva această beznă decât umbra intrărilor și colțurilor de stradă, în care își consumaseră de atâtea ori intimitatea clandestină. În noaptea aceea nimeni și nimic nu îi grăbea. Savurau până și senzația că timpul le era aliat, în acele clipe de molatic abandon.

Când se convinse că mângâierile sale înlăturaseră orice urmă de neliniște, Enric se întinse, cu delicatețe, între picioarele fetei. Atingerea acelor coapse catifelate îi aprinse numaidecât sângele și atunci altceva nu mai rămase nimic din ei, decât două trupuri, întregindu-se unul pe altul, fremătătoare și libere. Și totuși simți că sufletul Albei era mai departe ca niciodată.

*

Întoarcerea la Barcelona fusese o ușurare pentru ea. Știa că nu așa ar fi trebuit să stea lucrurile, de vreme ce toată lumea spunea că voiajul de nuntă și primele zile împreună sunt partea cea mai frumoasă a căsniciei, însă Alba nu putea să nu fie fericită că se întorsese acasă.

Nu că nu i-ar fi priit sejurul la Madrid, Toledo, Sevilla și Valencia. Totuși, după cincisprezece zile petrecute departe, îi era deja dor de rutina ei zilnică. Fusese așadar încântată când pusese iarăși piciorul pe peronul gării Estació de França, știind că totul avea să revină curând la normalitatea de zi cu zi. O normalitate adaptată, firește, la noul ei statut, căci de acum era femeie măritată.

Era totuși încă prea devreme ca să poată cântări corect efectele acestei schimbări, având în vedere că, pe parcursul ultimelor luni, obiceiurile de zi cu zi îi fuseseră date peste cap. Pregătirile de nuntă, cununia și, în final, voiajul de nuntă îi tulburaseră cu totul rutina. După toate acestea însă, odată ce se instală în noua sa locuință, un mic apartament închiriat pe strada Vallespir, Albei nu îi veni deloc greu să-și găsească un nou ritm, care să îi fie comod.

La această ușurință de adaptare contribuise în mare măsură Enric, atât de înțelegător cu ea în perioada de dinaintea nunții, măcinată de ezitări și temeri pe care Alba nu putuse să și le ascundă. Poate pentru că Enric însuși avusese niște bănuieli, pe care însă, având răbdare cu ea, reușise să le depășească.

Oricare ar fi fost motivul, cert este că, pe tot parcursul pregătirilor pentru nuntă, Enric știuse să îi respecte nevoia de introspecție și să nu o preseze, făcându-i reproșuri sau cerându-i explicații. Acest lucru o ajutase pe Alba să treacă mai ușor peste spaimele sale, care nu erau legate doar de nesiguranța viitorului, ci și de Joaquim.

Deși nu îl mai văzuse de câteva luni, tot nu reușise să și-l scoată din cap. Și era furioasă, pentru că își dădea seama, deși atitudinea aceasta era ilogică, mai ales după felul cum o tratase ultima dată, că se topea de dorul lui.

Neputând să controleze emoțiile de care era măcinată gândindu-se neîncetat la el, Alba hotărâse să le accepte în organismul său, ca pe o boală incurabilă. Poate cu timpul, își spunea, durerea va dispărea, iar ea va putea, în sfârșit, să îl uite.

Atitudinea înțelegătoare a lui Enric îi prinse tare bine, atunci când se văzu nevoită să își asume propria slăbiciune. Dar nu era doar asta. Înțelegerea pe care el i-o arăta o făcea să îl prețuiască și mai mult. Știa bine că nu s-ar mai fi putut bucura cu nimeni altcineva de complicitatea care se instalase între ei. Din toate aceste motive trăise, în ziua nunții, o fericire cât se poate de autentică și o neașteptată emoție în clipele când, proaspăt însurăței, sărbătoreau la restaurant fericita dimineață a cununiei lor.

La intrarea în salonul hotelului Diagonal, în timp ce se îndreptau spre masa mirilor, Alba văzu în fața ochilor începutul drumului pe care urma să-l străbată alături de Enric. Atunci îşi dădu seama că acest drum începuse, de fapt, cu mult timp în urmă. Cu trei ani înainte, mai precis, odată cu acele întâlniri culinare care lui Enric îi transmiteau esența Albei și a căror vrajă îi legase în cele din urmă unul de celălalt.

Conștientă de toate acestea, Alba îşi lăsase în urmă spaimele. Convingerea că lângă el va găsi mereu sprijinul de care avea nevoie reușise să le alunge.

Pe măsură ce trenul se apropia de Madrid, devenea tot mai clară senzația, pe care o încercase și în timpul banchetului, că se află la un început de drum. O emoție plăcută, izvorând din coșul pieptului, îi străbătu atunci stomacul ca un fior. Savură cu nesaț, în ritmul roților de tren, senzația aceea încântătoare. Nu mai avusese de foarte multă vreme un moment de respiro, iar acum i se părea ciudat să aibă două săptămâni de vacanță la dispoziție. Totuşi, era dornică să se bucure de timpul ce i se oferea, fie și pentru a păși în noua ei viață cu un reîmprospătat entuziasm.

În noaptea nunții însă, euforia de până atunci se topi. Sosise, în sfârșit, ceasul intimității. Acum, când erau soț și soție, nu trebuia să se mai sustragă dorințelor lui Enric. Trebuia doar să se lase pe mâna lui.

Când începu să se dezbrace, chiar dacă lumina era stinsă, se rușină un pic. Mângâierile sale, nesfârșit de tandre, îi provocară însă un abandon atât de fermecător, încât neliniștea o părăsi. Lăsându-se în voia dorinței lui, era însă cu gândul aiurea, amintindu-și cât de diferite fuseseră întâlnirile lor clandestine, când fremăta din cap până în picioare de emoția descoperirii: a atingerilor lui, a propriei senzualități, a dorinței pe care simțea că i-o stârnește

Văpaia acelor clipe pălise apoi, încetul cu încetul, și în locul ei lăsase focul visceral pe care îl aprindea în ea Joaquím. O pornire irațională, izbucnită dintr-o atracție absurdă, pe care nici măcar nu reușea să și-o explice; dar care iată, mocnea chiar și acum în ea, trezită chiar de mângâierile lui Enric.

Abandonându-i-se, Alba nu își putea alunga din minte întâlnirea înflăcărată pe care o avuseseră în bucătărie, ea și tânărul avocat. În acele momente își conștientizase carnea într-un fel ce nu avea nimic de-a face cu capitularea de acum. Experiența de atunci fusese, mai mult decât un abandon agreabil, revelarea unei puteri care le șoptea amândurora promisiunea unei sublime și inalterabile voluptăți.

Peste două săptămâni, când se întoarse la lucru, unele colege ținură să afle detalii picante din noaptea nunții. Dacă ar fi știut că se gândise la alt bărbat, nu le-ar fi venit să creadă. Acum, că se măritase, nimeni nu și-ar fi închipuit că nu era cea mai fericită femeie de pe planetă și nici că nu visa să facă un copil cât mai repede cu putință.

— Stai s-o vezi pe Montserrat, îi spuse una dintre vânzătoare, vorbind despre fiica lui Antonio și a Pepitei, care tocmai se născuse. E o frumusețe de fetiță, și cred că sunt tare fericiți, după ce năpastă i-a lovit când le-a murit fiica cea mare!

Moartea Pepitonei era și acum o amintire dureroasă pentru membrii familiei Escribà, atât pentru părinți, cât și pentru cei doi frați. Nașterea celei mici mai îndulcise însă amintirea ei. Chiar și cofetăria parcă lua parte la bucuria proaspeților părinți și a angajaților care se molipsiseră de acel suflu înnoitor.

Cu toate acestea însă, Alba nu simțea deloc chemarea speciei care, chipurile, trebuia să o îndemne să aibă prunci. Nu la acest tip de nemurire visa, presupunând că visa la vreunul. Singura sa certitudine era că apariția unui copil în acele clipe ar fi complicat enorm planurile ei legate de muncă. Dar cum ar fi putut să amâne asta, n-avea nici o idee.

Colaci și *choux à la crème*

Alba se miră când, ieșind de la baie, îl găsi pe Enric deja îmbrăcat. Întotdeauna ea se trezea prima. La laborator începea lucrul la șase, iar când ieșea pe ușă, el încă dormea.

— Vin cu tine, nu vreau să te duci singură la lucru, nu vezi ce haos e peste tot?

— Te referi la scumpirea biletelor de tramvai?

— Da, se împart manifeste prin care oamenii sunt îndemnați să nu urce în ele. Mi-e și frică să mă gândesc ce-o să fie pe străzi.

— E chiar așa de serios? I-am auzit pe mulți plângându-se, șaptezeci de centime în loc de cincizeci e cam mult, dar crezi că o să se întâmple ceva?

— Sunt absolut convins. La Madrid biletul a rămas patruzeci, iar oamenii sunt revoltați. Au început să arunce cu pietre în geamurile tramvaielor, și nu cred că se va opri aici treaba.

Enric nu se înșela. După un deceniu și mai bine de asuprire și mizerie, pe care le adusese cu sine sfârșitul războiului, barcelonezii primiseră, la început de an, consternanta știre că se vor scumpi biletele de tramvai. Oamenii, ce-i drept, se conformaseră, suportând această scumpire cu resemnarea cu care întâmpinau orice nou necaz. Imediat se află însă că la Madrid prețul biletului rămăsese tot patruzeci de centime, iar asta îi scosese pe toți din minți.

Nu mult după aceea, cam pe la mijlocul lui februarie, au început să apară manifeste care îndemnau lumea să boicoteze tramvaiele. Peste alte câteva zile, studențimea s-a alăturat protestelor, și atunci au avut loc primele ciocniri între oamenii nemulțumiți și poliție.

Pe măsură ce se apropiau de stație, Alba și Enric își dădeau seama că mult mai puțină lume aștepta tramvaiul decât de obicei.

— Hai să o luăm pe jos. Nu se poate să mai răbdăm porcăria asta.

— Dar tu trebuie să fii la lăptărie într-o oră, iar până la cofetărie mai avem pe puțin treizeci de minute.

— Am să ajung la timp, iar dacă nu, n-are nimic, e pentru o cauză dreaptă.

Alba și Enric au făcut drumul la pas. La fel și a doua zi, pe întâi martie, când au constatat că toți oamenii mergeau la lucru pe jos, iar tramvaiele circulau goale. Nu vedeai în ele decât vatmani, controlori și polițiști. Tensiunea se simțea în aer, dar Enric știa cum să îi transmită Albei și siguranța, și încrederea că fac ceea ce trebuie. Venise momentul, spunea el, să își facă glasurile auzite.

Duminica aceea, după un meci al Barçei pe Camp de les Corts[1], suporterii refuzară să ia tramvaiul, întorcându-se

---

1. Vechiul stadion al echipei FC Barcelona.

la casele lor pe jos, deși ploua cu găleata. Cu toate că boicotul izbucnise spontan, amploarea pe care începea să o capete îngroșa constant rândurile celor care se împotriveau dictaturii.

Alba s-a dus la lucru pe jos și săptămâna următoare, însoțită de Enric, care la rândul lui făcea tot pe jos drumul spre lăptăria unde lucra. După douăsprezece zile de la dimineața aceea în care oamenii renunțaseră să mai ia tramvaiul, protestul cetățenesc s-a transformat în grevă generală.

În acea zi de luni, 12 martie, Alba rămăsese acasă, pentru că era ziua ei liberă. Afară era foarte frig, cerul se umpluse de nori negri. Asta însă nu îi împiedicase pe greviști să picheteze încă de la prima oră fabricile și atelierele, în timp ce alții se adunaseră, cu miile, în Plaça Catalunya.

Alba nu își dădu seama, așadar, nici de amploarea grevei care cuprinsese Barcelona, nici de tulburările care se produseseră când greviștii ocupaseră centrul orașului. Abia pe seară află de ele de la Enric, care îi povesti totul când se întoarse acasă.

— Barcelona e complet paralizată. În centru e haos, s-a aruncat cu pietre în clădirea hotelului Ritz și am auzit că s-a dat foc la câteva tramvaie.

Greva a mai durat două zile, fiind înăbușită numai prin represiunea sângeroasă a Gărzii Civile, soldată cu morți, răniți și sute de persoane arestate. Totuși, mulțumită reacției colective, scumpirea biletului a fost anulată, prețul rămânând cel de dinainte de grevă. O mică victorie, care îi ajuta să țină viu un licăr de speranță în viitor.

*

— Ziceți voi că nu arată bine!

Alba era pe picior de plecare, când văzu că una dintre vânzătoare vorbea cu colegele ei, arătându-le o revistă. Terminase tura și se pregătea să o ia spre casă, dar discuția îi atrase atenția.

— Ba da, și-ncă apare pe copertă, incredibil!
— Ai văzut, Alba?

Observând expresia ei nedumerită, vânzătoarea îi întinse publicația. Era revista *Destino*, un săptămânal cu tematică politică și socială, care începuse să apară la Barcelona după sfârșitul războiului. Alba recunoscu imediat pe copertă monumentala pască pe care o concepuse în anul acela Antoni Escribà, recreând, în ciocolată, studioul unui pictor din cartierul Montmartre. Fotografia ocupa întreaga copertă, iar în colțul din dreapta al paginii se putea citi: „Atelier comestibil".

O neașteptată mândrie o cuprinse pe Alba, la gândul că lucrările concepute de fiul patronului reușiseră să câștige atenția unei reviste atât de prestigioase ca *Destino*, în care semnau jurnaliști de talia lui Josep Pla și Josep Maria de Sagarra.

Pe de altă parte, nici mirată nu s-ar fi putut declara. La numai douăzeci de ani, Antoni obținuse, grație pregătirii și priceperii sale, titlul de maestru ciocolatier. Știuse să aplice în arta cofetăriei tot ceea ce învățase la Llotja, astfel că, în loc de bronz, lemn sau marmură, tânărul artist sculpta în ciocolată.

Alba fusese de față când Antoni modelase pasca aceea, care îi fermecase din vitrină nu doar pe trecători, ci mai stârnise și interesul revistei. Într-o primă etapă, Antoni tratase cacaua exact ca pe lut, apoi procedase la fel cu ciocolata întărită. Alba îl văzuse, uluită, cum definea contururile figurii slujindu-se de raşpele şi poansoane, asemenea unui sculptor în piatră.

Trecuseră patru ani de când lucra cu el, dar Alba încă se minuna de perseverenţa lui şi disciplina pe care singur şi-o impunea pentru a putea să-şi vadă şi de şcoală, şi de munca în laboratorul cofetăriei. Continua să studieze la Llotja desen, ceramică, policromie, modelaj, ba mai mergea şi la cinema, din când în când, cu unul dintre profesorii săi, domnul Santiañiéz, care îi ducea pe cursanţi să vadă filmele lui Buñuel. Acest profesor madrilen reuşise să-i câştige tânărului cofetar admiraţia, prin vastele sale cunoştinţe despre film, dar şi graţie decorurilor pe care, fiind un excelent pictor, le realiza cu mult talent. Deveniră atât de apropiaţi, încât, la mulţi ani după aceea, când profesorul se întorsese în oraşul său natal, Antoni continua să păstreze legătura cu el.

Din vara ce trecuse, tânărul îşi făcea vacanţele în Pirineii gironezi. Dar nu pentru excursii, nici pentru a se bucura de calităţile curative ale apelor, ci ca să lucreze la cofetăria Can Vila, din Camprodon. În anul acela, înainte de plecare, Alba îl auzise pe Antoni plângându-se şi cerându-i tatălui său să-l lase să meargă la plajă.

— Nici să n-aud! Domnul Escribà era de neînduplecat. Te duci la Camprodon, să faci colaci şi *choux*.

Pe timpul şederii sale în acea splendidă localitate montană, Antoni se împrieteni cu fiul patronilor unei alte cofetării. Cele două localuri mai că se învecinau, aflându-se pe aceeaşi stradă, foarte aproape de râul Ter. Tatăl băiatului era creatorul renumiţilor biscuiţi Pujol de Camprodon, ce-i purtau, cu mândrie, numele de familie. Astfel, chiar dacă nu făcea plajă, Antoni se bucură, în cele din urmă, de vacanța petrecută acolo, în satul acela, aflat într-o vale splendidă, înconjurată, din toate părțile, de natură.

Când vara luă sfârșit, tânărul cofetar reveni la Barcelona și își reluă studiile. Iar când nu avea cursuri mergea la laborator, să prepare dulciurile și pâinea care se vindeau în cofetărie. În timpul rămas liber, făcea fel de fel de încercări cu cacaua.

Nu puteai să nu rămâi cu gura căscată, văzând ce figurine mai crea în ciocolată și ce noi tehnici experimenta. La Llotja învățase cum să facă modele, așa că și le confecționa singur, adaptându-le la nevoile cofetăriei. Născocea, de asemenea, fel de fel de tuburi și conuri de hârtie, cu care meșterea apoi o sumedenie de dulciuri. Toate acele creații începuseră deja să iasă în evidență prin stilul lor inconfundabil, modelând treptat ceea ce avea curând să devină pecetea cofetăriei Escribà.

Tehnicile învățate de la maestrul ciocolatier Lluís Santapau, care combinând forme ovoidale obținea cele mai felurite figuri, îl condusese pe Antoni către o descoperire fundamentală. Grație acesteia, se putea aventura acum, creând păștile ce vădeau mult mai multă fantezie decât acelea tradiționale, ornate cu ouă și pene, care încă se mai produceau la cofetăria Escribà. Vrăjit de posibilitățile pe care le oferea oul – prin forma sa perfectă, prin simbolismul evocator, amintind de viață în forma ei primordială – Antoni realiza, de peste trei ani de zile, autentice sculpturi în ciocolată, inspirându-se din motive tot mai extravagante.

Perfecționându-se în modelarea ciocolatei și desfășurându-și întreaga creativitate, tânărul cofetar reușise să reînvie tradiția păștilor, obicei care cu vremea începuse să se piardă. În cei patru ani de când lucra la laborator, Alba putuse vedea cum printre barcelonezi se încetățenea treptat un fel de ritual, acela de da o raită, cu câteva zile înaintea Paştilor, pe la principalele cofetării din oraş. Adulţi şi copii, toţi se desfătau cu priveliştea păştilor pe care aceste cofetării, întrecându-se în originalitate şi migală, le expuneau în vitrinele lor

Puţin mai lipsea până să apară concursuri de vitrine care să încununeze acea explozie a creativităţii, însuşirea definitorie a lui Antoni. Barcelonezii se minunau de păştile sale, rămânând cu gura căscată în faţa giganticei sale reproduceri realizate în ciocolată.

Văzând ce succes aveau creaţiile lui Antoni printre clienţi, cei din familie hotărâră să pună la punct un sistem de producţie în lanţ, prin care ele să poată fi puse în vânzare fără a se ştirbi cu nimic caracterul lor artizanal. Începând din acel moment, Antoni însuşi le arătă cofetarilor cum să tempereze ciocolata şi să o trateze pentru a obţine cea mai bună cuvertură. Tot el îi învăţa şi tehnici de modelaj, cu ajutorul cărora să dea formă diferitelor părţi ale păştii. De tematica şi de aranjarea vitrinelor se ocupa chiar el, căci avea mintea mereu doldora de idei.

Tot ce învăţase de la Antoni o făcu pe Alba să-şi dea seama că ciocolateria artistică are la bază simplitatea procedeelor, şi că lucrurile sunt, adeseori, mai uşoare decât par. Ea nu uita niciodată că păştile erau, în cea mai mare parte, destinate copiilor, de aceea se inspira din lucruri gândite special pentru cei mici. Animale exotice şi personaje fantastice de basm se puteau amesteca, fără grijă, cu personajele clasice, ştiute dintotdeauna. Artişti de circ, cowboy şi indieni, piraţi, vrăjitoare, prinţese, fel de fel de vehicule şi edificii, toate acestea şi multe altele puteau fi reproduse în ciocolată.

Se întâmpla adeseori ca noaptea, înainte de culcare, să îi vină o idee legată de muncă. După obiceiul lui Antoni, de care și Alba se molipsise, creierul ei era în stare de alertă, gata oricând să fixeze orice detaliu pe care imaginația ei l-ar fi putut născoci.

Tot timpul acesta petrecut în laborator fusese o experiență care pe Alba o îmbogățise, și pe care o trăia în continuare cu aceeași neștirbită emoție. Poate de aceea nu-i venea să creadă că mai avea puțin și ajungea cofetar. Așa cum anticipase și Escribà-tatăl, Alba depășise iute perioada de ucenicie și avansase la ajutor-cofetar. Izbânda aceasta o umplea de o bucurie întru câtva stingheritoare, pentru că i se părea că înaintează mult prea repede.

N-ar fi putut avea o viață mai împlinită, și cu toate astea o încerca mereu bănuiala că atâtea lucruri bune trebuiau să aibă un preț. Era măritată de un an și jumătate, iar căsnicia funcționa și ea. Conviețuirea se dovedise mai plăcută decât ar fi crezut, iar teama că ar putea rămâne gravidă îi trecuse, când Enric îi spusese că, deocamdată, nici el nu voia copii.

— Va fi timp și pentru asta, n-ai tu grijă, îi zisese el, când Alba îi mărturisi cât se temea că o eventuală sarcină ar opri-o din drumul pe care și-l alesese.

Răspunsul soțului o scăpă de îngrijorarea pe care o simțea de fiecare dată când i se dădea. Din fericire, asta nu se întâmpla foarte des, dar riscul continua să existe. De aceea, atunci când carnea lui se deștepta, iar ea ca o bună soție, i se încredința, Enric trăia punctul culminant al plăcerii sale de unul singur. Altă soluție nu aveau, căci orice mijloc prin care sarcina ar fi putut fi împiedicată era strict interzis. Însă convingerea că metoda funcționează o eliberă pe Alba, cel puțin, de temerile ei.

Partea a treia
REGELE CARAMELULUI
(1954 – 1979)

„Caut un băiețel sensibil și afectuos, căruia să îi pot încredința neprețuitele mele secrete de fabricație a dulciurilor."

ROALD DAHL,
Charlie și fabrica de ciocolată

Biscuiți

Martie 1954

Mireasma intensă a ciocolatei îl răzbi de cum intră în sufragerie. În fiecare duminică dimineață, licoarea închisă la culoare îl întâmpina cu atotpătrunzătoarea ei aromă, la fel de îmbietoare pentru el ca prima oară când o savurase.

Erau doi ani de când Joaquim se instalase, imediat după căsătorie, în acel spațios apartament din Eixample, iar încă din prima zi deliciosul obicei devenise un tabiet duminical, al lui și al soției. Tânăra menajeră prepara ciocolata folosind tablete cu aromă de scorțișoară, apoi le-o servea în niște cești albe, pe care le primiseră, Joaquim nu mai știa de la cine, ca dar de nuntă.

În dimineața aceea care, în prag de primăvară, era neașteptat de rece, avocatul zări pe masă un pachet ambalat artistic. Recunoscu imediat însemnul cofetăriei Escribà și simți atunci cum, la vederea lui, o veche și bine-cunoscută senzație se redeșteaptă în el. Pe de-o parte, era plăcerea gândului că urma să se bucure de acele delicatese. Pe de altă parte, era amintirea, cotropitor de dulce, a Albei.

Erau cinci ani și mai bine de când o văzuse ultima dată, cu toate acestea însă, nu reușise să o uite de tot. Un fel de regret îi mai umbrea încă inima, de fiecare dată când își amintea ultima lor întâlnire. Era însă o căință inconștientă, de care mândria lui refuza să ia act, dat fiind că, din punctul lui de vedere, făcuse bine ce făcuse. Joaquim avea o părere excesiv de bună despre propriile calități, dar și o îngăduință tot așa de exagerată pentru defectele și lipsurile sale.

Iată de ce, când rumega problema, își spunea că procedase cât se poate de corect lăsând-o cu ochii în soare și reproșându-i că s-a jucat cu el. Reușise să se convingă pe sine că, pe vremea când lucra la familia Vidal, Alba se jucase cu el, ațâțându-i instinctele și ispitindu-l ca să simtă puternică. Era normal deci ca el să se poarte așa cum se purtase. Îi arătase, în primul rând, că bărbații își pot îngădui libertăți cu servitoarele; în al doilea rând, că ea fusese cea care, prin avansurile ei voalate, deșteptase în el fiara care dormitează în orice mascul.

După momentul acela, Joaquim hotărâse să meargă mai departe cu fata cu care, de vreo două luni, începuse să se vadă duminicile. Era fiica unui industriaș din Terrassa. Se cunoscuseră prin părinții lor. Până atunci nu-l interesase în mod serios, dar episodul cu Alba l-a făcut să reacționeze. Nu mai era la vârsta la care să fugărească slujnicuțe, venise vremea să se potolească.

Patru ani mai târziu, avocatul o lua de soție pe tânăra aceea cu expresie severă, tot așa de colțuroasă la chip ca și la fire. Mulți se mirară că un băiat arătos ca Joaquim alesese o femeie așa uscată. Nu știau că, fără să conștientizeze, avocatul încerca să se îndepărteze tocmai de grația senzuală, amabilitatea și generozitatea care îl captivau la o femeie.

Așa trăia, de doi ani încoace, avocatul, complăcându-se în această atitudine comodă, care îl scutea să mai dea piept cu vreunul din lucrurile ce ne însuflețesc viața. La zece luni de la cununie i se născu prima fiică; ducea deci o viață ordonată și regulată, așa cum se cuvenea. Cu partea de minte aflată sub controlul rațiunii, Joaquim se simțea pe deplin satisfăcut de acest mers al vieții lui; în urmă rămânea însă, ca un sediment, o frustrare ce se îngroșa cu timpul. Sub carapacea mentală pe care Joaquim și-o făurise din convingeri impuse, zvâcneau încă autentice impulsuri vitale.

Guvernată de o morală intransigentă, societatea exercita asupra bărbaților și femeilor o presiune atât de brutală, încât îi văduvea de însăși esența comportamentului lor. Oprimarea instinctelor aducea multă suferință, dar prea puțini erau cei care îndrăzneau să i se sustragă, pentru a urma cursul liniștit al naturii.

Îngăimările micuței, care, cu glăsciorul ei, își cere și ea porția de atenție, îl smulseră pe Joaquim din reflecțiile sale. Avocatul îi mângâie cu delicatețe căpșorul, sărutând-o pe frunte, și se așeză lângă ea.

Soția sa rupse hârtia care învelea cartonul cu biscuiți și gustă unul. Văzând că erau acoperiți cu zahăr pudră Joaquim se gândi, fără să vrea, că poate fuseseră făcuți chiar de mâna Albei.

În cei cinci ani și jumătate de când nu se mai vedeau, el continuase să frecventeze cofetăria și adeseori, când intra, își amintea vremurile când venea pe la Escribà duminica, special ca să o găsească pe ea la tejghea. Și în dimineața aceasta îl năpădiseră aceleași amintiri și se întrebă dacă ea o mai fi lucrând sau nu la laborator. Odată măritată ar fi trebuit, în mod normal, să plece, cum făceau toate femeile, atunci când deveneau soții. Dar Alba, își aminti el, îi spusese că nu va renunța, că dorea să devină cofetar, și că iubitul ei avea de gând să îngăduie asemenea nebunie. Deși îi venea greu să creadă că un bărbat ar putea tolera așa o aiureală, ceva îi spunea că fosta bucătăreasă reușise să își atingă scopul. Îi șoptea asta textura, moale și fermă în același timp, a biscuiților, atât de asemănătoare celor pe care îi gustase odată acasă la arhitect. O moliciune mlădioasă, cum avea și trupul fetei în seara aceea, când o încolțise la perete, în bucătăria casei Vidal.

Savurându-și micul dejun, avocatul încercă să fie atent la vorbele soției lui, ca să nu se mai gândească la tânăra aceea de demult. Încet-încet, amintirea Albei păli.

Era doar o problemă de timp până când avea să revină.

*

— Voi când faceți unul?

Era inevitabila întrebare pe care Elisa, în timp ce-și legăna băiețelul pentru a-l adormi, i-o pusese deja de atâtea ori. Iată de ce, când trecu pe la ea ca să o felicite și să îl cunoască pe cel mic, Alba nu doar că nu avu nici o surpriză auzind întrebarea, dar îi și dădu, pentru a nu știu câta oară, același răspuns:

— Mai încolo, deocamdată mai am mult de învățat la laborator și nu vreau să pierd ocazia.

— Mda, mi-ai mai spus asta de o groază de ori. Dar tot nu înțeleg de ce vrei să înveți ceva ce oricum, mai târziu, nu vei mai putea face. Mai devreme sau mai târziu va trebui să lași cofetăria. Lui Enric îi convine că tot n-ai plecat de la muncă, după patru ani de căsnicie?

— Bineînțeles. Și el lucrează la lăptărie, iar între timp se duce la cursuri la Llotja. Din când în când face ilustrații pentru reviste, pentru că vrea să-și facă o profesie din desen.

— Ah, încă un artist! Dar ai putea plăti o dădacă să te ajute! La voi în casă intră două salarii, nu ca la noi, că nu știu pe unde să mai scot cămașa, până la sfârșitul lunii, cu o singură leafă.

— Așa e, cred că am putea plăti o dădacă. Și mama, și bunica spun același lucru. Dar ce-am rezolva cu asta? Să stăm cu copilul doar așa, seara, un pic? Să fim părinți numai cu numele? Drept să-ți spun, nu văd rostul!

— Păi, dacă-i după tine, nu e bine nicicum! exclamă Elisa, surâzând cu blândețe și clătinând din cap. La cum te cunosc, nici nu știu de ce îmi mai răcesc gura. Nu înțeleg cum poți răbda să nu faci copii, pentru mine sunt fericirea cea mai mare în viață. Pentru mine, și pentru toate fetele pe care le cunosc... Dar, în fine, fiecare e cum e, dacă așa te simți tu fericită, dă-i înainte!

Alba înțelegea și ea fericirea Elisei. I se părea normal ca, pentru Elisa, copiii ei să însemne viitorul, ba, mai mult, chiar țelul ei în viață. Țelul Albei, în schimb, era să capete măiestria necesară pentru a-și transforma darul în artă. Câteodată, ce-i drept, o chinuia gândul că face un gest egoist amânând clipa maternității și punând astfel dorințele proprii mai presus de ceea ce fusese învățată că e de datoria ei să facă. În asemenea momente, Alba se elibera de vinovăție spunându-și că și dorința de a avea urmași era, până la urmă, tot o ambiție. O ambiție născută exclusiv din strădania de a mulțumi societatea.

Cu toate argumentele pe care și le găsea pentru a nu se simți împovărată de propria decizie, nu-i era deloc ușor să se ferească de consecințele ei. Pe lângă interogatorii, cum era cel la care o supunea Elisa, Alba trebuia să mai îndure și permanentele consolări. În afara celor care îi erau apropiați, toată lumea credea că, dacă în patru ani de căsnicie nu făcuse copii, era o problemă de sterilitate. Așa se face că toate aceste remarci consolatoare pluteau într-o atmosferă de milă generală, ceea ce avea darul să o irite și mai mult.

Din fericire, progresele pe care le făcea în meserie continuau să o încurajeze, întărind-o în convingerea ei, iar noile drumuri deschise de Antoni Escribà o ajutau să uite starea proastă pe care i-o creau compătimirile celor din jur. Explorând cărările acelea, simțea că se află exact unde trebuia să fie, și nu dorea nimic altceva decât să meargă înainte.

Laboratorul devenise unul dintre acele puține locuri în care Alba putea să reverse tot ceea ce se punea la cale în mintea și în sufletul ei. Avusese acest prilej mai întâi acasă la ea, în bucătărie, apoi în alte case pe unde mai gătise, în special la familia Vidal, de care și acum își amintea cu afecțiune și emoție.

Ieșind pe stradă, o izbi un val de aer cald. Suflarea lui dogoritoare îi spori Albei senzația că se înăbușă, care deja o cuprinsese în casă la Elisa. Era opt seara, dar soarele canicular, aliat cu umezeala, înfierbânta încă atmosfera, căzând peste oraș ca o lespede încinsă.

Nu peste mult timp începeau concediile. Anul acela, Enric îi propusese să petreacă o săptămână la Sitges, satul care inspirase atâția pictori, luminiști și moderniști, fascinându-i cu auria sa lucire maritimă.

Albei i se păru o idee strălucită, căci nu mai fusese de mult în locul acela, pe care *senyora* Pepita i-l ridica mereu în slăvi. Patroana era acolo de o lună, cu Joanet și cu micuța Montserrat. De când îi cunoștea Alba, doamna și domnul Escribà tot acolo își făceau concediul. Din câte știa, mergeau la recomandarea medicului, băile în mare fiind un bun tratament pentru tuberculoza osoasă, de care suferea fiul lor cel mic.

Coborând strada, Alba visa cu ochii deschiși la așezarea aceea, nemăsurată și opalescentă, străjuită de masivul Garraf, cu plaje presărate de conace.

Niciodată nu și-ar fi închipuit că într-un loc pe care îl știa de vis se urzea cel mai negru coșmar.

Păr-de-înger[1]

Toate lucrurile dulci din jurul lor nu ar fi putut răzbi amărăciunea care îi încolțea pe dinăuntru. Nici dulcețurile, nici nectarurile, nici siropurile pline de zahăr nu izbuteau să îndulcească tristețea care domnea de atâtea zile în laborator. Așa de mare era deznădejdea, încât brutarii și cofetarii deveniseră greoi în mișcările lor ritmice, neputând nicicum să se obișnuiască cu jalea.

Trecuse puțin peste o săptămână de la funesta dimineață în care aflaseră nenorocirea, și nimeni nu reușise să treacă peste tristețea pe care cruzimea acelei tragedii neașteptate o provocase. Atât de răvășiți fuseseră aflând că se prăpădise micuța Montserrat, încât vestea morții ei îi cufundase într-o stare de jale, paralizie și furie ce nu se dădea dusă. Pe lângă greutatea de a accepta că fusese secerată o viață care tocmai începea, mai era și ciuda pe care o simțeau la gândul că năpasta ar fi putut fi evitată.

Copila, care avea doar trei ani, se intoxicase cu capete de chibrituri Garibaldi. Nu era prima oară când un copil

---

1. *Cabell d'àngel, ad litt.* „păr-de-înger", este numele dulceții de dovleac în catalană.

se otrăvea înghițind fosforul acelor chibrituri, atât de populare printre cei mici, din cauza frumoaselor gămălii roșii ce le împodobeau vârfurile. Frecate de o suprafață rugoasă, un zid sau un perete de pildă, biluțele acelea stacojii explodau, pentru că erau făcute din fosfor alb, un element chimic inflamabil și primejdios de toxic.

Când Alba se gândea la asta îi dădeau lacrimile și atunci trebuia cumva să se ascundă, ca să n-o vadă altcineva bocind de atâta ciudă. Ar fi fost o lipsă de respect să se lase în voia lacrimilor, când Antoni și părinții lui încercau să țină capul sus, luptându-se să își țină în frâu disperarea.

Ea nu știa cum trăiseră ei agonia celei mici, atunci când se luptau să o salveze; vedea în schimb dezolarea care îi mistuia după moartea sa. O durere infinită, devastatoare, ce dăinuia încă, și care era sigur că avea să dureze până la sfârșitul zilelor lor.

Mai rău ca orice era că tristețea lor nu venea singură. O însoțea mereu furia. O furie năprasnică. Fabrica de chibrituri, neglijența, propria lor vină, toate acestea îi umpleau de o mânie clocotitoare. De multe ori Alba îl văzuse pe domnul Escribà dându-se cu capul de pereți, blestemând tot șirul de întâmplări nefaste, blestemându-se pe sine că nu avusese grijă de fetiță. Nu putea accepta planul feroce care trecuse peste atâtea condiționale, pentru a conjuga viitorul lor la un inflexibil timp trecut.

În atmosfera aceasta plină de furie, singura lor consolare rămăsese tăcerea. Restrângerea comunicării la numărul strict necesar de cuvinte, pentru a se putea zăvorî la loc în muțenie, pe măsură ce treceau zilele.

Și așa, așteptând ca timpul să vindece rana, toți cei din laborator se închiseseră la rândul lor, într-o îngândurare etanșă, care păstra în ei amărăciunea. Evitau să amestece esențe acre în dulceața din jur și să strice, astfel, delicioasele lor creații.

Adâncită în aceeași muțenie care domnea peste tot în laborator, Alba încercă să se concentreze le ceea ce făcea. Se uită fix, așadar, la porția de păr-de-înger pe care o avea în față. Chiar în clipa aceea însă, gândul o purtă înapoi în timp, până în ziua aceea îndepărtată când tatăl ei adusese acasă un dovleac.

Își aminti, neașteptat de clar, ce vie mirare îi stârnise coaja fructului, atât de groasă și de aspră. Mama se chinuise un pic până să-l taie, așa era de tare; pulpa, în schimb, își amintea perfect, fusese afânată și cărnoasă.

Tăiaseră dovleacul în bucăți, îl puseseră la cuptor, cu tot cu coajă. Odată copt, îl lăsaseră să se răcească. Apoi, în timp ce curățau amândouă pulpa de pe coajă, Adela profitase de prilej ca să o mai învețe ceva:

— Dulceața se face din dovlecii de iarnă, care sunt mai dulci decât cei de vară. Pe ăsta l-au cules niște cunoscuți de-ai tatei, pe la începutul toamnei. O să le facem din el niște plăcinte sau un colac, ca să le mulțumim pentru cadou.

— Am putea să facem și plăcințele de Tortosa!

— Așa e. Bună idee!

— Dar cum se face că nu e portocaliu?

— Pentru că e alt soi, Alba. Cu coaja asta verde și tare poate fi păstrat mai mult timp. Iar ca să faci dulceață din el, trebuie ținut într-un loc cu lumină puțină.

O ascultase vrăjită pe mama ei, în timp ce curăța pulpa și dădea la o parte semințele rămase. La sfârșit o cântăriseră, pentru a calcula cantitatea de zahăr necesară, apoi puseseră la fiert pulpa și zahărul laolaltă într-o cratiță, cu o coajă de lămâie și cu un baton de scorțișoară.

Firele de dovleac dobândeau o străvezime aurie, pe măsură ce pulpa se prefăcea în dulceață. Alba mai putea simți chiar și acum bucuria plină de uimire care o cuprinsese atunci, văzând, la sfârșit, rezultatul acelui întreg proces. Fusese una dintre cele mai timpurii incursiuni ale ei în universul culinar, iar din acest motiv și-o amintea mereu cu o emoție deosebită. O emoție pe care plăcințelele de Tortosa, strâns legate de nașterea ei miraculoasă, aveau darul să o sporească, aureolând-o cu un nimb de magie.

Amintirea acelui moment, atât de intim întrepătruns cu nașterea și destinul ei, o zgudui deodată. Legase, fără voia ei, doliul prezent de o bucurie din trecut, iar legătura aceasta o făcu să își dea seama ce profundă asemănare este între naștere și moarte; întrucât aceste clipe mărginesc, amândouă, un ciclu, un moment de fluctuație între două eternități.

Înțelese atunci că cele două limite ale existenței sunt motoarele devenirii, una fiind consecința inevitabilă a celeilalte.

Revelația aceasta o cutremură din temelii. Nu voia să își spună că moartea micuței Montserrat fusese un fapt necesar, căci ținea la ea, iar gândul că avusese o viață atât de scurtă o umplea de amărăciune. De fapt, când îi vedea pe *don* Escribà înnebunit de deznădejde, iar pe *senyora* Pepita ofilindu-se în jalea ei adâncă, se bucura că nu avea copii. Nu credea că ar fi fost în stare să suporte o pierdere atât de devastatoare.

Totuși, nu putea să nu vadă, cu toată limpezimea, cum, adeseori, moartea și pierderile aveau darul să încurajeze schimbările și inițiativele. Pe Mateu Serra, bunăoară, moartea tatălui îl făcuse să-și părăsească satul, insuflându-l cu un spirit întreprinzător. Apoi, acea investiție eșuată într-un transport de hârtie îi călăuzise pașii spre înființarea propriei brutării. Iar acum, după atâția ani, moartea surioarei îl obliga pe Antoni să renunțe la cursurile de la Llotja, pentru a veni în sprijinul părinților săi, devotându-li-se numai lor.

Pentru că renunțase la visul de a deveni sculptor, tânărul se dăruia acum cofetăriei cu toată pasiunea lui și cu tot timpul de care dispunea. Ceva ce, dacă nu ar fi dispărut cea mică, poate că niciodată nu s-ar fi întâmplat.

Alba își dădea prea bine seama că sfârșitul micuței nu era, din acest motiv, mai puțin sfâșietor; dar se mai mângâia, oarecum, cu gândul că plecarea lui Montserrat nu fusese cu totul în van. Poate că misiunea ei pe lume, își spunea Alba, fusese să le umple sufletele de o trecătoare fericire, pentru a le aminti cât de fragilă și de scurtă este existența. Făcându-le această demonstrație, strălucitoare și efemeră, copila se arătase asemenea unui înger, întrupat pe pământ pentru a le da să guste din eternitate.

Cu ideea aceasta, a unei vizite eterice și trecătoare, Alba reuși, pentru mult timp, să se consoleze în fața crudei realități. Aureolat de perfecțiunea sfințeniei, chipul micuței își găsi așadar locul său, în acea cămară a minții în care Alba își rânduia trecutul și, pe măsură ce fratele fetiței, Antoni, atingea în laborator noi praguri ale scânteietoarei sale creativități, amintirea celei dispărute creștea în strălucire, de parcă aceeași scânteie i-ar fi strălumint pe amândoi, legând-o pe Montserrat de el, din împărăția cerurilor.

Această imagine se dilă însă treptat, iar când se gândea la ea, micuța îi apărea ca prin ceață, radiind de o fericire luminoasă și pură. Prezența ei, tot mai îndepărtată, i se părea Albei că încetase să mai aibă vreun rost, odată ce misiunea ei pe această lume fusese îndeplinită.

*

Mai 1955

Voioșia nepăsătoare cu care Joaquim ieșise din sala de cinema se topi de îndată ce o zări. Imaginile ce-i jucau în minte, rămase după vizionarea filmului, se destrămară numaidecât, confruntate cu prezența, atât de palpabilă, a noii apariții. Erau pe puțin șapte ani de când nu se mai văzuseră, însă cu toate acestea nu-i fusese deloc greu să o recunoască pe Alba în femeia care pășea înaintea lui. Fusese în schimb surprins să constate că atracția pe care Alba i-o inspira, spontană și nebunească, rămăsese la fel de vie ca odinioară.

Atât era de acută această atracție, încât se temu că soția lui, care mergea la brațul său făcând niște comentarii despre film, își va da seama de tulburarea care îl cuprinsese. Era însă atât de adâncită în cvasimonologul ei, încât nu sesiză nimic. Ea îl convinsese să meargă în seara aceea la Fantasio ca să vadă *Domnii preferă blondele*, o comedie muzicală promovată drept o mare producție Technicolor, magnific interpretată de Jane Russell și Marylin Monroe, „două frumuseți atomice americane". El ar fi preferat mai degrabă *Hondo*, cu John Wayne, dar hotărâse să-i facă o plăcere. Și apoi, Fantasio era mai aproape de casă decât Mistral, unde rula westernul.

Lui Joaquim, de altfel, până la urmă chiar îi plăcuse filmul, veselia lui reușise să îl molipsească, dar numai până când Alba îi apăru în fața ochilor. Sentimentul festiv se nărui atunci într-o clipită, lăsând loc unei neliniști alarmate. Văzând-o, simți iarăși că freamătă, dar nu în felul jovial de odinioară, ci într-un fel incomod, din pricina pericolului iminent pe care îl presupunea prezența soției sale.

În timp ce, cu mari eforturi, își ascundea tulburarea, agățându-se de firul discuției, avocatul încetinea pasul, încercând să mărească distanța dintre ei și Alba. Strădanie inutilă, căci Alba îl văzu când întoarse capul întâmplător – sau poate alarmată, cine știe cum, de insistența cu care privirile lui o fixau din clipa când o recunoscuse. În acel moment, timpul păru să își muște coada, părăsind făgașul pe care îl urmase vreme de șapte ani. Pe neașteptate, două puncte îndepărtate ale existenței deveneau acum, iată, un unic moment, creat de întâlnirea unor priviri; și el, și ea simțiră că nu doar privirile, ci și dorințele li se întâlneau acum, la fel de pătrunzătoare și de viscerale cum fuseseră întotdeauna.

Rațiunea, cu toate acestea, ieși triumfătoare, iar ei se îndepărtară, târâți de șuvoiul mulțimii care ieșea spre Passeig de Gràcia. Răcoarea delicată a primăverii îl ajută să revină în prezent, la senzațiile cunoscute, cele de zi cu zi. Totuși, Joaquim nu reuși să înăbușe complet în el efectele revederii. Chiar dacă mergea la braț cu soția lui, nu-și putea lua gândul de la Alba, de la verdele-lămâie al rochiei sale de satin cu falduri bogate, atât de la modă, punându-i așa fericit în evidență talia subțire și bustul generos. Emana o eleganță matură, care o avantaja, mai ales în combinație cu acel dram de pudică ingenuitate pe care îl mai avea încă.

Pe lângă felul cum arăta, Joaquim mai remarcase și că Alba era însoțită de o altă tânără, ceea ce-l făcu să presupună că, foarte probabil, aleseseră în cele din urmă celibatul. Perspectiva aceasta îl umplu de fericire și speranță, căci dădea cale liberă seducției. În situația lui, o asemenea idee era de neconceput, și totuși nu se putea abține să nu o ia în considerare, ca pe un obiectiv ispititor și delicios de incitant.

Răcoarea nopții, sub cerul spuzit de stele, mai atenua un pic senzația de sufocare care o cuprinsese pe Alba. Chiar și așa, simțea o arsură violentă în obraji, iar în piept inima îi bătea necontrolat:

— Ei, fetițo! Ce ai? Unde alergi așa?

Mercè nu putu să nu se plângă de repezeala prietenei sale, când o văzu cum se năpustește afară din cinematograf. Până atunci, cele două colege și bune prietene, una ajutor, cealaltă, vânzătoare la Escribà, petrecuseră o seară foarte plăcută împreună, bucurându-se de film. Apoi se îndreptaseră în rând cu ceilalți spre ieșire, discutând liniștite, când, deodată, Alba începu să se grăbească:

— Ei nu, n-am nimic, doar că nu-mi plac mulțimile, mă sufocam din cauza căldurii.

— Ce spui, era foarte bine înăuntru! În fine, poate oi fi vrând să te culci mai devreme, că tu te trezești cu noaptea-n cap!

Scuza aceasta neașteptată îi pică de minune. Atât de răvășitoare fusese întâlnirea cu Joaquim, încât abia își mai putea păstra judecata cât de cât limpede. Creierul parcă îi intrase în colaps după acea revedere bulversantă, pe care încă nu reușise să o asimileze. Din fericire, Mercè, cu flecăreala ei neîncetată, se pricepu să îi mai învioreze mintea:

— Ce zici de chestia asta, că Antoni pleacă la Paris?

— Mi se pare grozav, cred că o să vină cu multe noutăți de acolo.

— Așa cred și eu... deși îmi închipuiam c-o să plece în Elveția, nu în Franța. Știai că la Nestlé i-au oferit un post important ca să îi învețe tehnicile de prelucrare a ciocolatei?

— Sigur că știam! Ar fi fost încântat să plece într-o țară cu atâta tradiție în ciocolaterie – și încă pe bani frumoși! Problema a fost că nu a știut cum să-i spună asta domnului Escribà. Cred că-i venea foarte greu să-l anunțe pe tatăl lui că pleacă din țară, când ai lui sunt așa zdruncinați de când a murit cea mică.

— Așa e, săracii de ei...

— În fine, în cele din urmă, chiar el ne-a povestit că într-o seară l-a prins pe domnul Escribà în toane bune, așa că și-a luat inima în dinți și i-a spus despre ce-i vorba. Zicea că i-a fost un pic teamă, era sigur că o să-i pice prost, dar se pare că nu; în loc să îl certe, n-a spus nimic, după un minut de tăcere i-a răspuns că hotărârea asta n-o poate lua decât el, că el trebuie să aleagă dacă vrea să fie codaș la oraș sau în sat fruntaș.

— După cum îl cunosc, cred că prima variantă.

— Firește! Și apoi, el mereu spune că ești cu atât mai creativ cu cât aduni idei mai multe. La Barcelona a învățat tot ce era de învățat. Ai să vezi că la revenirea de la Paris o să se întoarcă la laborator plin de idei.

Noaptea de primăvară, răcoroasă și înstelată, le făcu tare plăcut drumul până acasă, iar Alba reuși să își mai domolească agitația. Însă după ce-și luă rămas-bun de la Mercè, gândurile începură iar să-i roiască în jurul avocatului.

Era neliniștită în special pentru că îl văzuse însoțit de o femeie, nu că ar fi fost ciudat – își dădea și ea seama că în atâția ani avusese timp berechet să se însoare –, dar pentru că asta îi stârnea o gelozie lipsită de orice justificare. Ca întotdeauna când era vorba de Joaquim, nici rațiunea, nici logica nu puteau stăvili în vreun fel cascada de neoprit a celor mai nepotrivite sentimente.

A doua zi, când emoția legată de apropiata plecare a lui Antoni punea stăpânire pe toți cei din cofetărie, Alba încă nu scăpase de spaimele sale. Murea de ciudă că Joaquim o văzuse alături de Mercè, nu de soțul ei, căci asta o punea în inferioritate față de el. Că făcuse figură de femeie nemăritată, asta o durea, dar cel mai tare o durea, de departe, gândul că Joaquim și-ar fi putut închipui că el era cauza. S-o fi văzut alături de Enric, ar fi fost pe picior de egalitate și n-ar mai fi măcinat-o acum sentimentul, absurd, de ciudă.

Pentru a scăpa de aceste gânduri chinuitoare, făcu un efort să fie atentă în jurul ei, la atmosfera plină de jovialitate din laborator, și să se gândească ce va însemna pentru ei plecarea lui Antoni la Paris. Nu avea nici o îndoială că acea călătorie avea să fie mai mult decât o deplasare pentru dobândirea unor cunoștințe. Îi șoptea asta vechea ei putere de pătrundere, cea care în atâtea rânduri intervenise pentru a o călăuzi, facultatea aceea subtilă pe care ea o numea magia dulciurilor și care aduna, ca într-un evantai, toate sensibilitățile ei, încununate de o pasiune primordială.

Cunoscând firea lui Antoni și știind bine ce minunății se puneau la cale în rafinatele cofetării franțuzești, Alba se simțea întărită în convingerea ei. Și ea, și ceilalți colegi observaseră cum, pe măsură ce se perfecționa alături de maeștri, dorința de învățătură și de autodepășire a lui Antoni creștea și mai mult. Era logic, așadar, că hotărâse să-și ia zborul, în căutare de noi cunoștințe, spre capitala țării dulciurilor și a prăjiturilor. Călătoria acesta amintea, într-o oarecare măsură, de cea pe care bunicul său, Mateu, o făcuse cu peste șaizeci de ani în urmă. Spre deosebire de el însă, Antoni era mult mai pregătit, iar țelul său, mai ambițios. Investindu-și toate economiile într-un bilet de avion cu destinația Franța, își propusese să cunoască toate secretele maeștrilor cofetari francezi.

Fusese o hotărâre bine cumpănită, mai cu seamă că, la început, gândul lui era să plece în Elveția, țară care făcuse pionierat în fabricarea ciocolatei.

— Acolo n-ai să înveți nimic ce nu știi deja, băiete, îl asigurase tatăl său, iar Antoni ținuse seama de sfat. Nu doar pentru că voia să asculte de el, ci pentru că punea preț pe judecata lui, garantată de decenii de experiență. Și iată cum, până la urmă, în orizontul său își făcu apariția, cu strălucirea sa magnetică, orașul iubirii, al luminii și al dulciurilor.

Relațiile tatălui său și prestigiul de care se bucura afacerea lor îl ajutară pe Antoni să se angajeze ucenic la una dintre cele mai bune cofetării din Paris, Le Canigou, al cărei proprietar era Jean Casadesús, un catalan din Perpignan. Antoni avu acolo prilejul să își lărgească cunoștințele despre ciocolată, privind-o cu delicatețea acelei sofisticării tipice cofetarilor francezi. Mai mult de-atât, tot acolo primi și îndrumare înspre direcția ce avea să-i hotărască viitorul profesional și personal.

Șederea la Paris se apropia de sfârșit, când, într-o zi, șeful laboratorului îi făcu o ultimă recomandare.

— Dragă Antoni, dacă vrei într-adevăr să cunoști secretele cofetăriei franțuzești, nu poți pleca de aici fără să vezi cum lucrează Étienne Tholoniat.

— Am auzit de el, parcă a luat un premiu de curând, nu?

— Acum trei ani, da, premiul pentru cel mai bun cofetar artizan, la primul concurs de profil de după război. Printre caramelieri nu are egal, îți dau în scris!

— Și cum dau de el?

— Îl găsești la Chocolaterie Tholoniat, în arondismentul șaisprezece, aproape de Gare de l'Est.

Fără a mai sta pe gânduri, Antoni se duse întins la cofetăria aceea, pe care maestrul o deschisese în 1938. Iar întâlnirea, așa cum îi prezisese șeful laboratorului, avu asupra lui efectul unei revelații. De când fusese distins cu premiul pentru cel mai bun artizan, reputația internațională a lui Étienne Tholoniat creștea neîncetat, pentru că făcea minuni cu zahărul. Era pe cale să devină numărul unu în lume în domeniul său, grație unor realizări ce aveau să îi câștige titlul de „rege al caramelului".

Tânărul Escribà își dădu numaidecât seama că recunoașterea de care se bucura maestrul se datora însoțirii fericite dintre geniu și muncă. De la vârsta de paisprezece ani, când hotărâse să devină cofetar, Tholoniat muncise din greu pentru a-și însuși uriașa tradiție pe care cofetăria o avea în țara sa. Iar întinsele sale cunoștințe erau încununate de o creativitate nestăpânită, pentru care fiecare prăjitură în parte reprezenta o provocare la imaginație, un act artistic de-a dreptul.

Ca și Antoni, *monsieur* Tholoniat era un pasionat al meseriei sale, în care punea nu doar toată priceperea lui, ci și un fervent entuziasm. Din acest motiv, în fiecare zi își rupea cumva un moment pentru a face fel de fel de experimente cu zahărul. Noul său maestru, pe lângă toate cunoștințele necesare, îi mai oferi și confirmarea unui lucru pe care deja îl intuise de la Barcelona: că meseria de cofetar înseamnă mai mult decât să faci dulciuri. Dacă îți pui sufletul în el, laboratorul poate deveni o fabrică de senzații, de bucurii și de surprize.

În vreme ce bagajul său de cunoștințe se îmbogățea cu tot ceea ce învăța de la Étienne Tholoniat, tânărul cofetar nu știa însă că în viitorul său urma o cotitură.

Napolitane[1]

Decembrie 1957

De nouă ani nu mai pusese piciorul în acel antreu seniorial, dar, îndreptându-se spre lift, Alba încerca exact aceleași senzații ca atunci. Motivul era, poate, că în tot acest timp nu se schimbase prea mult, deși un pic pesemne că tot se schimbase, de vreme ce își luase inima în dinți ca să vină, în sfârșit, să o vadă pe Cecília.

În vizita ei totuși era și un pic de interes. După luni și luni de angoasante incertitudini, în care se tot gândise la asta, Alba se convinsese, în final, că numai ea ar fi putut-o sfătui. Experiența Cecíliei din urmă cu treizeci de ani avea multe puncte în comun cu tot ceea ce trăia ea acum. Avea să-i fie ușor Cecíliei să se pună în locul ei, fără să o judece.

De la acea întâlnire întâmplătoare cu Joaquim, existența ei luase o turnură neașteptată. Iar Alba habar nu avea

---

1. *Neules* (cat.) – un fel de napolitane cilindrice, fără umplutură, cunoscute încă din Evul Mediu, populare mai ales în timpul sărbătorilor de iarnă.

cum reușise să ajungă în punctul în care se găsea acum. La început, totul fusese ușor și spontan, pe nesimțite însă, se încâlcise într-o urzeală din care nu mai putea să iasă.

Întâlnirea neașteptată de la cinema cu Joaquim i se păru o intervenție a Providenței; nu-și dădea însă bine seama dacă această intervenție fusese spre norocul ori spre pieirea ei. Totul depindea de starea sa de spirit; iar starea aceasta, în ultimii doi ani, devenise foarte nestatornică. Uneori, faptul că îl cunoscuse pe Joaquim i se părea marele ghinion al vieții sale; alteori, în schimb, certitudinea adâncă a iubirii îi inunda întreaga făptură, iar atunci îi mulțumea cerului că îl regăsise.

În seara când o căutase la cofetărie, la vreo câteva săptămâni după întâlnirea de la Fantasio, Alba fusese mai tulburată ca oricând. Pentru că de această dată nu mai era vorba de o ciocnire întâmplătoare, ci de un șoc provocat cu bună știință, care nu-i lăsa cale de retragere.

— Bună, regină a dulciurilor!

Salutarea aceasta o purtă cu șapte ani înapoi în timp, în duminicile când ea stătea la tejghea, iar el trecea să o vadă. Asta o scoase din sărite, căci i se păru jignitor felul cum Joaquim i se adresase, așa, de parcă nimic nu s-ar fi întâmplat, ba parcă și așteptându-se ca ea să râdă de găselnița lui.

Pusă în fața acestei îndrăzneli, Alba alese, ca de obicei, politețea și își văzu mai departe de drumul spre casă. Avocatul, bineînțeles, nu renunță nici el, continuând conversația cu o jovialitate neschimbată, de parcă atâta vreme și atâtea evenimente ar fi trecut fără a-i influența nicidecum prezentul. Încet-încet, spre propria-i uimire, Alba se pomeni că stă de vorbă cu Joaquim, vrăjită ca și el, de același miraj atemporal.

Noaptea aceea marcă sfârșitul luptelor dintre instinctele ei și morală. Pe de altă parte, un alt război era pe cale să înceapă. După ce îi făcu jocul, Alba acceptă și invitația lui, pentru a doua zi, la o cafea. Aproape nu-i venea să creadă că îi spusese da, având în vedere felul cum se purtase Joaquim cu ea atunci când, pentru prima și ultima oară, intraseră împreună într-un local. Un fel de premoniție nespus de concretă o punea în gardă și în același timp o împingea spre el. Alba se lăsă mânată de cel de-al doilea impuls.

Chiar dacă o umplea de sentimente contradictorii, forța unei certitudini inexplicabile și magnetice o târa orbește spre el.

Zbuciumată, în noaptea dinaintea întâlnirii, avu un somn neliniștit. Nu-și putea opri creierul să tot înjghebe scenarii, să tot anticipeze ce s-ar fi putut întâmpla și cum ar fi trebuit ea să reacționeze. Când se ridică din pat ca să meargă la lucru, încă nu se hotărâse cum să se îmbrace. Nu trebuia să se împopoțoneze, ca să nu dea de bănuit nici acasă, nici la serviciu, și apoi, nu voia ca Joaquim să-și închipuie că se gătise special pentru el.

În cele din urmă, își puse totuși un costum de pichet cu modele ecosez pe care nu demult și-l cumpărase de la Capitol. Fusta apretată, cu cordon în talie din același material, o avantaja și îi dădea o notă de discretă eleganță. Cu toate astea, nici nu se putea compara cu Joaquim, care arăta impecabil, într-un costum gri închis, cu rever larg și pernuțe la umeri care îi puneau în valoare robustețea dobândită odată cu anii. Aspectul său era într-un perfect acord cu localul pe care îl alesese drept loc de întâlnire. El Oro de Rin, celebru pentru personalitățile care îi trecuseră pragul – printre care se numărau literați ca García Lorca ori Max Aub – inspira largheţe și distincţie. Nu era departe de cofetărie, de aceea, probabil, îl și alesese Joaquím.

Alba avusese de mers doar zece minute, pe Gran Via, până la cafenea, care se găsea pe Rambla de Catalunya, lângă cinema Coliseum. Căldura plăcută a acelei după-amiezi de vară te îmbia, parcă, să te bucuri de ultimele ore ale zilei, așa că Alba nu se miră deloc văzând că terasa era plină ochi.

Când însă îl zări pe Joaquím, așezat la una dintre mese, neliniștea, care nu o părăsise toată ziua, deveni acută. Un curaj iraţional îi dădea însă putere și o întărea în convingerea că trebuie să continue acel drum. Emoţiile dispărură pe dată, iar între Joaquim și Alba se înfiripă, cu tot confortul ei, familiaritatea. El se interesă cum îi mersese la cofetărie în toţi acești ani și care era viaţa ei. Într-o manieră foarte vagă, părea că ar fi vrut să știe dacă se măritase sau nu. Ea îl aduse la zi cu toate, oarecum stânjenită să îi spună că era măritată, acum când, iată, acceptase să se vadă cu el. Cordialitatea cu care o trata avu însă darul să o calmeze, și atunci îi veni ei rândul să se intereseze de situaţia lui.

Ca niciodată până atunci, se simţea apropiată de acel bărbat, care o intimidase atât de mult pe vremuri, iar îndoielile, spaimele și îngrijorarea se diluară, treptat, în atmosfera bonomă a înţelegerii care îi unea. Pentru prima dată, Joaquim i se arăta exact așa cum era, chiar dacă nu renunţase la subtilul cinism cu care încerca să mascheze ceea ce Alba considera că ar fi slăbiciunile sale.

Abia spre sfârșit, când cerul se întunecase și era vremea să se întoarcă acasă, Joaquim voi să își deschidă sufletul.

— Nu știu tu cum ești, dar eu am senzația că îmi irosesc viața. De ani de zile simt asta. Nu că aș fi nefericit, dimpotrivă. Problema e că, de când s-a născut cea mică, totul se reduce la a face mereu același lucru. Soției mele îi priește asta, eu însumi sunt bucuros că am ajuns la un fel de stabilitate, dar nu mai pot să stau, pur și simplu, și să mă uit cum trece timpul.

Alba îl ascultă în tăcere. Îi era rușine să stea cu el de vorbă despre căsnicie, dar înțelegea perfect ce voia să spună. În atitudinea lui Joaquim, dincolo de stilul hâtru pe care-l arbora, Alba știuse să recunoască angoasa. Mai știa și că nu dorea să-și arate vulnerabilitatea, că încerca să-i dea o impresie de putere, ca s-o convingă să i se abandoneze, făcând din ea un catalizator al nevoii pe care se vedea silit să și-o țină în frâu.

— Trebuie să ne vedem din nou, Alba. Avem de recuperat toți anii pierduți.

Cu acea pornire de neînțeles, ce parcă îi răpea mințile când se afla în prezența lui, Alba acceptă. În clipe ca acelea nu exista pe lume vreo logică, vreun argument sau vreo normă în stare să înfrângă puterea nevăzută care o târa spre el și care deschise cale unor întâlniri sporadice, la el în birou.

Cea dintâi fusese pur și simplu prelungirea unei întâlniri, plăcută, cordială și plină de sinceritate, la o cafea. Conversația alunecase repede spre intimități și fiecare îi făcu celuilalt confidențe care avură darul să îi apropie și mai mult. În atmosfera aceea de complicitate, nimic altceva nu mai era de făcut decât să asculte amândoi chemarea ce-i îndemna să întoarcă spatele convențiilor, concretizată într-un impuls ireprimabil.

Momentul care rămăsese în suspans atunci, în bucătăria casei Vidal, reapăru subit din abisurile timpului și, la fel ca în clipa aceea, se sărutară cu o nepotolită lăcomie. Altfel decât în seara aceea de demult, Alba nu se împotrivi, știind că în dorința lor, atât de pură, nu exista nici răutate, nici pierzanie. Iar dacă trupurile lor se sincronizau atât de bine, era pentru că ascultau de un imbold fatidic, de care nu aveau cum să fugă. Mâinile lui o făceau să priceapă asta, în timp ce o dezbrăcau și o explorau, umplând-o de fiorii unei plăceri necunoscute. Niciodată în viață nu mai ajunsese la o asemenea conștiință de sine; o conștiință a cărnii și a instinctelor. O clarviziune ce transforma prezentul într-un întreg univers, unul în care doar ei doi existau, uniți de ritmul unei împreunări sălbatice și cosmice.

Din ziua aceea, Alba începu să se aventureze tot mai adânc în lumea senzuală pe care o împărțea cu Joaquim. Conduși de voluptatea ei și de imaginația lui, tatonau împreună cărări erotice nebănuite, făcând incursiuni care Albei îi dezvăluiau o latură necunoscută, nu doar a lui Joaquim, dar și a propriei persoane, și care împingea pasiunea lor pe culmi zenitale.

Totuși, după primele luni, avocatul începuse, treptat, să rărească întâlnirile. Alba, care știa prea bine că trebuiau să fie prudenți, nu înțelegea în schimb ce nevoie aveau să aștepte atât de multe săptămâni ca să se vadă din nou. Și o durea că el, cel care o căutase și care se plânsese de monotonie, tocmai el limita acum, deliberat, momentele de plăcere.

Nu-i era nici ei simplu să se strecoare, nici să păstreze taina unei relații interzise care, dacă s-ar fi dat în vileag, ar fi prejudiciat-o mai mult decât pe el. La urma urmei, chiar dacă nu era ceva bine văzut, bărbaților li se ierta mereu infidelitatea, în principal pentru că ei erau cei care aduceau banii în casă. Dacă, Doamne ferește, ar fi fost descoperiți, soția lui, care cu siguranță nu voia să-și crească singură copiii, l-ar fi iertat în cele din urmă. Pentru ea, în schimb, nimeni n-ar fi avut înțelegere.

Asemenea gânduri o făceau pe Alba să se întrebe dacă într-adevăr magia dulciurilor fusese cea care îi unise ori dacă nu cumva căzuse pradă unei vrăji malefice. Când era cu el, intervenția acelei puteri care dintotdeauna o ocrotise i se părea o certitudine. Când însă despărțirea începea să semene cu un deșert arid, de zile nesfârșite, Alba deslușea în propria-i osândă puterea vătămătoare a unui blestem.

Neputând înțelege atitudinea lui Joaquím, având, pe deasupra, și remușcări, Alba se hotărî, în cele din urmă, să îi dea un telefon Cecíliei și să îi ceară sfatul. Femeia, care în prima clipă nici nu-i recunoscuse vocea, se bucură atât de mult să o audă, încât abia îi veni să creadă că Alba voia să vină în vizită. Iată de ce, atunci când o primi, în același salon somptuos în care cu ani în urmă îi dezvăluise povestea nașterii ei, Cecília radia de mulțumire.

Alba nu irosi timpul cu fraze formale, dorind să ajungă cât mai iute la momentul, tulburător, al mărturisirii.

— Ceea ce trăiesc acum m-a făcut să înțeleg cu adevărat prin ce ați trecut dumneavoastră. M-am gândit mereu numai la sarcină, la rușinea sarcinii, la toate aceste lucruri, dar până acum nu mă gândisem la cum trebuie să vă fi simțit după asta. Îmi închipui că, dacă ați ajuns să rămâneți însărcinată cu băiatul acela, aveați sentimente foarte puternice pentru el.

— Bineînțeles! Era iubitul meu și n-am mai simțit pentru nimeni ce-am simțit pentru el. Nu vreau să spun că l-am iubit mai mult sau mai puțin, vreau să spun că așa cum l-am iubit pe el n-am mai iubit pe nimeni. Poate pentru că eram foarte tânără, iar el a fost cel dintâi, nu știu, dar, ca să-ți spun adevărul, nu l-am uitat și nici nu cred că am să-l uit vreodată...

— Nu-mi spuneți asta! E cumplit să trăiești așa, în nesiguranța asta, să vrei atât de mult să-l vezi și să știi că asta este imposibil. Nu știu cum ați putut răbda așa ceva.

— Draga mea, trecerea timpului ajută, să știi, și-apoi, nici eu nu mai trăiesc cu intensitatea de odinioară. Încet-încet nu te mai gândești atât de des la el, dorința de a-l vedea îți mai trece, până când, într-o bună zi, îți dai seama că a devenit o amintire.

— Sună foarte trist ce îmi spuneți... E atât de frumos când ești cu el, și râdeți împreună, și vă bucurați, și problemele parcă nu există. Să găsești momentul potrivit e greu, știu, dar eu l-aș putea găsi. Lui, în schimb, parcă-i e totuna dacă mă vede sau nu. Și nu pricep de ce. Când ne vedem, pare mai fericit ca niciodată. Se bucură de întâlnire mai mult chiar decât mine. De aceea nu-i înțeleg comportamentul.

— Și nici n-ai să-l înțelegi. Gândește-te la toți bărbații pe care i-ai cunoscut și, dacă ești atentă, ai să vezi că, la un moment dat, toți procedează la fel. Iar asta pentru că bărbații gândesc altfel decât noi, sunt mult mai împrăștiați. Oricât de mult ar iubi o femeie, nu vor avea niciodată capacitatea de sacrificiu a femeilor. Orice gest care iese din rutina lor le dă lumea peste cap.

Alba își aminti deodată cum se purtase Enric în perioada de dinaintea logodnei, și se miră ea însăși cum de nu observase cât de asemănător se comportau, el atunci, iar Joaquim, acum.

— Alba, continuă Cecília, încheind pauza care se lăsase după ultima ei remarcă, îți mulțumesc mult că ai avut încredere în mine. Stai liniștită, eu nu te judec, să știi. Cred că legile noastre sunt prea stricte, iar societatea, chiar mai strictă decât ele. Eu am avut norocul să pot călători, și îți spun că în alte țări femeile au mult mai multă libertate. Să sperăm că într-o zi va fi la fel și la noi, dar cred că va mai dura ceva... Asta ți-o spun numai ție. Dacă ne-ar auzi prietenele mele s-ar face foc și pară! Ai făcut foarte bine că ai venit să mă vezi, pentru că te înțeleg, crede-mă că știu foarte bine ce înseamnă să fii cu un bărbat care te face fericită, și totuși să nu puteți fi împreună, deși aveți sentimente unul pentru altul. Nu aș vrea să rămâi cu inima zdrobită, de el sau, cum am pățit eu, de împrejurări; dar sunt conștientă că este o atracție cu care nu te poți lupta. Tot ce te-aș sfătui ar fi să ai grijă. Și să nu-ți mai pui tot sufletul pe masă, când vezi că el nu și-l pune pe al lui. Încearcă să-ți vezi de viața ta, care oricum e destul de plină și fericită, iar la el, cu cât mai puțin ai să te gândești, cu atât mai bine.

În timp ce liftul cobora, Alba reflecta la acest ultim sfat. Dar cum să nu se mai gândească la el, se întreba ea, când amintirea acelui univers pe care îl făureau împreună îi înstela sufletul de fericire? Cum, când dezmierdările sale lăsau amintiri atât de adânci, încât rămâneau săpate în creier și nu se mai dădeau duse de acolo, împiedicând-o să se mai gândească la altceva?

*

Glasurile femeilor răsunau din bucătărie ca un fundal muzical care îl ajuta să se concentreze. Deși n-ai fi zis, vocile lor aveau o cadență care pentru Enric se dovedea ocrotitoare, cu atât mai mult cu cât era acompaniată de mireasma bunătăților de casă.

Până la urmă, Alba o nimerise când își invitase mama și bunica să facă napolitane împreună, chiar dacă la început lui nu i se păruse o idee bună. Nu înțelesese de ce ar fi vrut să-și petreacă ziua liberă făcând exact același lucru ca și la muncă. Pricepu însă repede că pentru ele era un moment de apropiere și de recunoștință, un fel de ritual de recuperare a trecutului. Elvira împlinise nouăzeci de ani, sănătatea de fier de altădată începuse să se șubrezească; firește, așadar, că nepoata ei ținea să-i dăruiască o după-amiază cum erau cele de odinioară.

Sunetul ritmic al bătăilor de tel ajungea până în sufragerie, însoțit de mirosul de lămâie. Mireasma de citrice răzbătea din amestecul de făină, ouă, unt și zahăr, acidulând ușor aerul. În atmosfera aceasta, parfumată și sonoră, Enric ajunse în cele din urmă să se simtă în largul său, luând parte, el însuși, la iluzia că timpul copilăriei se reîntorsese. O atmosferă cum nu se poate mai prielnică proiectului artistic pe care tocmai începea să îl schițeze.

După cinci ani de colaborări permanente la diverse săptămânale umoristice, semnase de curând un contract de exclusivitate cu editura Bruguera, ceea ce îi îngăduise, în sfârșit, să plece de la lăptărie și să lucreze numai ca ilustrator, realizând benzi desenate și coperte de carte. Anul acesta, de Crăciun, primise comenzi din străinătate, pentru care era foarte bine plătit. Ce-i drept, nu avea voie să semneze și nici să păstreze originalele. Însă faptul că din vocația lui își făcuse un loc de muncă, iar creativitatea sa era remunerată compensa acest prejudiciu.

Înțelegea mai bine ca niciodată de ce Alba se lăsase dusă de chemarea aceea atotputernică pe care o simțise încă din leagăn, de acel impuls intransigent, adeseori foarte scump plătit, care se hrănea numai din sacrificii și devora, lacom, orice altă năzuință. Pentru ea însă, flacăra acelei pasiuni, urmată orbește, era cea care făcea supa existențială să dea iarăși în clocot. De la o asemenea flacără, satisfacția, mândria și entuziasmul se aprindeau ca niște fitile, înviorând, cu dogoarea lor, o viață care înceta să mai fie o biată inerție călduță.

Când vedea ce moment promițător traversau împreună, se bucura nespus că o sprijinise. Uneori, își spunea că puterea tainică a magiei dulciurilor acționa chiar și asupra vieții sale. Și că îl răsplătea pentru bunătate împlinindu-i dorințele, la fel ca în basme.

Cu toate că lucrurile nu stăteau chiar așa, Enric simțea aceeași încântare ca și soția lui, văzând-o cât de departe ajunsese. Era bucuros că avusese și el o contribuție, fie chiar indirectă, la minunea prin care o femeie reușise să devină cofetar. Știa prea bine că o astfel de realizare era mult mai însemnată decât succesele sale în cariera de desenator.

Își dădea seama și că firea lor artistică îi lega mai puternic decât lanțul matrimonial. Căci legătura aceasta nu se clădise pe un pact rigid, cerut de norme inflexibile, ci se năștea dintr-o alegere liberă, supusă numai propriei voințe. Ea le asigura armonia necesară unei bunei conviețuiri, ea se instalase în locul pasiunii, umplând golul pe care aceasta îl lăsase.

Încet-încet, aroma de citrice se estompase, topindu-se în mireasma ce dogorea din cuptor. Femeile deja puseseră la copt bucățile rotunjite de aluat, iar acum așteptau să se rumenească, apoi să le ruleze și să le lase la răcit. Adiind dinspre bucătărie, căldura aceea așa plăcut mirositoare îi reînvie lui Enric în amintire vremurile când Alba îl uimea cu micile ei miracole de cofetărie, artificii de fericire, luminând, cu explozia lor, tot griul sufocant ce-i înconjura.

Trecuse un deceniu de atunci, iar prin bezna anilor ce urmaseră după război începea de asemenea să mijească, timid, o lumină. Luase sfârșit izolarea internațională ce pedepsea regimul franchist pentru colaborarea cu puterile Axei; autarhia nu mai era necesară. Ieșirea din izolare lăsa să se întrevadă în toate domeniile perspectiva unui progres, mai ales de când Spania fusese primită în ONU și în alte organisme internaționale importante.

Creionul aluneca ager pe hârtie, lăsând în urmă-i o dâră de grafit. Pe măsură ce schița personajele benzii sale desenate, Enric își dădu seama că, fără actuala conjunctură, niciodată nu ar fi primit o astfel de comandă. Cu siguranță ar fi continuat să colaboreze la publicații din țară, dar veniturile nu i-ar fi permis să-și părăsească vechiul loc de muncă. Și, pentru că înțelegea asta, Enric prețuia chiar și mai mult timpul prezent, contemplându-l din perspectiva unei reușite promițătoare.

Spera că viitorul va aduce sfârșitul recluziunii și pentru tatăl lui.

Croissant

— E o doamnă din cap până-n picioare, Quim, o doamnă de-adevăratelea! Se cunoaște că e pariziancă. Îți spun eu, Antoni n-ar fi putut găsi o fată mai bună ca să se însoare!

De vreo câteva minute, soția îi vorbea întruna despre Jocelyn, soția cofetarului, cu care făcuse cunoștință la Escribà, unde, ca în fiecare duminică, intrase să cumpere un colac, dar și niște *croissants*, ultimele noutăți din oferta cofetăriei. Așezat la biroul său, Joaquim asculta așadar tot ce reușise să afle soția lui despre franțuzoaică.

Făptura aceea frumoasă și gracilă era fiica lui Étienne Tholoniat, maestrul cofetar care-l inițiase pe Antoni în tainele zahărului. Se văzuseră prima oară cu patru ani în urmă, când el intrase în cofetărie să întrebe de tatăl ei, iar ea rămăsese stupefiată de ținuta lui extravagantă. Canadiana în carouri contrasta dramatic cu pantalonii lui bej, de sub care străluceau niște pantofi albi din piele lăcuită. Extravaganța aceasta culmina cu cravata, pe care Antoni, cu mâna lui, desenase o negresă cu bust generos cântând la *bongos*[1]. Pentru Jos fusese un adevărat șoc vizual, dar unul care, la drept vorbind, o distrase.

Începând de atunci, în fiecare după-amiază tânărul cofetar venea în vizită la „regele caramelului" ca să învețe de la el cum se prelucrează substanța aceasta cristalină. Într-o zi sfârșiră însă neobișnuit de târziu, iar maestrul îl opri la cină. În seara aceea, la masă, domnișoara Tholoniat avu prilej să-l audă pe tânărul cofetar vorbind și rămase fascinată de el. Din maniera de exprimare a lui Antoni, impregnată de personalitatea lui, radia vraja unei genialități, a cărei sursă Jocelyn își dădu imediat seama că nu putea fi decât arta.

Antoni trebui, în cele din urmă, să se întoarcă la Barcelona, însă păstră legătura cu Jos. Pentru amândoi, despărțirea se dovedi greu de suportat, făcându-i să-și dea seama că tot ceea ce-și doreau era să fie împreună. Așa se face că, la patru ani de la prima și ciudata lor întâlnire, tinerii hotărâră să se căsătorească.

Anii '60 erau la început și, odată cu ei, o perioadă de dezvoltare economică cum Spania nu mai avusese niciodată până atunci. Tinerii soți Escribà aveau perspective cu atât mai promițătoare cu cât, la puțin timp după căsătorie, preluaseră de la Antonio și Pepita frâiele afacerii. El, din fruntea laboratorului, unde punea în operă toate ideile ce-i forfoteau în minte, iar Jocelyn, din magazin, care căpătă, în mod fericit, ceva din rafinata ei eleganță. Antoni și Jos deveniseră așadar a treia generație Escribà și totul prevestea că vor fi mult mai mult decât gestionarii unei moșteniri de prestigiu.

---

1. Instrument de percuție de proveniență africană, alcătuit din două tobe alăturate, una mai mare și una mai mică, răspândit de muzica populară cubaneză.

— Uite, un *croissant* cum fac acum, mai nou. Gustă puțin și-ai să vezi ce diferență e față de cele de dinainte.

Soția îi lăsă cornul pe birou și închise ușa în urma ei. Joaquim mai avea foarte puțin de lucru la documentația pe care o pregătea, așa că amână un pic gustarea. Când mușcă din *croissant*, i se păru mai gustos, mai crocant, dar, în același timp, și mai fraged, cumva. Avea un gust ușor dulce, moderat de o notă delicioasă de lapte.

Avocatul nu știa că era pentru prima oară, în Spania, când acele cornuri în formă de semilună se făceau cu unt. Cum nu știa nici că Jocelyn Tholoniat fusese inițiatoarea acestui nou pariu făcut de cofetăria Escribà.

Abia împliniseră două luni de căsnicie, când Jos îi spuse lui Antoni că nu-i plac croasanții făcuți la Barcelona. Untura folosită la prepararea lor le dădea un gust și o textură care nu aveau nimic de-a face cu ce știa de-acasă Jocelyn, născută într-o familie de cofetari din tată în fiu.

— Dacă n-o să am *croissant* cu unt dimineața, eu mă întorc la Paris, decretase ea în fața soțului.

Chiar dacă ea o spusese în glumă, din ziua aceea Antoni începu să prepare croasanții după rețeta franțuzească, din foi subțiri, cu unt, care la cuptor se transformau într-un foitaj delicios, auriu, mirosind îmbietor.

Iar aceasta nu era singura noutate cu care venise Antoni din țara vecină. Cu patru ani în urmă, în preajma Sărbătorii Regilor, își surprinsese clientela punând coroane de carton în inelele colacilor. Ideea îi venise în Franța, unde văzuse că *les galettes des Rois* erau împodobite cu acest simbol al puterii. Întorcându-se la Barcelona, Antoni se gândi să împodobească și el la fel colacii, iar ideea se bucură de un asemenea succes, încât deveni o nouă tradiție. Cei care găseau figurina ascunsă în colac puteau fi, de atunci, încoronați cu coroana aceea de carton.

În timp ce își savura *croissant*-ul, Joaquim își aduse aminte că ar fi trebuit să ia legătura cu Alba. Erau două luni de când se văzuseră ultima oară, iar atunci schimbaseră doar câteva cuvinte. Aveau acest obicei, când ea ieșea din tură, iar el trecea prin fața cofetăriei sau prin dreptul refugiului unde Alba aștepta tramvaiul spre casă. În aceste momente, prefăcându-se că întrețin o convorbire formală, stabileau de fapt detaliile următoarei întâlniri.

Ultima dată el se scuzase, spunându-i că are enorm de lucru și că îi va fi cu neputință să se vadă cu ea în săptămânile ce urmau. Alba avea aerul că înțelege perfect situația, dar Joaquim era convins că fusese numai o poză, care ascundea dezamăgirea ei profundă.

De cinci ani, practic, de când începuse relația lor, Joaquim era conștient că nu îi oferă Albei destul. De fapt, se și mira ce răbdare extraordinară avea cu el și cât de multe riscuri își asumase, judecând după cât primea în schimb. Dar nu putea face mai mult. Era apăsat pe de-o parte de îndatoriri profesionale și domestice cu adevărat covârșitoare și, pe de altă parte, de teama că-și va pierde mințile. Căci îi era din ce în ce mai greu să controleze atracția aceea care, de când se vedeau din nou, renăscuse în el cu o forță colosală și fatidică.

Singurul fel în care-și putea păstra mintea limpede era să se țină departe de ea. Să se țină departe, până simțea iarăși că e îndeajuns de puternic ca să răspundă chemării ei de sirenă, să se scufunde în desfătarea aceea abisală cu certitudinea că va ieși din nou la mal. Nu își putea permite să îmbrățișeze prea mult timp o asemenea voluptate, comodă și ațâțătoare, subtilă și plină de fantezie, care-i scotea la iveală identitatea autentică. Știa că, dacă ar fi făcut-o, n-ar mai fi putut da înapoi; că nu s-ar mai fi putut lipsi de starea aceea plăcută, care arunca rădăcini în solul altor emoții, mult mai adânci, și care, de aceea, l-ar fi făcut nepermis de fericit.

*

Apa și sarea, zahărul, crema de lapte și drojdia, toate acestea ajunseră în cuibul pe care îl făcuse Alba din făină. Cu toate că petrecea atâtea ore în laborator, și acasă făcea cu drag prăjituri, în timpul rămas liber. Gătitul acasă, în genere, avea darul de a curba, parcă, timpul, iar în galeria aceea săpată între prezent și trecut, Alba se simțea la adăpost.

În urmă cu șapte ani, când făcea napolitane cu bunica ei, vrând să-i mai ridice moralul, Alba învățase să facă prăjiturile ca un fel de omagiu adus trecutului. Atunci gătiseră împreună pentru ultima oară, căci, după sărbători, bătrâna murise. Într-o noapte de ianuarie, pe care nepoata ei n-avea s-o mai uite, Elvira se dusese la culcare și nu se mai trezise. Odihna aceasta veșnică era pentru Alba ceva de negândit; viața ei fusese atât de legată de a bunicii, încât acum, când n-o mai avea aproape, se simțea de parcă o parte a trupului i-ar fi fost amputată. De la moartea Elvirei, așadar, Alba împlinea acest act de pomenire, aducând amintirii sale un omagiu ce se năștea și pierea odată cu prăjitura. La drept vorbind, chiar și moartea ei fusese îndulcită de îmbrățișarea tandră a somnului.

Cofetăreasa amestecă totul până obținu o compoziție omogenă, apoi acoperi vasul cu un șervet umed, ca să nu prindă coajă. Cât timp aluatul stătu la dospit, Alba profită de răgaz ca să strângă vasele și să facă ordine în bucătărie.

La moartea bunicii Elvira, ea avea treizeci și unu de ani, împliniți nu cu mult înainte. Atunci, pentru prima oară în viața ei, simțise că anii încep să o apese. Din clipa aceea, simți că timpul se precipită. Între douăzeci și treizeci de ani, orele avuseseră o altă consistență; de la vârsta de treizeci de ani, în schimb, o gravă mutație parcă afectase zilele, care acum se perindau cu mai mare iuțeală decât, odinioară, minutele.

Asta, își spunea ea uneori, era poate din cauză că la laborator se întâmplau încontinuu lucruri noi. Nu demult, bunăoară, Pablo Picasso îi trimisese lui Antoni o litografie, drept mulțumire pentru o pască pe care i-o făcuse. Cu puțin înainte, Joan Gaspar, galeristul său, se înființase la Escribà la magazin ca să-i spună cofetarului că artistul repeta întruna „Vreau să-l văd pe Columb". Asta, credea Gaspar, însemna că lui Picasso îi era dor de Barcelona, unde de mulți ani nu mai pusese piciorul, jurându-se că nu va mai călca pe pământ spaniol cât timp Franco va fi la putere. Iată de ce Gaspar, care pleca în Franța ca să îl viziteze pe Picasso, se gândise să-i ducă o pască în forma statuii lui Columb.

Auzind acestea, Alba se întrebă cum va face Antoni ca să onoreze comanda, căci abia trecuse Săptămâna Sfântă, iar el era epuizat, după trei luni de lucru asiduu la dulciurile de Paști. Răspunsul veni foarte repede: în loc să reproducă statuia lui Columb, Antoni făcuse un piedestal cu un ou deasupra, prin coaja căruia ieșea un deget. Așa de mult îi plăcu găselnița aceasta lui Picasso, încât îi dărui tânărului cofetar o litografie.

La puțin timp după acestea, Antoni se căsătorise cu Jos, iar tânăra pereche trecuse la cârma afacerii, iar el devenise *El Jefe,* cum îi spuneau, cu afecțiune, colegii Albei.

Cei doi preluaseră de puțin timp frâiele cofetăriei când, într-o dimineață de august, Alba află din ziare, zdruncinată, că a murit Marilyn Monroe. Nu îi venea să creadă că steaua aceea, corpul acela cu adevărat ceresc își părăsise nebuloasa aflată în plin colaps gravitațional, pentru a orbita, pe vecie, într-un alt univers. Văzând ce scurtă traiectorie avusese prin lume astrul acela atât de luminos, Alba deveni conștientă de propria efemeritate. Nu doar pentru că Marylin era de vârsta ei, dar și pentru că arătase lumii cât de ușor poate pieri de pe firmament o stea, consumându-se deodată, în clipita unei explozii.

Prin fereastra de la bucătărie se strecurau razele unui soare autumnal. La lumina lor, Alba făcu o foaie subțire de unt, perfect pătrată, apoi întinse aluatul cu sucitorul până obținu un pătrat cu latura de două ori mai lungă. Făcând un plic, înveli untul în aluat, apoi întinse iarăși foaia, până când aceasta căpătă de trei ori dimensiunile inițiale. La sfârșit o împături de două ori, o acoperi și o puse din nou în frigider să se odihnească.

În toamna acelui an, după moartea lui Marilyn, Alba puse capăt relației clandestine cu Joaquim. Nu avusese de ales. Vedea că avocatul nu dorește nimic altceva de la ea decât acele pasagere întâlniri din cabinetul său. Ea, în schimb, ar fi dorit mult mai mult.

Încă din ziua aceea când se apropiaseră unul de altul, cu zece ani în urmă, la el în birou, Alba știuse prea bine să recunoască impulsul dătător de viață care-i mâna. Nu de o dragoste fulgerătoare era vorba, ci de certitudinea fermă că amândoi vibrau cu aceeași frecvență. Iată de ce renunțase să mai lupte împotriva atracției care îi împingea unul spre celălalt. De copil, nutrise convingerea nezdruncinată că facultățile perceptive ale ființei umane sunt teribil de limitate. Înțelesese că o sumedenie de concepte scăpau judecății, sustrăgându-se așadar normelor și preceptelor care dictau corectitudinea comportamentului uman. Iată de ce se ferea să îi judece pe alții, iată de ce îi fusese relativ ușor să-și ierte mama și bunica, inclusiv pe Cecília. Iată de ce reușise chiar să își asume, cumva, remușcările pe care le avea pentru relația ei ascunsă cu Joaquím.

Când mustrările de conștiință nu-i dădeau pace, privea înapoi și își dădea seama că nimic nu fusese intenționat, nici faptul că îl cunoscuse pe Joaquím, nici sentimentele pe care i le stârnea, nici faptul că, după atâția ani, se reîntâlniseră. Totul se iscase spontan, dintr-o recidivă a timpului, chiar dacă ea se străduise din răsputeri să ocolească legătura aceea, despre care nici măcar n-ar fi știut să spună dacă era sau nu dragoste. Întotdeauna își zisese că vrednic de acest nume era sentimentul, ponderat și nobil, pe care-l nutrea pentru Enric. Anii și experiența îi dovediseră însă că asemenea precizări sunt greu de făcut, că în inimă încolțesc trăiri și instincte ce nu se lasă ușor descrise. Și de aceea, chiar dacă nu putea pune un nume forței care o mâna spre Joaquim, Alba alesese să o exploreze, căci în clipele pasagere de abandon ea întrezărea, fulgurant, orizonturi pline strălucire.

Joaquim, în schimb, nu lăsase relația să-și urmeze cursul, ci o boicotase prin toate mijloacele. Înarmându-se cu scuze și pretexte pentru a răsfira cât mai mult întâlnirile, reușise să se țină departe de linia aceea strălucitoare, care s-ar fi putut transforma în prezent.

La sfârșitul anului în care se despărțise de el, o ninsoare fără precedent preschimbase străzile Barcelonei în ilustrate de Crăciun. Nimeni nu-și amintea să mai fi avut parte de o asemenea priveliște, care a rămas imortalizată în fotografii, dar mai cu seamă în inimi.

Alba evocă toate aceste momente cât timp întinse foaia cu unt de trei ori, aducând-o la dimensiuni triple. Apoi lăsă aluatul să se odihnească o oră, iar în acest răstimp se apucă să facă niște garnitură la codul pe care îl cumpărase pentru prânz.

Enric desena în sufragerie, ca în fiecare zi. Din când în când se ducea la editură să predea comenzile. Alba se bucura să îl vadă mulțumit de munca sa, căci starea lui de bine o sporea pe a ei, în aceste momente, când în laborator se lucra la foc continuu.

Epoca inaugurată de Antoni și de Jos, în urmă cu trei ani, când preluaseră cofetăria, fusese una de neîntrerupt succes. Depășind granițele țării, talentele de sculptor în ciocolată ale lui *El Jefe* cuceriseră două medalii la concursurile internaționale de cofetărie.

Faima cofetăriei Escribà și excelenta reputație de care se bucura o ajutaseră pe Alba să treacă peste despărțirea de Joaquim. Când înțelese că niciodată nu-l va putea lua părtaș la viitorul strălucitor pe care și-l imagina, toată pasiunea ei se îndreptă spre împlinirile profesionale. Își aminti, deodată, visul său dintâi, acela de a-și deschide propria cofetărie, își aminti himera aceea pe care fericirea de a lucra într-un laborator aproape că o adormise. Acum, în schimb, parcă toate își dădeau mâna pentru realizarea acelui vis. Aveau bani puși deoparte, iar Enric câștiga excelent și putea lucra de oriunde.

Amintirea acelor vremuri, când se pregăteau să pornească într-o nouă aventură, o săgetă pe Alba în timp ce întindea aluatul. Când foaia avu cam trei milimetri grosime, o tăie în triunghiuri, pe care le rulă apoi, dându-le formă de croasant.

Ideea de a deschide o cofetărie prinse treptat contur, până în 1963, când, la sfârșitul anului, începură să caute un spațiu liber la Masnou. Liniștea plină de inspirație a acelui orășel, dar și apropierea de Barcelona, unde locuiau părinții, îi încredințară pe Enric și Alba că Masnou era locul ideal pentru a începe o nouă etapă din viața lor. Alba îl descoperise cu mai mulți ani în urmă, grație tatălui ei, care cunoștea localitatea pentru că acolo se născuse doamna Rosa Sensat, directoarea școlii unde lucra.

Alba tocmai ungea croasanții cu gălbenuș de ou, când își aminti de visul aceasta, care în cele din urmă eșuase. Când îi puse la cuptor, îndurerarea o apăsa și mai greu; nu pentru că fusese silită să își abandoneze visul; în definitiv, îi plăcea și acum să lucreze la cofetăria Escribà. O dureau, de fapt, motivele care o făcuseră să renunțe.

Tort-spectacol

Ianuarie 1967

Primii stropi începuseră să cadă în zori, când tocmai ieșea din casă. Odată cu trecerea orelor, ploaia deveni, în partea de sus a orașului, o ninsoare slabă, ce nu reuși să se aștearnă decât pe muntele Tibidabo.

După o zi întreagă de lucru în laborator, Alba se grăbi să ajungă cât mai repede în stația de tramvai. Ploaia continua să cadă, intermitent, peste peisajul rece și gri al acelei zile autentice de iarnă, iar ea murea de nerăbdare să ajungă acasă și să se trântească pe canapea, cât mai aproape de sobă.

Înainte de asta, își spuse ea, când auzi ploaia bătând darabana pe pânza vechii ei umbrele, va merge întâi să vadă dacă Adela e înfofolită bine. Din cauza demenței senile, mama ei devenise și mai fragilă, iar temperatura îi scădea imediat. De îndată ce fusese diagnosticată, cu trei ani în urmă, când tocmai se pregăteau să deschidă cofetăria, Alba o luase pe Adela la ea acasă. Nu fusese deloc treabă ușoară, căci femeia nu voia în ruptul capului să plece din apartamentul în care petrecuse mai bine de jumătate din viață. Nici ea, nici Enric nu aveau însă inimă să o lase singură, câtă vreme pierderile de memorie și starea ei de confuzie mentală continuau să se agraveze.

— Mamă, când ai să te simți mai bine, ai să poți să te întorci, îi spusese Alba, ca să o îndupiece. Și-apoi, acasă chiar aș avea nevoie de o mână de ajutor. Știi doar că foarte mult timp sunt plecată.

În cele din urmă, Adela cedase, resemnată, iar renunțarea aceasta o făcu pe Alba să-și dea seama că, instinctiv, mama ei își acceptase boala. Înțelegând asta, o covârși o tristețe atât de pătrunzătoare, încât își jură că va veghea mereu să îi fie bine.

Atunci îi veni ideea să ceară ajutorul Cecíliei, cu care, după cea de-a doua vizită, păstrase legătura. Exact așa cum se aștepta, Cecília fusese încântată să se poată revanșa față de Adela, pentru toată atenția cu care o înconjurase în trecut.

Din ziua aceea, când Alba pleca la laborator, Cecília venea la ei acasă, o trezea pe bătrână, mâncau și ieșeau la plimbare. După aceea avea Enric grijă de ea, până la ora când se întorcea Alba. Tandrețea lor ținea cumva în viață și afectele Adelei, căreia îi luminau ochii, chiar dacă conștiința ei se încețoșa, de fiecare dată când le vedea pe Alba și pe Cecília, cele două fiice ale inimii ei.

Ivirea unui bărbat, foarte aproape de ea, îi întrerupse șirul gândurilor. În lumina letargică a înserării nu reuși să îl recunoască. Dar când îi auzi glasul, inima sa încetă, pentru o clipă, să mai pompeze sânge:

— Bună, Alba!

De această dată, cuvintele lui Joaquim răsunară fără nimic cinic în ele. Alba zăbovi un pic până să îi răspundă, căci sângele îi ajunsese în sfârșit la creier, iar gândurile i se roteau în cap ca o morișcă. Când redeveni stăpână pe mintea ei, Alba îi răspunse cu calm.

După mai mult de doi ani, în care nu-și dăduseră nici un semn de viață, purtară o discuție politicoasă, ușor crispată, până când avocatul trânti o declarație năucitoare:

— Vreau să facem ce spuneai tu!

— Ce?

— Aveai dreptate. Orice am face, viața ne tot scoate în cale unul altuia. Trebuie să existe un motiv, dacă se întâmplă asta, și aș vrea să știu care este.

— E târziu, Joaquím.

— Nu e adevărat, știi și tu foarte bine că nu putem lupta împotriva destinului sau ce altceva o fi lucrul ăsta.

— S-au schimbat multe, mama e bolnavă și trebuie să am grijă de ea, acum nu mai am eu timp.

— Se va găsi timp, sunt sigur de asta. Toate își dau mâna pentru ca, mai devreme sau mai târziu, noi să ne întâlnim.

— Pentru ce se va găsi timp? Ca să ne vedem un pic și gata? Sincer, nu mai am vârsta pentru așa ceva, am împlinit patruzeci și unu de ani, și nu vreau să mai trăiesc în incertitudine.

— Tu, care ești cofetar, ar trebui să știi mai bine ca oricine că lucrurile importante sunt efemere. Nu-mi pasă dacă ne așteaptă un viitor scurt, nici dacă mai avem puțin timp, este un risc pe care vreau să mi-l asum, pentru că știu că rezultatul va merita.

Exact atunci își făcu apariția tramvaiul. Când îl zări, Joaquim îi propuse Albei să o ducă cu mașina până acasă. Ea îl refuză, iar când tramvaiul opri în stație aproape că se năpusti înăuntru. Nu voia să se mai lase convinsă. Nu mai era în stare să treacă iarăși prin tot ce îndurase alături de el, vreme de șapte ani de zile. Când se văzu în tramvai, o cuprinse teama că poate urcase și el. Teama, dar și speranța. De aceea, când vehiculul se puse în mișcare, Alba, în loc de ușurare, simți cum piere în ea și cea din urmă scânteie de nădejde. O scânteie pe care, în adâncurile inconștientului, o întreținuse în toți acești ultimi cinci ani.

În zilele următoare, Alba căzu într-o stare de descurajare care făcea totul în jurul ei să i se pară îndepărtat și lipsit de consistență. Ca și cum ar fi contemplat realitatea de pe un ostrov minuscul, asediat de marea zbuciumată a gândurilor sale, pe care se refugiase, neputând face nimic altceva decât să aștepte până se vor potoli valurile, ca să înoate spre un liman.

Prezentul, până la urmă, triumfă asupra mâhnirii. Pe măsură ce se concentra asupra lor, lucrurile care o interesau reușiră să îi alunge zbuciumul. Sub îndrumarea lui *El Jefe*, pe care publicațiile de specialitate îl numeau geniu, iar confrații îl socoteau un reper în meseria lor, toți membrii personalului luau parte cu cea mai mare însuflețire la întregul proces din care se nășteau delicatesele cofetăriei Escribà. Comenzile se înmulțiseră, căci tot mai mulți asociau produsele de cofetărie cu exclusivismul și distincția. Sporea încetat și numărul celor ce se interesau de noile creații ale maestrului ciocolatier.

Antoni Escribà devenise o eminență a cofetăriei; călătorea adeseori, pentru a ține conferințe și cursuri, în toate colțurile lumii. Cu toate acestea, își petrecea mare parte din timp la Barcelona, unde continua, neobosit, să creeze.

— Suntem condamnați să murim, spusese el cândva, dar nu suntem obligați să îmbătrânim.

Cuvintele acestea, făcând-o să își dea seama că *El Jefe* reușise să își păstreze sufletul de copil, îi aminti Albei de partea finală a dedicației *Micului prinț*: „Toți oamenii mari au fost la-nceput copii. (Dar puțini își mai aduc aminte.)"[1].
Antoni Escribà știa foarte bine acest lucru, și de aceea continua, în fiecare zi din viața lui, să se minuneze.

Iarna trecu. Urmă o primăvară ploioasă, cu ceruri mai mereu înnourate. Când tocmai ieșea de la laborator, într-o seară întunecoasă, apăsătoare din pricina norilor gri și groși, Alba zări o mașină care opri în dreptul ei. Era un automobil foarte elegant, al cărui albastru de piatră semăna bine cu cerul. Când văzu că la volan era Joaquim, vru să își vadă de drum, dar era prea târziu. Avocatul se oprise în mijlocul străzii și ținea ușa deschisă, invitând-o să urce.

— Chestia asta trebuie să se termine, spuse Alba, imediat după ce se așeză pe bancheta de culoare siena a Citroënului DS.

Avocatul îi ceru scuze, apoi își reluă, insistent, vechiul discurs. Stăruința aceasta necunoscută era mai grăitoare decât toate cuvintele sale. Alba își dădu seama că bărbatul lăsase deoparte aroganța cu care se proteja, Dumnezeu știe de ce anume. Simți că îi vorbea din sufletul său de copil, din inima băiețelului care fusese odată și de care, iată, își amintea, în încercarea să sublimeze cumva puterea ce clocotea în el acum.

După atâția ani de autoreprimare, Joaquim i se dăruia acum, adevărat și pur. Și totuși sinceritatea cu care își deschidea sufletul, de netăgăduit, mai mult o întristă decât să o bucure. Barierele dintre ei continuau să existe, și

---

1. Antoine de Saint-Exupéry, *Micul prinț*, traducere din franceză de Marieva Ionescu, Editura Humanitas, 2017.

nu le-ar fi putut da la o parte fără ca suferința să își ceară tributul ei.

— Ce facem noi afectează prea mulți oameni, Joaquím.

— Și ceea ce nu facem, de asemenea. Poate că le răpim alor noștri libertatea de a căuta alte drumuri, poate că îi molipsim și pe ei cu nefericirea noastră.

— Eu sunt fericită, chiar foarte, mama mea are nevoie de mine, cum și copiii tăi au nevoie de tine.

— Pentru prea puțin timp. Fetița mai are puțin și face paisprezece ani, iar băiatul a împlinit deja doisprezece. Dar nu vreau să spun că trebuie să îi abandonăm, îți cer doar să nu ne despărțim, să găsim un spațiu în care să ne bucurăm unul de celălalt și să putem fi fericiți, căci nu vreau să renunț și să-mi spun că viitorul nu va fi altceva decât prelungirea a ceea ce am acum. Am nevoie să trăiesc cu speranța că, într-o zi, voi putea fi cu tine.

Un zgomot delicat, ca niște tropăituri de lăbuțe pe geamurile mașinii, încheie discursul lui Joaquim. Ploaia cădea cu încetinitorul parcă, dacă nu cumva timpul însuși le acorda o pauză necesară – și poate meritată.

*

Mai, 1977

— Ce-o fi cu afișele astea?

Alba nu avu nevoie să se apropie prea mult de fațada cofetăriei Escribà ca să poată citi sloganul trâmbițat de posterele ce o îmbrăcau: „Aici nu putem face politică, dar facem cele mai bune fursecuri cu semințe de pin".

Până să apuce Cecília să deschidă gura, Alba spuse ce avea în gând:

— Aș pune pariu pe orice că e mâna lui *El Jefe*.
— Și ai câștiga! De când a început campania electorală, partidele lipesc afișe peste tot și Barcelona e plină de ele. Oricum, Antoni stătea toată ziua-bună ziua să jupoaie afișe de pe fațadă, așa probabil și-a luat inima-n dinți, a mers la o tipografie și și-a comandat propriile postere.

Alba zâmbi. În dimineața aceea voise să treacă pe lângă vechiul loc de muncă, așa că-și dăduse întâlnire cu Cecília chiar în fața cofetăriei Escribà, unde noua găselniță a lui *El Jefe* o minună și de astă dată. Cu toate că îl știa atât de bine și de atâția ani, vrăjitorul ciocolatei nu-și pierduse puterea de a o surprinde. La gândul acesta, un dor sfredelitor îi pătrunse în inimă. Retrăi deodată momentul în care se angajase vânzătoare la ei, și care îi stârnea amintiri chiar mai îndepărtate. Ele răbufneau în prezent, cu toată greutatea lor și luau chipul bunicii, al Adelei, al Pepitei, al domnului Escribà...

Zece ani trecuseră de la seara ploioasă când Joaquim o luase cu mașina. Paranteza deschisă în acel moment se dovedi a fi un lung șir de evenimente, a căror perindare ținu șapte ani, șapte ani în care ei își văzură de viața lor obișnuită. Cu o stranie ușurință, în care s-ar fi putut bănui amestecul magiei, reușeau cumva mereu să se intersecteze, iar întâlnirile acestea îi întăreau în așteptarea lor.

Între timp, lumea se schimbase, în urma revoltelor tineretului din străinătate. Mai '68, Primăvara de la Praga, protestele împotriva invadării Cehoslovaciei și a Războiului din Vietnam stârniseră un vânt de schimbare, care începuse să sufle chiar și printre zăbrelele regimului franchist, până când, în 1969, guvernul promulgă un decret prin care toate delictele comise înainte de sfârșitul Războiului Civil erau prescrise. Acest lucru aduse sfârșitul recluziunii pentru socrul ei, care putu din nou să pună piciorul pe stradă, în același an în care omul pășea pe Lună.

Un an mai târziu, Alba vorbi pentru prima oară cu Enric despre despărțire. Iar lui nu-i veni să creadă. Era convins că ajunseseră la o conviețuire exemplară, lipsită, poate, de pasiune, însă plină de afecțiune, adică tot ce-și putea dori cineva de la o căsnicie.

— Mereu am fost înțelegător cu tine, nu știu ce vrei mai mult de atât.

— Așa este, ne înțelegem foarte bine, dar un cuplu nu înseamnă doar prietenie și înțelegere.

Până la urmă, el îi dădu dreptate. O cunoștea îndeajuns de bine cât să știe că relația pe care o aveau nu umplea sufletul Albei. Apoi își dădu seama că nu-l umplea nici pe al lui. Era însă mult mai comod să trăiască împreună decât să se confrunte cu toate detaliile unei despărțiri. Așa că, după o discuție care nu duse la nimic, Enric preferă să nu mai atingă subiectul până când n-avea să o facă ea.

Peste alți doi ani, muri Adela. Agravarea bolii îi destrămase, treptat, personalitatea, dar fizic rămăsese sănătoasă, grație atenției cu care fusese înconjurată. Cu toate acestea, într-o noapte de septembrie, inima ei se sătură. Alba avea patruzeci și cinci de ani. Vâltoarea timpului devenise un miraj care îi înfățișa, tot mai des, trecutul. Asta o făcu să-și prețuiască și mai mult efemeritatea, să vadă în timpul prezent o sumă de momente a căror forță gravitațională era egală cu a întregii eternități.

Revelația aceasta îi insuflă tot curajul de care avea nevoie pentru a începe viața cea nouă la care atâta visase. Trebui să-și adune, într-adevăr, tot curajul, pentru a-și lua rămas-bun de la tot ceea ce Enric și laboratorul însemnaseră pentru ea: emoții și învățăminte, existența și drumul său în viață, nenumărate fațete ale ei, pe care le lăsă în urmă, pentru a păși pe un nou drum, alături de Joaquim.

O ninsoare efemeră, volatilă, umplea transparența rece a văzduhului. Iarna nu se dădea dusă, agățându-se de aceste slabe manifestări, pentru a întârzia venirea rodnică a primăverii.

Alba contemplă, preț de câteva clipe, lumina apatică ce se strecura prin geamurile vitrinei. Feeria de culori a prăjiturilor, într-un viu contrast cu lumina slabă de afară, o purtă înapoi pe Alba cu gândul spre copilărie, atunci când se minuna de explozia multicoloră a dulciurilor, strălucitoare, într-o lume plină de mizerie.

De șapte ani se mutase cu Joaquim în acea localitate din zona metropolitană a Barcelonei, unde, după puțin timp, își deschise propria cofetărie. Așezarea le oferea discreție, aflându-se, în același timp, suficient de aproape de oraș, unde amândoi avea prieteni și rude, iar Joaquim încă mai ținea deschis cabinetul de avocatură. Se miraseră și ei cu ce relativă ușurință intraseră în noua etapă a vieții lor, mult mai lină și mai satisfăcătoare decât s-ar fi așteptat. Adiind încă din deceniul trecut, vântul schimbării se întețise după moartea lui Franco, iar acum bătea cu mereu mai multă forță.

Noul decor o încuraja și pe Alba să meargă înainte cu mica afacere pe care o pornise, și care avusese numai de câștigat din tot ce învățase la Escribà. Chiar dacă nu mai lucra în laboratorul lor, tot ce se făcea acolo continua să-i fie sursă de inspirație, atunci când pregătea dulciurile din oferta ei zilnică.

Nu mai departe de 1979, în aprilie, *El Jefe* reușise iarăși să o minuneze cu ultima lui găselniță. Alba o aflase de la Mercè, colega ei de la Escribà, cu care rămăsese prietenă și care o ținea la curent cu tot ce se întâmpla la cofetărie. Grupul bancar La Caixa ținuse să își sărbătorească cea de a șaptezeci și cincea aniversare printr-un dineu cu douăsprezece mii de persoane, pentru care îi comandaseră lui Antoni un tort gigantic. Cu toate că rezultatul – o replică la scară a sediului central La Caixa din Via Laietana – atinsese niște proporții uriașe, maestrul cofetar se temea că, printre miile de invitați, tortul ar fi putut trece neobservat.

Atunci îi venise ideea.

Alba rămase perplexă când Mercè îi arătă pozele cu Antoni Escribà mânând o cotigă trasă de doi cai albi, împodobiți cu pene, evocând oarecum cvadrigele romanilor. Alte fotografii surprindeau momentul când în urma lui apăruse un car cu trompetiști, iar după acesta, închizând alaiul, un alt car, în care trona uriașul tort de ciocolată.

Atunci, privind acele instantanee, Alba înțelese că și acum, în toate năzuințele lui Antoni, zvâcnea același impuls care, în urmă cu un veac, îl făcuse pe bunicul lui, Mateu, să se aventureze pe un teren nesigur, însă plin de făgăduințe. Exact același neastâmpăr îl mânase și pe vrăjitorul ciocolatier să treacă dincolo de hotarele artei sale, pentru a le oferi celorlalți mult mai mult decât dulciuri. Ceea ce dăruia Antoni era spectacol pur, creat în jurul unui tort.

Însă moștenirea lui Serra, care rodea acum în Antoni, începuse deja să încolțească și în cei trei copii ai săi. Christian, Joan și Jordi, moștenitori ai unei învățături senzuale și pasionale, arătaseră deja interes pentru aceleași căi, ancestrale,

ale făinii, ciocolatei și zahărului. Până să se manifeste, era doar o chestiune de timp.

Într-un fel, și ea simțea că duce mai departe moștenirea familiei Escribà, în măsura în care împărtășea filozofia lor, pusă în slujba puterii unice a dulciurilor de a crea emoții. De când se știa pe lume, făgăduința unei scântei de emoție la final era tot ceea ce o motiva mai puternic.

Alba luă seama că fulgii plăpânzi de mai devreme se prefăcuseră într-o pulbere umedă, ca un contrapunct nostalgic la gândurile ei. Posibilitatea unei ninsori ca în povești dispăruse. Însă magia dulciurilor continua să o însoțească.

„Fusese un secol relativ sărac în războaie; în schimb, foarte bogat în noutăți: un secol al minunilor. Acum, Umanitatea trecea pragul secolului XX cu o strângere de inimă."

EDUARDO MENDOZA,
Orașul minunilor

Nota autorilor

Acest roman este o operă de ficțiune, cu întâmplări și personaje ivite din imaginația autorilor, în afara datelor istorice și a celor care fac referire la cofetăria Escribà. Informațiile privitoare la istoria acestei cofetării provin, în cea mai mare parte, de la Christian Escribà și, de asemenea, de la Jocelyn Tholoniat, mama autorului, soția lui Antoni Escribà și fiica unui renumit cofetar francez. Prețioasele date istorice, de specialitate și personale au fost întregite cu ajutorul următoarelor publicații: *Escribà, l'art de convertir la pastisseria en il·lusió* de Christian Escribà (RBA, 2013) și *De l'ou a la mona* de Antoni Escribà (Escribà, 1996).

Cuprins

Partea întâi
MAGIA DULCIURILOR
(1876–1948)

Ziua în care s-a născut Alba	9
Pâine muntenească	18
Plăcințele de Tortosa	28
Gogoșele de Empordà	37
Cozonac valencian	46
Fursecuri cu semințe de pin	55
Tartă de Sant Joan	64
Braț de țigan	75
Colac cu marțipan	85
Nuga cu cremă arsă	92
Plăcințele cu jumări	101
Sara	109
Gogoși	117

Partea a doua
MAGUL CIOCOLATEI
(1926–1952)

Ziua în care s-a născut Alba	125
Friganele de Sfânta Tereza	135

Cremă catalană........................... 145
Pască din *guirlache*..................... 152
Prăjitură de Sant Jordi................... 162
Bezele................................... 170
Flan..................................... 177
Ouă de ciocolată......................... 186
Tort de nuntă............................ 196
Colaci și *choux à la crème*.............. 205

Partea a treia
REGELE CARAMELULUI
(1954 – 1979)

Biscuiți................................. 215
Păr-de-înger............................. 222
Napolitane............................... 235
Croissant.............................. 247
Tort-spectacol........................... 257

Nota autorilor......................... 271

La prețul de vânzare se adaugă 2%,
reprezentând valoarea timbrului literar.

În colecția **Raftul Denisei** au apărut

Adrien Bosc, *Constellation*
Anne Tyler, *Scorpia*
Djuna Barnes, *Pădurea nopții*
Yukio Mishima, *Amurgul marinarului*
Nikos Kazantzakis, *Fratricizii*
Evgheni Vodolazkin, *Aviatorul*
Tom Rachman, *Creșterea și decăderea marilor puteri*
Nicole Krauss, *Istoria iubirii*
Jonathan Safran Foer, *Iată-mă*
Aris Fioretos, *Mary*
Priya Parmar, *Vanessa și sora ei*
J.M. Coetzee, *Viața și vremurile lui Michael K*
Sara Gruen, *La marginea apei*
Romain Gary, *Clar de femeie*
Marguerite Yourcenar, *Alexis sau Tratat despre lupta zadarnică. Lovitura de grație*
Jim Fergus, *O mie de femei albe*
Catherine Cusset, *Celălalt pe care-l adoram*
Francesc Miralles, *Iubire cu „i" mic*
Dario Fo, *E-un rege nebun în Danemarca*
Jessie Burton, *Muza*
Yasushi Inoue, *Favorita*
Eshkol Nevo, *Trei etaje*
Yu Hua, *Cronica unui negustor de sânge*
J.M. Coetzee, *În inima țării*
Colson Whitehead, *Ruta subterană*
Margaret Atwood, *Pui de cotoroanță*
Carmen Domingo, *Gala-Dalí*
Jeanette Winterson, *Zile de Crăciun*
Kyung-sook Shin, *Dansul privighetorii de primăvară*
J.M. Coetzee, *Dezonoare*
Alessandro Baricco, *Castele de furie*
Jon Krakauer, *În sălbăticie*
Melanie Benjamin, *Lebedele de pe Fifth Avenue*
Care Santos, *Jumătate de viață*
Jon Krakauer, *În aerul rarefiat*

Catherine Banner, *Casa de la Marginea Nopții*
Guzel Iahina, *Zuleiha deschide ochii*
Sarah Dunant, *În numele familiei*
David Mitchell, *Visul numărul 9*
Antoine Laurain, *Pălăria Președintelui*
Anthony Burgess, *Omul din Nazaret*
Yukio Mishima, *Viață de vânzare*
Ismail Kadare, *Păpușa*
A Cheng, *Cei trei regi*
J.M. Coetzee, *Zilele de școală ale lui Isus*
António Lobo Antunes, *Pe râurile ce duc...*
Francisc Miralles, *Wabi-Sabi*
George Saunders, *Lincoln între vieți*
Tracy Chevalier, *Băiatul cel nou*
Etgar Keret, *Și, deodată, cineva bate la ușă*
Alessandro Baricco, *Această poveste*
Yasunari Kawabata, *Țara zăpezilor*
Marguerite Yourcenar, *Obolul visului. Poveste albastră*
Hanif Kureishi, *Intimitate și alte povestiri*
Arundhati Roy, *Dumnezeul lucrurilor mărunte*
Christoph Ransmayr, *Cox sau Mersul timpului*
Anna Hope, *Sala de bal*
Yasunari Kawabata, *Povestiri de ținut în palmă*
J.M. Coetzee, *Scene de viață provincială*
François-Henri Désérable, *Un anume domn Piekielny*
Romain Gary, *Promisiunea zorilor*
Yōko Ogawa, *Suspine tandre*
Lorenzo Marone, *Tentația de a fi fericit*
Boualem Sansal, *Satul neamțului sau Jurnalul fraților Schiller*
Ludmila Ulițkaia, *Scara lui Iakov*
Robert Musil, *Omul fără însușiri*
Heather Morris, *Tatuatorul de la Auschwitz*
Nikos Kazantzakis, *Grădina de piatră*
Dario Fo, *Ca din întâmplare, femeie. Regina Cristina a Suediei*
Ismail Kadare, *Palatul Viselor*
Ludmila Ulițkaia, *Soniecika. Înmormântare veselă. Minciunile femeilor*
Hanif Kureishi, *Nimicul*
Kurt Vonnegut, *Bun venit printre maimuțe*
Ann Patchett, *Comuniune*
Kate Morton, *Fiica ceasornicarului*
Paula McLain, *Hemingway și cu mine*

Rose Tremain, *Sonata Gustav*
Maja Lunde, *Istoria albinelor*
Nikolai Leskov, *Pelerinul vrăjit*
Didier Decoin, *Biroul pentru Grădini și Iazuri*
J.M. Coetzee, *Ținuturi în crepuscul*
Mo Yan, *Un lup atârna în cais, cu capul în jos*
Ludmila Ulițkaia, *Al dumneavoastră sincer, Șurik*
Vesna Goldsworthy, *Monsieur Karenin*
Jo Nesbø, *Macbeth*
António Lobo Antunes, *Până ce pietrele vor deveni mai ușoare ca apa*
Yi In-Hwa, *Imperiul fără de sfârșit*
Arundhati Roy, *Ministerul fericirii supreme*
Michel Houellebecq, *Serotonină*
Romain Gary, *Dincolo de limita aceasta biletul își pierde valabilitatea*
Ismail Kadare, *Mesagerii ploii*
Ryūnosuke Akutagawa, *Paravanul-Iad și alte povestiri*
R.J. Gadney, *Alo? Albert Einstein la telefon*
Matteo Strukul, *Giacomo Casanova. Sonata inimilor frânte*
Lionel Duroy, *Eugenia*
Susana Fortes, *Septembrie poate aștepta*
Care Santos, *Tot binele și tot răul*
Evgheni Vodolazkin, *Brisbane*
Eshkol Nevo, *Simetria dorințelor*
Yukio Mishima, *O dimineață de iubire pură*
Pauline Delabroy-Allard, *Povestea asta este despre Sarah*
Władysław Szpilman, *Pianistul. Amintiri din Varșovia 1939–1945*
James Salter, *Tot ce este*
Colson Whitehead, *Intuiționista*
Melanie Benjamin, *Soția aviatorului*
Diane Setterfield, *A fost odată un râu*
Romain Gary, *Zmeie de hârtie*
Liu Zhenyun, *Nu mi-am omorât bărbatul*
Ismail Kadare, *Călărețul cu șoim*
Kurt Vonnegut, *Tabachera din Bagombo*
Zeruya Shalev, *Viața amoroasă*
David Foenkinos, *Către frumusețe*
Karen Viggers, *Soția paznicului de far*
Lorenzo Marone, *Mâine poate am să rămân*
Holly Ringland, *Florile pierdute ale lui Alice Hart*
Anuradha Roy, *Toate viețile pe care nu le-am trăit*
Melanie Benjamin, *Femei de Oscar*

Guzel Iahina, *Copiii de pe Volga*
Hiro Arikawa, *Memoriile unui motan călător*
Romain Gary, *Educație europeană*
Heather Morris, *Călătoria Cilkăi*
Ismail Kadare, *Generalul armatei moarte*
Yu Hua, *Ziua a șaptea*
Yōko Ogawa, *Înotând cu elefantul, în brațe cu pisica*
Roddy Doyle, *Zâmbește*
Sara Gruen, *Apă pentru elefanți*
Frances Mirrales, *Biblioteca de pe Lună*
Alan Hlad, *Lungul zbor spre casă*
George Saunders, *Pastoralia*
Paula McLain, *Soția din Paris*
Lisa Strømme, *Doamna Nobel*
Colson Whitehead, *Băieții de la Nickel*
Ji-min Lee, *Eu și Marilyn*
Grigori Slujitel, *Zilele lui Savelie*
Maja Lunde, *Istoria apelor*
Jeanette Winterson, *Frankisstein*
Boualem Sansal, *Trenul de Erlingen*
Annette Hess, *Casa germană*
Núria Pradas, *Aroma timpului*
Ludmila Ulițkaia, *Cazul doctorului Kukoțki*
Melanie Benjamin, *Doamna de la Ritz*
David Mitchell, *Conacul Slade*
Italo Svevo, *Viitorul amintirilor*
Ismail Kadare, *Dimineți la Café Rostand*
Eddy de Wind, *Auschwitz, ultima stație*
Jessie Burton, *Confesiunea*
Matteo Strukul, *Michelangelo ereticul*
Daniela Krien, *Iubirea în caz de urgență*
Anaïs Nin, *Henry și June*
Romain Gary, *Lady L.*
Ann Patchett, *Casa Olandeză*
Lev Tolstoi, *Anna Karenina*
Kate Morton, *Grădina uitată*
Laura Imai Messina, *Ce încredințăm vântului*
Kate Morton, *Casa de lângă lac*
Maria Stepanova, *În amintirea memoriei*
Christian Escribà, Sílvia Tarragó, *Cofetăria cu miracole*
Ludmila Ulițkaia, *A fost doar ciumă*

J.M. Coetzee, *Moartea lui Isus*
Norris von Schirach, *Cei mai frumoși ani din viața lui Anton*
Evgheni Vodolazkin, *Istoria Insulei*
Cho Nam-joo, *Kim Jiyeong, născută în 1982*
Simona Lo Iacono, *Albatrosul*
Anaïs Nin, *Delta lui Venus*
Nikos Kazantzakis, *Ascensiunea*
Heather Morris, *Povești despre speranță*
Nick Bradley, *Pisica și orașul*
Anthony Doerr, *Despre Grace*
Kate Morton, *Casa de la Riverton*
Julie Orringer, *Portofoliul fugii*
Susana Fortes, *Iubirea nu e un vers liber*
Paula McLain, *Când stelele se întunecă*
Narine Abgarian, *Din cer au căzut trei mere*
Susan Choi, *Exercițiu de încredere*
Akira Mizubayashi, *Inimă frântă*
Laura Lindstedt, *Prietena mea Natalia*
Romain Gary, *Marele vestiar*
Yōko Ogawa, *Poliția Memoriei*
Etgar Keret, *Haide, zboară odată*
Care Santos, *Voi merge pe urmele pașilor tăi*
Guzel Iahina, *Trenul spre Samarkand*
Avni Doshi, *Zahăr ars*
Chris Cander, *Greutatea unui pian*
Lorenzo Marone, *Un băiat ca toți ceilalți*
Zülfü Livaneli, *Serenadă pentru Nadia*
Thomas Mann, *Moartea la Veneția*
Clarice Lispector, *Cea mai mică femeie din lume. Proză scurtă 1940–1964*
Yukio Mishima, *Confesiunile unei măști*
Nikolai Leskov, *Lady Macbeth din Mțensk*
Francesc Miralles, Ángeles Doñate, *Un ceai la capătul lumii*
Yukio Mishima, *Zăpada de primăvară*
James Salter, *Un joc și o desfătare*
Ismail Kadare, *Înfruntare la nivel înalt: Misterul convorbirii telefonice Stalin–Pasternak*
Anna Hope, *Așteptări*
J.M. Coetzee, *Așteptându-i pe barbari*
Melanie Benjamin, *Viscolul copiilor*
Maja Lunde, *Ultimii cai din stepă*
Yukio Mishima, *Cai în galop*